나루미 소타

주인공. 평소에는 디버프 스킬
'대식가'의 영향으로 상당히
비대한 몸이지만……?

오오미야 사츠키

올곧은 반장 기질이 있고 모두가 좋아하는 호인.

닛타 리사

지적인 안경 미인.
어째서인지 뚱땡이의
정체를 알고 있다……?!

뚱땡이
(나루미 소타)

나루미 소타의 비만 상태의 모습.
현재 '움직일 수 있는 뚱보'로
열심히 진화 중?!

나루미 카노

작고 귀여운 뚱땡이의 여동생.
뛰어난 전투 재능의
슈퍼 활발 미소녀.

하야세 카오루

뚱땡이의 소꿉친구.
뚱땡이에게 일어난 변화에
당황하는데……?

"있잖아.
나루미 소타 군은──혹시.
재악 군⋯⋯ 맞지?"

재악의 아발론

~학년 최하위의 '악역 뚱보'인 나,

계속되는 단련으로 승급 도전

&미소녀 반 친구들과

팀을 결성합니다~

Author
나루사와 아키토

Illustrator
KeG

FINDING
AVALON
─── The Quest of a Chaosbringer ───

CONTENTS

"그럼 마지막에 그 스켈레톤이 쓴 스킬은 대공 스킬이구나."

"공중에 있는 대상을 맞히면 높은 확률로 크리티컬 대미지가 뜨는 대공 카운터 스킬이지."

볼게무트와의 격전을 끝낸 후, 2시간 정도 기절한 듯이 자고 말았다. 그리고 잠에서 깼더니 이상한 공복감에 다시 기절할 뻔 했다. 지금도 다리에 힘이 잘 들어가지 않아서 동생의 등에 업혀 던전 속을 이동하고 있다.

뚱뗑이의 몸으로 전이한 이후, 일단 내 나름대로 다이어트를 의식하고 있어서 최근에는 입학식에서 입었던 바지에도 여유가 조금 생겼다. 이대로 가면 반 년 정도 뒤에는 80kg 정도까지 체중을 줄일 수 있지 않을까 하는 기대를 품고 노력하고 있었는데, 그 뼈다귀와 싸운 뒤에 자고 일어났더니 놀랄 정도로 날씬해져 있다는 것을 알아차렸다.

지금까지는 극도로 살이 쪄 있어서 표준적인 날씬함이라는 것을 잊고 있었는데, 팔이나 허리둘레를 확인해 본 느낌으로는 지방이 거의 없었고 입고 있는 옷과 방어구가 늘어난 것처럼 헐렁했다. 그래서 벨트로 허리를 꽉 조여 놨었는데…… 이상한 공복감에 사로잡혀 동생의 등에 업혀 가지고 있던 휴대 식량을 계속 먹었더니 다시 꽉 끼기 시작했다.

아무래도 원래의 살쪘던 상태로 급속하게 돌아오고 있는 모양이다. 마치 만화의 뚱보 캐릭터처럼 먹으면 먹을수록 배와 몸이 순식간에 부풀어 갔다. 더 이상 먹으면 안 된다는 느낌도 들었지만 공복감이 전혀 가라앉지 않아 먹는 것을 그만둘 수 없었다. 이 신기한 몸은 어떻게 된 거냐.

한편 동생에게도 큰 변화가 있었다. 그 싸움 이후로 놀랍게도 한 손으로 수십 kg의 바위를 훌쩍 들 수 있을 정도로 육체가 강화되어 있었다. 레벨 상승폭이 1이나 2 정도가 아니라는 걸 알 수 있었다.

그 반동 때문인지 기운이 엄청나게 남아돌아서 날 업고 지그재그로 뛰어다니고 있다. 남고생이 몸집이 작은 여자아이에게 업혀있는 모습은 초현실적으로 보이니 눈에 띄지 않도록 조용히 움직였으면 하는데.

(근데 다리가…… 곤란하네.)

일어났더니 다리가 잘 움직이지 않아서 시험 삼아 스스로를 《간이감정》 해 보니, 이동속도 저하와 HP 최대치 저하 상태이상이 걸려 있었다. 강화 마법에 의한 무리한 부하와 재생 스킬 반복 사용 때문에 다리 근육이 이상한 방향으로 회복된 게 원인일 것이다. 곳곳이 마비되어서 감각도 둔했다.

제대로 치료하기 위해 모험가 길드에서 치료를 받는 것도 생각했지만 치료비가 많이 들 것이고, 학교에서 '프리스트' 선생님께 치료받을 수도 있지만, 이 경우에는 내 스탯이 감정당할 게 분명하다. 크게 레벨업한 현재 상태를 알리고 싶지 않다.

그런 이유가 있어 집으로 돌아가지 않고 그대로 10층의 숨겨진 상점, '할머니의 가게'에 가서 치료를 받으려는 것이다.

허리에는 펄션이 매달려 있다. 그 뼈다귀를 쓰러뜨렸을 때 마석과 함께 드랍되어 감사히 받았다. 그리고 성주의 방에 있던 보물 상자가 저절로 열렸고, 그 안에 은 체인이 달린 옅은 하늘색 보석 펜던트가 딱 하나 들어 있어서 그것도 사양하지 않고 받았다.

펄션도 펜던트도 매직 아이템인 건 확실한데 《간이감정》으로는 판별할 수 없었다. 아마 중층 수준의 아이템일 것이다. 다만 둘 다 언데드가 소유하고 지키고 있었던 만큼 저주 장비일 가능성이 있으니 검은 칼집에서 뽑지 않고 펜던트도 장비하지 않고 가방에 넣어 뒀다. 이렇게 하면 검도, 장식품도 장비 판정이 되지 않기 때문에 저주는 발동하지 않는다.

업혀서 현재 상황을 이래저래 정리하고 있으니, 동생이 볼케 무트와의 전투가 궁금한지 질문을 잇따라 퍼부었다.

"마지막에 쓴 스킬은 뭐야? 위력이 엄청났는데······."

"아, 《아가레스 블레이드》 말이지."

최상급 직업 [검성]이 배우는 한손무기, 또는 이도류 스킬. 매뉴얼 발동이라도 간단한 모션으로 발동할 수 있고, 발동까지의 낌새를 알아채기 어려운 데다 발동 후의 빈틈도 적은 우수한 무기 스킬이다.

특기할만한 점은 맨손으로도 발동 가능하다는 점. 한손무기로 발동했을 때보다 위력은 떨어지지만, 검과 격투를 섞은 스타일로 싸울 수 있어서 대인전용 스킬로도 인기가 많다.

난 게임을 하던 때에 배웠던 여러 무기 스킬을 쓸 수 있다는 '치트'를 가지고 있지만 STR도 낮고 무기도 약한 상태로 제대로 대미지를 줄 수 있는 스킬은 거의 없었다.

그런 가운데 《아가레스 블레이드》는 STR 비례 대미지에 더해 고정 대미지도 더해지기 때문에 레벨이 낮은 나라도 상당한 대미지를 줄 수 있는 유일한 공격 스킬이었던 것이다.

······그렇다고는 해도 최상급 직업의 고위력 스킬을 저렙인 내가 제대로 발동하면 몸이 버틸 수 있을 리가 없으니, 그 대가로 오른팔이 뿌리째로 날아가 버렸다. 뭐, 그렇게 될 거라는 건 어렴풋이 알고 있었지만.

"애초에 말이야. 어떻게 그렇게 스킬을 잔뜩 쓸 수 있었던 거야? 첫 강화 마법도 발동 방법이 뭔가 이상했잖아. 애초에 그 강화 마법도 대체 뭐야?"

그야 여러 가지가 궁금하겠지. 자 그럼, 뭐라 설명하면 좋을까.

"대량의 지방을 마력으로 연소시켜서 힘으로 바꾸는 필살 오의다. 하지만 지방도 별로 없고 수행 경험도 없는 너에겐 아직 이르다."

"뭐야 그 이상한 오의는······ 그리고 스승님 같은 말투로 말하지 마!"

동생은 반년 정도 전부터 무술 학교에 다니기 시작했는데, 그 선생님—스승님이라 부르라고 시킨 모양이다—이 아직 젊은 주제에 스승님 대접을 강요해서 짜증난다고 한다. 긴 턱수염과 어깨 부분을 뜯어 낸 듯한 도복도 촌스럽다고 몇 번인가 불평했었다. 꽤나 상위에 있는 모험가라고 하는데, 과연 그럴까.

"뭐, 전부 이야기해 줄 수도 있지만, 던전 지식은 어설프게 알면 위험이 따라. 어지간한 모험가들로부터 자신의 몸을 지킬 수 있는 수준으로 강해지면 가르쳐 줄게."

"음~ 알았어……"

뭐야, 유난히 말을 잘 듣네.

위험한 게임 지식은 어찌 됐든 간에, 매뉴얼 발동에 대해서는 빨리 가르쳐 둬야 하나. 이후에도 변칙적인 문제가 생기지 않는다는 보장도 없고, 던전 외부에서도 던익의 시나리오에 있는 위험한 이벤트를 우연히 맞닥뜨릴지도 모른다. 몸을 지킬 수단은 많이 알려 주고 싶다.

그런 잡담을 하면서 7층의 메인 스트리트를 한 시간 정도 달려 8층에 도착.

8층은 7층까지와는 전혀 다르게 다시 동굴 지역이다. 하지만 천장이나 좌우 폭이나 20~30m정도 돼서, 지금까지의 동굴 지역보다 넓어 꽉 막힌 느낌은 그렇게까지 느껴지지 않았다. 입구 광장에 있는 모험가는 7층에 비해서 더욱 적어져 있었다. 시설도 무인 판매기와 벤치가 몇 대인가 있는 정도라서 마치 쇠퇴한 시골의 주차장과 같았다.

"화장실 갔다 올 테니까 기다려."

나를 내려 주더니 화장실을 가리키면서 말했다. 딱히 걷지 못하는 건 아니라서 그렇게 과보호할 필요는 없는데.

"그럼, 저 자판기 근처에서 기다릴게."

동생과 떨어져 천천히 기지개를 편 다음 자판기까지 20m 정도의 거리를 조심스레 걸어 봤다. 평범하게 걷는 것은 가능하고 아픔도 없지만, 다리 곳곳의 감각이 마비된 탓에 통증이 희미해진 걸 알 수 있었다. 종아리를 보니 근육과 혈관이 울룩불룩 도드라져 있었다.

이 상태로 싸울 수 없는 건 아니지만, 주력이나 순발력 등이 상당히 떨어져 있을 것이다. 전투는 최대한 피해서 가는 편이 좋겠지.

"나 참…… 무리하면 안 되겠네. 어쩔 수 없었다고는 해도."

날아간 오른팔은 정상적인 형태로 새로 돋아났지만, 왼팔은 왠지 피부와 근조직이 뒤틀린 채 수복되었다. 그리고 왠지 배도 고프다.

그렇게 먹어도 아직 배가 고픈 건 《대식가》 때문인가, 강력한 재생 스킬을 쓴 부작용인가, 아니면 둘 다인가.

관심을 돌리기 위해 눈앞에 늘어선 낡은 티가 나는 자동판매기를 바라봤다.

(우동 자판기인가…… 비싸네.)

단순한 타누키 우동인데 1000엔 가까이 한다. 던전 깊숙이 들어갈수록 물가가 비싸진다는 건 알고 있지만, 아무리 그래도 비싸잖아.

참으려고 했지만 악마적인 식욕이 솟아남과 동시에 내 배가 꼬르륵거렸다.

(배가 너무 고프니까, 조금만…….)

그렇게 생각하면서 우동을 계속 먹었고, 정신을 차리고 보니 몇 그릇을 다 먹었다.

화장실에서 돌아온 동생이 날 보고 맹렬하게 고개를 갸웃거렸다.

"어라? 원래 모습으로 꽤 많이 돌아온 것 같은데, 오빠의 몸은 대체 어떻게 된 거야?"

"조금…… 과식해 버린 것 같아. 아직 업을 수 있겠어?"

"잠깐 해볼 테니까 등에 올라와 봐……. 아, 완전 괜찮은 것 같아."

날 등에 업고 힘차게 입구 광장을 뛰어다니는 동생. 모험가의 수는 꽤 줄었다고는 해도 아직 드문드문 보고 있는 사람은 있으니 좀 더 차분히 행동했으면 한다. 나 좀 부끄러워……

"근데 10층까지 오빠를 업어도 괜찮을까. 몬스터 잔뜩 있지 않아?"

"괜찮을 거라 생각하지만, 8층의 몬스터와 한번 싸워 보고 지금의 실력을 확인하는 편이 좋을지도."

10층에 있는 숨겨진 상점에 가려면 중간 보스가 있는 방을 지나야만 하기 때문에 최악의 경우 전투가 벌어질 가능성이 있다. 그 전에 이 층에서 얼마나 강해졌는지 시험해 보는 게 좋겠지. 볼게무트를 쓰러뜨려 실제로 얼마나 레벨업 했는지 모르기 때문이다.

8층에 나오는 몬스터는 오크 제너럴, 자이언트 배트, 오크 아처, 오크 솔저로 4종이다.

오크 제너럴은 몬스터 레벨9. 몬스터 레벨8인 오크 솔저와 오크 아처 여럿을 데리고 있는 경우가 있어서 싸울 때는 배후에 적이 얼마나 있는지 확인할 필요가 있다.

자이언트 배트도 성가신 적이다. 공격력은 대단하지 않지만 공중을 날고 있기 때문에 원거리 공격 수단이 없으면 굉장히 성가시다. 무시하려고 해도 집요하게 쫓아와서 방치하기도 어렵다. 이 층에서 사냥을 한다면 원거리 공격이 가능한 사람이 있어야 하는데―.

"잡는다고 하면 공격해 온 순간에 카운터로 요격하는 게 일반적이지."

"흠~ ……아. 위에 있는 저거, 자이언트 배트 아냐?"

업혀서 9층으로 이어지는 메인 스트리트를 이동하고 있으니 몸길이가 50cm 정도 되는 뭔가가 천장에 달라붙어 있는 게 보였다. 저 정도의 박쥐라면 날개를 펼치면 1.5m 정도가 될까.

"우릴 못 알아차렸네. 자고 있나."

"그럼 저기 있는 돌이라도 던져 볼게."

자이언트 배트가 있는 곳의 바로 아래 부근까지 다가갔다. 천장까지는 20m 정도인가. 카노가 떨어져 있는 작은 돌을 힘차게 던졌다.

던진 작은 돌이 쐐액!! 하고 바람을 가르는 소리를 내면서 자이언트 배트의 1m 옆에 부딪쳐 산산조각 났다. 저런 느낌이라면 시속 200km 가까이 나오지 않았을까.

갑작스럽게 난 소리에 놀란 자이언트 배트는 두둥실 날아 주위를 살폈고, 우리를 발견하자 날개를 접고 따로 방어구가 없는 동생의 목을 노리고 활강해 왔다.

"좋아~, 덤벼라~!"

받아치려고 대거를 쥐었지만…… 음~.

자이언트 배트의 활공 속도는 시속 100km정도라서 이쪽으로 오는 게 **잘 보였다.** 그건 동생도 마찬가지인지 달려들어 무는 순간에 베지 않고 목덜미를 잡아 보였다. 끼익끼익 울면서 몸부림치는 자이언트 배트. 귀여울지도 모른다고 기대했는지, 얼굴을 한번 확인한다. 하지만 생각보다 얼굴이 사납게 생겼던 건지 주저 없이 대거로 숨통을 끊어 마석으로 만들었다. 카노야…….

"이쪽으로 오는 게 엄청 잘 보였는데. 이건 레벨이 올라간 덕일까."

"레벨이 오르면 힘과 마력뿐만 아니라 반응속도와 동체시력도 올라가니까."

방금 일로 동체시력이 상당히 올랐다는 걸 알았다. 자이언트 배트 정도라면 몇 마리가 들러붙어도 아무 문제없이 이길 수 있을 것 같다.

하지만 방금 일어난 일만으로는 우리의 전투능력이 어느 정도인지 잘 알 수 없다. 한 번 정도 더 싸워 보자.

자이언트 배트와의 전투를 치르고 2km 정도 더 나아가니, 전
방에 검은 안개가 생겨났다. 오크 아처다.

"평범하게 잡아 봐."

"알았어~."

날 등에서 내려 주고 대거를 쥐는 동생. 아까 전의 자이언트
배트보다는 참고가 되기를 기대하자.

오크 아처는 무방비 상태에서 회복되자 바로 우리를 알아차리
고 활을 겨눴다. 맨 먼저 기동력을 깎자는 판단을 했는지 종종
걸음으로 다가오는 동생의 다리를 노리고 활을 쐈다.

오크 아처의 활은 나뭇가지를 그대로 이용한 듯한 원시적인
환목궁이지만 활의 길이는 2m를 넘을 정도로 거대하다. 삐걱삐
걱 현이 휘어지는 소리로 화살을 쏘는 것만으로도 상당한 힘이
필요하다는 걸 알 수 있었다. 화살을 쏘는 소리도 마치 발리스
타를 쏜 듯한 충격음 같았다. 몬스터 레벨8은 장식이 아니다.

하지만—.

카노는 무난하게 화살촉 부분을 대거로 쳐서 떨어뜨리더니 기
세를 죽이지 않고 거리를 좁혀 오크 아처의 목부터 어깻죽지까
지 한 번 휘둘렀다. 오크 아처는 땅에 쓰러질 틈도 없이 마석이
되었다. 그때 대거에 과한 힘이 가해졌는지 조금 비틀려 버린
것 같았다.

"아앗, 내 대거! 좀 휘어 버렸는데."

"……이 느낌이면 레벨15정도까지 올랐나?"

저 대거가 원래 형상이 길고 가늘어서 휘기 쉽다고는 해도, 강철을 이어붙이지 않고 통째로 써서 튼튼하게 만든 물건이다. 레벨이 8이었을 때를 생각해 보면 다소 거칠게 다룬다고 해서 휠 만한 강도가 아니었을 텐데. 힘과 악력이 꽤나 세졌다는 걸 알 수 있다. 그리고 그거, 네 게 아니라 학교에서 빌려온 건데……. 하아, 어떻게 변상하지…….

"무기는 새로 장만해야겠네. 현금은 그다지 없으니까 할머니의 가게에서 좋은 걸 팔고 있으면 좋겠는데."

"마석이나 던전 통화로 살 수 있댔나."

게임을 할 때는 플레이어가 판 아이템이 가게에 진열되는 경우가 있어서 시장에서 많이 남은 매직 아이템과 레어 소재로 만든 무기가 싸게 팔리고 있었다. 이쪽 세계에서는 플레이어가 없으니 그런 물건은 팔지 않을 것이다. 하지만 반대로 사기 쉬워지는 아이템도 있을 것이다.

"전투 능력은 충분한 것 같으니, 거침없이 10층으로 가볼까."

"그럼 달릴 테니까 꽉 잡아."

다시 동생의 등에 업혀서 인적이 뜸한 길을 달려 다음 층으로 향했다.

흔들림을 적게 하기 위해서인지 잔달음질을 치듯이 달리고 있지만 속도가 상당하다……. 시속 40km 정도는 나오고 있다. 빠를 뿐만 아니라 날 업고 달리고 있으니, 지나친 뒤에 다시 돌아보는 모험가도 있었다. 너무 눈에 띄는 것도 좀 그러니 속도를 좀 더 낮춰도 괜찮지 않을까, 카노야.

"우와아, 꽤 속도가 나네. 뭔가 재밌어!"

"제대로 앞을 보고 달려."

적어졌다고는 해도 메인 스트리트에는 통행인이 드문드문 있다. 부딪치면 상대가 크게 다치잖아.

▰/////////////////////

수 km를 더 달려서 9층에 도착.

20분 가까이 계속 달려서 분명 지쳤을 것이라 생각해서 휴식을 제안하려 했지만, 동생은 그다지 호흡이 가쁘지 않아서 휴식은 하지 않고 그대로 10층으로 향하기로 했다.

통계에 의하면 10층의 몬스터와 싸울 수 있는 모험가는 전체의 1할도 안 되며, 이곳 9층의 입구 광장을 봐도 모험가는 드문드문 보일 뿐이었다. 그리고 모든 모험가가 기본 직업으로 전직을 끝냈는지 장비만 봐도 [파이터], [캐스터], [시프], 누가 어떤 직업인지 알기 쉬웠다. 대충 본 느낌으로는 경갑옷에 한손검이나 양손검을 장비한 [파이터]가 많은 듯했다.

여기까지 오기 위해서는 나름대로 장비를 갖출 '자금'과 몬스터를 계속 사냥해 레벨을 올리기 위한 '시간', 그리고 파티를 짤 정도의 '동료'가 필요해진다.

일반인이 그 세 가지 조건을 전부 갖추는 건 어렵다. 대부분은 뒤에 스폰서나 모험가 클랜 등의 조직이 있거나 모험가 학교 관계자이거나 부자다. 전 플레이어라면 게임 지식만으로 올 수 있으니 상관없지만.

"그래서, 9층에는 뭐가 나와~?"

"9층도 8층과 마찬가지로 오크와 박쥐가 메인이지만, 트롤도 나와."

트롤. 3m에 육박하는 키에, 털이 수북한 거인으로 몬스터 레벨은 9. 무기는 가지고 있지 않아서 맨손으로 공격하지만, 괴력이라 공격은 가능한 한 피하며 싸우는 편이 좋다. 잡히기라도 하면 아주 위험하다. 그리고 재생 스킬을 가지고 있어서 장기전이 되기 쉽다. 그렇게 되면 다른 몬스터가 난입하기 쉬워지니 도망치는 편이 좋을 것이다.

"흠~. 하지만 지금이라면 그냥 이길 것 같아."

"우연히 만난다면 몰라도 우리가 싸움을 거는 건 나중이야. 무기도 지금 우리의 전력에는 버티지 못할 정도로 빈약하고, 우리도 만전의 상태가 아니야."

"……응."

멀리서 파티가 싸우는 것을 본체만체하고 천천히 10층으로 이동하기 시작했다.

"있잖아, 저기. 땅이 부자연스럽게 솟아 있는데?"

"발동이 안 된 함정이네. 떨어지면 위까지 올라오는 게 귀찮으니까 저런 느낌이 나는 곳은 피해서 가줘."

지금까지 메인 스트리트에 있는 함정은 이미 발동한 것뿐이었지만, 이 층부터는 모험가도 적어서 이런 발동되지 않은 함정이 가끔 나온다.

10층 정도까지의 함정은 보기만 해도 뭔가 있다는 걸 알 수 있어서 주의하고 있으면 충분히 피할 수 있다. 그런데 20층을 넘어가면 대충 봐서는 알 수 없는 함정이 나오기 때문에 파티에 함정 탐지 스킬이 있는 사람이 한 명은 필요해진다.

몇 팀의 파티를 앞질러 계속 달렸다. 도중에 오크 제너럴이 있었지만 주위에 모험가가 없었기 때문에 그대로 달렸다.

그리고 드디어 목표한 층에 도달했다.

▚////////////////////////

—10층.

이 층에 도달하는 건 하나의 목표였기 때문에 감개무량……한 느낌 같은 건 전혀 없었다. 애초에 이렇게 서둘러 10층에 올 예정은 없었다. 이게 다 그 뼈다귀와 소렐의 바보들 때문이다. 특히 소렐 쪽은 카노를 공격한 것도 포함해서 나중에 꼭 복수할 테다.

잠시 떠올린 사실에 약간 짜증을 내면서 주위를 둘러봤다.

10층 입구 광장. 여기부터는 한동안 미로 형태의 인공적인 지역이 이어지게 된다.

벽은 전부 석재로 되어 있으며 바닥 전체도 돌로 포장되어 있었다. 천장은 연한 파란색으로 푸른 하늘처럼 보이기도 해서 동굴 지역과 비교하면 상당히 밝고 개방감이 있어서 좋다. 지하상가 뒷골목을 걷는 듯한 기분이다.

"가게가 있구나. 아, 숙박시설도 있어!"

광장의 한쪽 구석에는 몇몇 가게가 있으며 모험가 길드의 직원이 대기하고 있는 시설 등도 있었다. 반대쪽에는 전통 있는 여관 같은 일본풍 숙소가 세워져 있었다. 간단한 식사도 가능한지 프런트에서는 몇 파티가 편하게 담소를 나누고 있었다.

던전 4층에도 레저 목적의 숙박시설이 있었는데, 10층의 숙소는 4층의 숙소와 달리 본격적인 던전 다이브 목적으로 묵는 손님이 많은 듯했다.

게이트를 사용하지 않으면 지상으로 돌아가는 데도, 반대로 밖에서 오는 데도 한나절 이상 시간이 걸린다. 이 앞의 구역을 사냥터로 삼는 모험가에게는 10층이 1박하기에 딱 좋은 거리다.

평범한 모험가는 숙박비를 절약하기 위해 간이 텐트를 가져와 광장에서 노숙하지만 고위 모험가와 귀족, 사족 등의 상류계급은 자존심이 있어서인지 노숙을 최대한 피하고 싶어 한다. 그런 이유가 있어서라도 이 층의 숙박시설은 수요가 있을 것이다.

(뭐, 게이트를 쓸 수 있으니, 우리는 묵을 필요가 없지만.)

여기서 할머니의 가게에 가려면 11층으로 향하는 메인 스트리트의 정반대 방향으로 가야 한다. 모험가가 그쪽 방향으로 가는 일이 적어서 평범하게 몬스터도 배회하고 있을 것이다. 전투에 대비해서 조금 휴식하고 가는 편이 좋을지도 모른다.

"그럼 좀 쉴까. 화장실 갔다 올게."

"나도 갔다 올래~. 아, 배가 고파질지도 모르니까 뭔가 포장되는 거 주문하자."

노점을 살짝 보니, '야키소바 1080엔'이라는 경이로운 가격이 보였다. 여기까지 운송하는 도중에 전투가 벌어질 가능성이 충분히 있고, 운송하는 사람도 한정되어 있으니 어쩔 수 없는 일일지도 모르지만……. 아무리 그래도 야키소바가 1000엔을 넘는 건 좀. 혹시 이 뒤로는 더 비싸지나?

암울해하면서 볼일을 다 보고 나오니, 아니나 다를까 그 야키소바를 주문하려고 하는 내 동생. 음~, 돈을 그렇게 가져왔던가.

"아저씨~, 야키소바 2개 주세요 ♪"

"그래~. 아가씨 귀여우니까 많이 담아 줄게."

"고마워요~ ♪"

받은 야키소바를 보니 확실히 다른 것보다 많을지도 모르겠지만, 면 말고는 건더기가 거의 없었다. 쩨쩨하게 굴지 말라고, 아저씨…….

야키소바가 든 팩을 종이로 감싸 배낭에 넣고, 광장을 한차례 본 후에 서쪽에 있는 숨겨진 상점으로 향했다. 숨겨진 상점인 만큼 통상적으로는 못 들어가는 구역에 있다.

"던전 통화를 벽에 끼우기만 하면 되는 거야?"

"그래, 동화를 끼우면 돼. 던전 통화는 이 층에 나오는 중보스를 잡으면 일정 확률로 떨어뜨려. 우리는 오크 로드를 잡아서 이미 몇 개인가 가지고 있으니까 잡을 필요는 없어."

"에엥~ 그럼 나중에 싸우러 오자."

카노는 나를 업고 여기까지 1시간 이상 계속 달리고 있는데 그다지 지친 것처럼 보이지 않았다. 오히려 몬스터를 잡고 싶어서 몸이 근질근질한 모양이다. 육체 강화가 예상 이상으로 효과가 있어서일 것이다.

나도 큰 폭으로 레벨이 올라 힘이 넘쳐흐르는 느낌은 있지만, 이건 피곤한 걸 넘어서 기분이 들떴을 뿐이라는 느낌이 들었다.

하지만 목적지는 금방이다. 상태이상 회복만큼은 일찌감치 해두고 싶으니 집에 돌아가서 쉬는 건 나중이다. 긴장 풀지 말고 조금만 더 힘내자.

길에 깔린 돌을 밟으며 숨겨진 구역을 향해 발길을 옮겼다.

통로가 쭉 뻗어서 멀리까지 보이는 건 좋지만, 시야 확보가 힘든 사거리도 많아 모퉁이에서 기다리는 몬스터를 주의해야 한다. 사냥하는 모험가가 거의 없기 때문에 몬스터와 조우할 일이 많아질 것을 예상해서 나도 걸어서 이동했다.

"10층에는 어떤 게 나와~?"

다리의 상태를 확인하면서 걷고 있으니 동생이 옆에서 대거를 빙빙 돌리면서 몬스터에 대한 정보를 물었다.

"트롤이나 오크 로드 같은 대형 아인 몬스터가 메인이지. 중보스는 미노타우로스야."

"미노타우로스~? 오크 로드는 이제 그냥 잡을 수 있을까······."

오크 로드는 5층에서 몹몰이를 하며 봤을 때의 그 흉악한 모습이 생생한데, 지금 우리는 그 이상의 힘을 가지고 있을 것이다. 하지만 급격하게 레벨을 올린 탓에 강해졌다는 실감이 나지 않았다.

이 층은 아인이 많아서 5층에서 얻은, 아인에게 특히 효과적인 아이템 [오크 로드의 문장]을 동생의 가슴에 장착시켰다. 겉보기에는 귀여운 돼지 마크 배지지만 아인에 대한 공격 대미지 10% 상승, 받는 대미지 10% 감소라는 나름대로 강력한 효과가 있다. 5층에서 리젠되는 오크 로드만 드랍하기 때문에 다리 끊기를 독점할 수 있다면 몇 개 더 가지고 싶다.

그런 생각을 하면서 몇 번째인지 모를 사거리에 접어들었을 때 왼쪽에서 저벅저벅 하는 소리가 약한 진동과 함께 들렸다. 트롤인가.

소리가 나는 쪽의 모퉁이에서 살짝 엿보니, 어슬렁어슬렁 걷는 트롤이 보였다. 3m가 안 되는 정도의 거구에 넝마조각을 걸쳤고 머리카락은 푸석푸석, 털이 수북하고 근육질. 액티브 몬스터지만 오감이 둔하기 때문에 대놓고 나서지 않는 한 공격당할 일은 없다.

"(어떡할래. 싸워?)"

"(아니, 지나가는 걸 기다리자.)"

트롤을 상대로 단검이나 대거 같은 칼날이 작은 무기로 공격해도, 급소 외에는 두꺼운 근육이나 지방에 막히는 경우가 있다. 짧은 시간 안에 잡을 것이라면 공격력 또는 관통력이 높은 스킬을 가지고 있거나 나름 큰 무기가 있어야 한다. 현재로서는 무리하게 싸울 필요는 없다.

그러니 조금 후퇴해서 트롤이 지나가는 것을 기다렸다가 다시 숨겨진 구역을 향해 발걸음을 옮겼다.

도중에 몇 번인가 함정을 피해 트롤 몇 마리를 지나가게 내버려 두고 서쪽으로 1km 정도 나아가니, 바로 앞에 있는 외길을 오크 로드가 막고 있었다. 움직일 기미는 보이지 않았다.

오크 계통은 발이 느리다는 약점이 있지만, 이 마비된 다리로

는 잘 뛸 수 없어서 내가 따돌릴 수 있을지 미묘했다. 카노가 유
인을 해서 따돌리고 온다고 하더라도 이 주변 지역을 전혀 모르
는 데다가 섣불리 뛰어다니면 다른 몬스터가 난입해서 몹이 몰
릴 위험도 있다. 순순히 잡는 게 좋을 것 같다.

"(저 녀석은 잡자. 무기는 너무 세게 쥐지 마, 부서지니까.)"

"(응. 내가 먼저 나갈게, 오빠는 뒤에서 잘 부탁해.)"

"(알았어.)"

5층의 오크 로드와 마찬가지로 통나무 같은 곤봉을 가지고 있
었다. 동생이 달려오는 모습을 보자마자 그 거대한 곤봉을 올려
쳤다. 하지만 예상 이상으로 가속한 동생은 옆구리로 스쳐가며
오크 로드를 한 번 베었다.

고통에 비틀거리면서 '크아아아아악!!' 하고 울었다. 하지만
카노는 그런 건 신경 쓰지 않고 가차 없이 계속해서 벤다. 내가
뒤에서 같이 공격할 것까지도 없이 오크 로드는 쓰러져 마석이
되었다.

"카노의 움직임을 못 따라오네. 아마 보이지도 않았나."

"근데 좀 더 빨리 움직일 수 있을 것 같아."

저 거대한 곤봉에 맞으면 큰일이 나겠지만, 지금의 카노가 맞
을 것 같진 않았다. 오크 로드의 움직임이 잘 보였다……는 이
유도 있었지만, 육체 강화로 인해 이동 속도와 가속도가 생각
이상으로 향상돼서, 정작 해보니 여유로웠던 상태다. 이러면 미
노타우로스도 문제없이 잡을 수 있을 것 같다.

그 후에도 확인하듯이 몇 번인가 전투를 하면서 드디어 중보

스가 있는 돔 형태의 방까지 다다랐다. 이 방 앞에 숨겨진 지역으로 들어가는 장치가 있어서 방을 지나가야만 한다.

방의 크기는 사방으로 50m 정도. 방의 입구 부근에서 안쪽을 살짝 엿보니, 키 2m 정도의 미노타우로스가 방 중앙 부근에 우두커니 서있는 게 보였다. 방 자체가 커서 미노타우로스가 상대적으로 작아 보이지만, 이상하리만치 부푼 근육과 소 머리에 몸은 인간인 수인의 모습이 맞물려 압박감마저 느껴졌다.

몬스터 레벨은 12. 손에는 [라브리스]라는 공격력을 높인 대칭형 양날도끼를 들고 있었다. 저 도끼를 막아 내려면 그에 맞는 무구와 STR이 필요하다. 그리고 처음으로 무기 스킬을 쓰는 적—우리 같은 경우에는 7층의 유니크 보스가 처음이었지만—이다.

감지 능력은 그렇기 높지 않기 때문에 소리를 내지 않으면서 방 바깥쪽 벽을 따라 가면 지나치는 것도 가능하다. 그럼, 어떻게 할까…….

"(싸우고 싶은데.)"

"(……뭐, 괜찮으려나. 그래도 무기 스킬만큼은 주의해. 그건 막으려고 하지 마.)"

미노타우로스의 무기 스킬《풀스윙》은 STR에 비례해서 공격력이 상승하는 양손도끼 스킬이다. 어떤 모션으로 발동하는지가는 길에 가르쳤지만, 지금의 동체시력과 육체능력이 있으면 발동 후에도 보고 피할 수 있을 것이다.

카노는 방에 들어감과 동시에 앞으로 숙인 자세를 유지하고 가속하여 순식간에 시속 50km에 달할 정도의 속력으로 미노타우로스에게 접근했다.

다가오는 소리를 알아차린 미노타우로스는 고속으로 다가오는 형체를 알아차리자 선수를 빼앗기는 것을 각오하고, 카노의 공격을 받아 칠 자세를 잡았다. 그것만으로도 미노타우로스가 그저 파워만 센 몬스터가 아니라는 것을 알 수 있었다.

나도 뒤를 쫓아서 뛰었지만, 레벨8이었을 때의 달리기 속도에도 미치지 못했다. 그래도 매직 필드 바깥에 있는 일반인보다는 빨랐지만.

(상대가 기다리면 무리하게 공격을 안 해도 돼……. 뭔가 작전이 있는 건가?)

미노타우로스의 자세가 방어 자세라는 걸 알고 좌우 어느 쪽에서 공격할지 예측할 수 없도록 지그재그로 움직여 페인트를 걸면서 다가갔다.

미노타우로스는 카노의 공격을 막아 내고 힘 싸움으로 몰고 가서, 무기를 튕겨 낸 후의 카운터를 노리고 싶었던 모양. 하지만 그게 어렵다고 판단하자 방어를 포기하고 중심을 낮춰 무기 스킬 발동 모션에 들어갔다. 전방의 넓은 범위를 후려치는 《풀 스윙》이다.

하지만 그 판단은 '느리다'.

카노는 아직 여력이 있었는지 더욱 가속하여 《풀스윙》 발동 전에 아주 가까이에 도달. 거기서 배를 가른 후, 오른쪽 겨드랑이로 빠져나오며 배후로 돌아갔다. 직후 이어지는 것은 오른손과 왼손이 독립적으로 움직이는 듯한 《이도류》의 능숙한 공격이다. 아인에게 특히 유용한 [오크 로드의 문장]도 효과를 발휘하고 있는지 대단한 공격력을 냈다.

그렇게나 베인 상태라도 《풀스윙》은 발동한다. 다만 그 방향에 카노는 이미 없었다. 미노타우로스는 등을 난도질 당하면서 '음머어어어어' 하는 소를 닮은 단말마를 지르고 땅에 엎어져 마석이 되었다.

던익의 공격 스킬에는, 일단 발동 모션 상태에 들어가면 '스킬 캔슬'을 하지 않으면 발동이 완료될 때까지 멈추지 않는다는 제약이 있다.

그리고 현재로서는 스킬 캔슬을 하는 몬스터는 없다. 적어도 게임에선 그런 몬스터가 있던 기억이 없다. 미노타우로스도 게임과 똑같다면 스킬 캔슬은 하지 않는 적이다.

《풀스윙》은 전방의 넓은 범위를 후려치기 때문에 피하기 어려운 스킬이긴 하지만, 발동 전의 모으기 모션이 제대로 보인다면 피하는 건 어렵지 않다.

물러나는가, 웅크리는가, 날아오르는가, 앞으로 나서는가. 이네 가지 선택지 중에서 《풀스윙》에 대한 카운터를 노린다면, 웅크리거나 앞으로 나서거나로 두 가지 선택지가 남는다. 거기서 카노는 가속하면서 앞으로 나선 후, 돌아 들어가면서 배후를 베었다는 흐름이다.

하지만 그 흐름은 레벨 차이가 있었기에 가능했다. 만약 카노의 레벨이 미노타우로스의 몬스터 레벨과 동등하거나 그 이하라면, 미노타우로스는 싸움이 시작될 때 《풀스윙》을 쓰지 않을 것이며 애초에 맨 처음에 공격을 받아 내는 걸 노리지 않아 전혀 다른 양상이 됐을 것이다.

"괜찮아. 지금은 레벨 차이가 있어서 그런 거잖아."

"맞아. 뭐, 안 그랬으면 전투에 오케이 사인은 안 보냈겠지."

잘 알고 있는 것 같아 다행이다. 자만심이 제일 무서우니까. 게임처럼 다시 하는 게 가능하다면 실패하고 호되게 당하는 것도 괜찮겠지만.

미노타우로스의 마석과 던전 통화를 줍고 안쪽에 있는 석벽으로 향했다.

석벽을 주의 깊게 보니 몇 cm 정도의 둥글게 팬 곳이 있다는 걸 알 수 있었다. 거기에 가지고 있는 던전 동전을 끼우니…….

"아, 벽이 갈라졌어! 대단해~!"

무거운 것이 서로 스치는 듯한 소리와 함께 석벽이 돌의 형태에 따라 좌우로 열렸다. 그냥 움푹 팬 곳에 동전을 끼워 넣기만 하면 열린다니, 쓸데없이 잘 만들었다고 감탄하면서 안으로 들어갔다. 이 앞은 몬스터가 리젠되지 않는 완전한 안전지대일 것이다.

한산하고 넓은 광장을 천천히 걷고 있으니 던익 초보자였을 때의 기억이 되살아났다. 여기서 아이템을 교환하면서 점점 더 비싼 물건으로 바꿨었나.

던익 서비스가 시작됐을 무렵에는 숨겨진 구역으로 취급됐지만, 나름 넓은 이 광장은 플레이어들에겐 공공연한 공략 거점으로 취급되었다. 자신이 팔고 싶은 것을 들고 와서 노점을 열거나 파티를 모집하는 등 사람으로 붐볐다. 하지만 지금은 우리 외에 아무도 없다.

광장을 횡단해 잠시 걸으니 거친 돌을 쌓아올려 만든 네모난 상자 같은 건물이 보이기 시작했다. 목적지인 통칭 '할머니의 가게'에 드디어 도착해서 안도감에 깊은 한숨을 쉬었다. 원래라면 여기는 한 달 정도 뒤에 올 예정이었지만…….

가게 앞에는 얇은 옷을 흩뜨려 입은 여자가 간소한 의자에 앉아 담뱃대를 물고 담배를 뻑뻑 피우면서 흡연을 즐기고 있었다. 우리가 다가가자 천천히 일어나더니.

"어머나, 어서 오렴. 뭐 사고 가겠니?"

관자놀이에 크고 무거워 보이는 뿔이 난 '마인'이 싱긋 미소 지으며 우리를 환영해 줬다.

"뿔?! 인간이 아니야?"

"난 마인이라 불리고 있지."

생글생글 웃으며 질문에 답하는 가슴의 주장이 강한 누님. 머리 양쪽에는 크고 검은 말린 뿔이 달려있다. 이름은 '푸르푸르'. 심층의 어떤 퀘스트를 클리어하면 친밀해져 이름을 가르쳐 주는 게임에서도 익숙한 NPC다.

요염하고 단아한 외모와는 달리 연령은 1000세를 넘었고, 이던전에 대한 여러 질문에 대답해 주는 할머니의 지혜 주머니 같은 존재다. 플레이어들 사이에서는 '할머니'라는 별명으로 불리고 있지만, 그걸 본인 앞에서 말하면 아슬아슬하게 죽지 않을 정도의 펀치를 맞고 날아가게 되니 절대로 말해서는 안 된다. 엄청나게 강하다.

던익에서는 마인이 가게를 경영하거나 몇몇 종족이 모험가를 도와주기도 했다. 이쪽 세계에서 그들에 대한 기록은 볼 수 없지만 푸르푸르처럼 존재하고는 있을 것이다. 이후를 생각해서 친분을 쌓아 두고 싶다.

"저기~, 물건을 좀 보여 줄 수 있을까요~?"

"좋아, 자유롭게 보고 가."

가게 안과 가게 앞의 광장은 물론이고, 숨겨진 구역에 들어온 이후로 모험가의 모습은 전혀 없었고 일대는 한산했다. 그럼에도 불구하고 상품 선반에는 무기, 방어구, 장식품, 약품 등 각종 상품이 폭넓게 있었다. 모험가 길드에서도 이 정도로 물건이 갖춰진 가게는 적다. 돈벌이 같은 건 생각하고 있지 않을지도 모르지만, 흥정에는 응해 주지 않는 것도 알고 있다.

"대단하다~! 미스릴?"

"이건 미스릴 합금제네."

카노는 희미하게 은빛으로 빛나는 단도를 들고 보여 줬다.

미스릴은 마법은이라고도 불리며 매직 필드 안에서는 경도가 굉장히 높다. 반대로 매직 필드 바깥으로 꺼내면 일반적인 은과 성질이 다를 것이 없어진다. 그런 경우에는 부드럽고 무겁기만 한 금속이 되고 말기에 취급에는 주의가 필요하다.

그리고 미스릴 합금은 부드러운 은에 미스릴을 아주 조금 섞기만 한 것으로, 어지간한 강철보다 경도가 높아지는 특성이 있다. 레벨 10부터 30 정도의 모험가가 주로 신세를 지는 무구이다.

동생이 보여준 단도는 미스릴 합금제지만 미스릴 함유량은 1%도 안 되며 99% 이상은 은이다. 그렇다고는 해도 은도 싼 금속이 아니니 모험가 길드에서 산다면 이 크기라도 100만 이상은 할 것이다.

한편, 100% 미스릴로 된 순미스릴제 무구라는 것도 있다. 굉장히 단단한데다가 물에 뜰 정도로 가볍고 마법 내성도 있어서 마법검이나 내성 방어구의 소재로 우수하다. 디메리트는 입수하기 어렵고 비싸지기 쉽다는 것. 경매라면 대체 얼마가 될지 생각만 해도 두렵다.

카노가 감탄하면서 무구를 구경하는 그 옆에서 난 상태이상 회복 서비스를 부탁했다. 상태이상 회복 약품도 팔고 있지만 푸르푸르에게 회복마법을 부탁하는 편이 싸게 먹힌다.

"상태이상 회복 말이지, 3릴 받을 건데 괜찮겠지?"

"여기요. 잘 부탁드립니다."

'릴'은 던전 통화의 단위다. 1릴=던전 동전 한 개다. 현재 동화는 38개, 그리고 7층의 성주가 떨군 금화도 한 개 가지고 있으니 합계 138릴 가지고 있는 것이다.

푸르푸르가 눈앞에서 팡 하고 손뼉을 쳤다. 그렇게 한 것만으로도 온몸에 있던 울룩불룩한 부기가 빠지고 다리에 퍼져 있던 마비도 사라져 갔다.

푸르푸르는 나았는지 안 나았는지 증상을 확인하려고 금색 눈을 가늘게 뜨고 내 온몸을 확인했고, 곧 고개를 갸웃거렸다. 아무래도 아직 상태이상이 남아있는지 이번에는 미간에 검지를 대고 마력을 흘렸다.

그러자 시야도 서서히 선명해져 갔다. 눈…… 시신경에도 이상이 있었던 모양이다.

"상당히…… 무리를 했구나. 두 번째 건 서비스로 해줄게."

"감사합니다. 변칙적인 적이 있어서요."

그 뼈다귀는 대체 뭐였던 걸까 욕을 퍼붓고 싶어지는 걸 참으면서 어깨를 돌려 몸 상태를 확인했다. 흠, 완전히 나은 것 같다. 놀랄 정도로 몸이 가볍다. 그렇다고는 해도, 그 이후로 또 먹어서 체중이 꽤 돌아오고 말았지만.

"그리고 전직도 부탁해도 될까요."

"안쪽에 수정이 있으니까 써도 좋아."

"아, 나도 전직하고 싶어~!"

진열돼 있는 장식품을 들어서 보고 있던 동생이 뛰어서 다가왔다. 전직하면 다양한 스킬을 배울 수 있고 통상적인 전투에서도 스킬을 이용한 폭넓은 전략을 구사할 수 있게 된다. 이 세계에서는 전직이 가능하면 어엿한 모험가로 인정하는 풍조가 있어서 동생도 그걸 기대하고 있었던 모양이다.

"이게 전직의 수정? 생긴 건 평범하네."

여러 겹으로 포개진 천 위에 직경 15cm 정도의 둥글고 투명한 수정이 놓여있었다. 게임에서는 손을 대면 자동적으로 인터페이스가 열리고 유도해 줬는데…….

살짝 손을 대봤다. 그러자 감각적인 인터페이스가 머리에 떠올랐다. 계산중에 숫자가 머릿속에 떠오르는 느낌이다.

(이거, 이해하기 어렵네.)

수치를 비교하고 판단할 수 없어서 아무래도 하기 어려웠다. 컴퓨터 화면을 보는 것처럼 차분하게 문자와 표를 보면서 생각하고 싶은데, 이미지된 수치를 종이나 단말기에 베끼면서 하는 편이 좋으려나.

"레벨은…… 19?! 꽤 올랐네. 그렇다는 것은 그 뼈다귀, 레벨 25 정도는 됐다는 건가."

"에엑?! 그럼 레벨이 11이나 올랐네. 왜 그런 게 7층에 있었을까."

"글쎄. 나도 모르겠어."

조작을 계속하다 전직 항목을 발견했다.

현재 전직 가능한 직업은 기본 직업이라 불리는 [파이터], [캐스터], [시프] 세 개다. 그 직업으로 전직하기 위한 조건은 [뉴비]의 직업 레벨이 5 이상. 그리고 스탯도 일정 이상이 요구된다.

[파이터]라면 STR이, [캐스터]라면 INT가, [시프]라면 AGI가 20 이상이어야 전직할 수 있다. 나도 동생도 레벨이 19까지 올라서 필요 스탯은 전부 클리어 했을 것이다.

"오빠는 어떤 걸로 전직할 생각이야?"

"그렇네. 스탯 위장 스킬 《페이크》를 빨리 배워 두고 싶으니까 [시프]도 좋지만…… 예정보다 빨리 여기까지 올 수 있었고 다소의 유예도 있어. 먼저 [캐스터]가 돼서 마법공격 수단을 배워 두는 것도 좋을지도."

이 이후로는 물리공격 내성, 또는 물리 무효 특성을 가진 몬스터를 상대할 일이 생긴다. 물리 이외의 공격 수단은 꼭 갖고 싶다. 마법이 깃든 속성 무기로도 대응할 수 있다고는 해도, 현재 판명된 속성 무기는 억이 넘는 국보급뿐이라 일부 모험가가 독점하고 있다. 돈이 있다고 해서 가질 수 있는 게 아니다.

"속성무기는 코타로 님의 메인 무기지."

"아마도. 그 빨간 이펙트는 불 인챈트겠지."

컬러즈의 클랜 리더인 타사토 코타로도 속성 마법이 부여된 칼을 썼는데, 그것도 일본에서는 얼마 없는 최고봉의 국보 무기로 지정되어 있다. 속성 무기는 30층 전후에서는 입수할 수단이

제한되어 있기 때문에 아무래도 희소해지고 만다.

"물리 공격이 잘 안 통하는 몬스터가 나온 게 총기와 화기가 쇠퇴한 이유였지."

"레이스 계통이나 슬라임 계통 몬스터지."

던전이 이 세계에 나타난 쇼와 초기, 다시 말해서 던전 다이브 여명기의 주요 무기는 총검이었다. 원래 있던 세계에서도 백병 전에서 최강인 건 총이었고, 검술 같은 건 기관총 앞에서는 손 도 못 쓰는 게 자명했다. 이 세계에도 물론 총은 있다. 오크를 사냥할 때도 떨어진 곳에서 총을 쓰면 검보다 빠르고 안전하게 쓰러뜨릴 수 있을 것이다.

그렇다면 왜 이 세계의 모험가는 총을 쓰지 않는 것인가.

그 이유는 10층 이후에는 물리공격, 또는 물리내성, 개중에는 원거리 무기 내성을 가진 성가신 몬스터도 나오기 때문이다. 그 런 몬스터를 무시하고 공략 못 할 것도 없지만, 플로어 보스처럼 공략상 무시할 수 없는 몬스터도 있기에 물리공격만으로는 공 략이 막힌다. 실제로 던전 다이브 여명기에는 15층 전후로 공략 이 좌절된 경위가 있다.

애초에 총에는 대응하는 스킬이 없고 레벨업이나 직업 보정에 따른 육체 강화 혜택도 받기 어렵다. 반대로 던전의 몬스터는 깊이 갈수록 능력이 점점 더 강해지고, 빨라지고, 다양한 내성 을 갖고, 강력한 공격 수단을 쓰게 된다. 7층에서 싸운 볼게무트 급은 총탄을 박아 넣는다 하더라도 별다른 피해를 주지 못할 것 이다.

공략하는 층을 얕은 곳으로 한정한다면 몰라도 더 깊이 공략하는 것을 염두에 두고 있다면 대응하는 무기 스킬이 있는 무기, 혹은 마법을 써서 단련해 나가는 것이 정석이다. 그러는 편이 나중에 강해질 것이 자명하다.

(뭐, 그리고. 10층 이하라도 모험가가 그렇게나 있으면 총 같은 건 위험해서 못 쓰겠지.)

그러니 이후의 몬스터를 생각하면 나나 동생 둘 중 한 명이, 혹은 둘 다 마법을 습득해 두는 편이 좋을 것이다.

마법공격 수단 이외라면 [시프]의 《페이크》와 《함정 감지I》이나, [파이터]의 《백스텝》과 《스킬 칸 +3》등은 꼭 습득해 두고 싶다.

"직업은 몇 번이든 변경 가능하지?"

"가능해. 직업 레벨은 리셋되지만."

직업은 몇 번이든 변경 가능하지만 직업 레벨은 리셋되어 1이 되며, 직업에 따른 스탯 보너스도 줄어들고 만다. 또 올리면 그만이라 디메리트가 그렇게까지 크진 않다. 한번 직업 레벨을 올린 직업으로 다시 전직하는 건 스킬 재취득이나 직업 보정 목적으로 하는 게 일반적이다.

일단 습득할 수 있는 스킬과 직업 특성을 동생에게 설명했다.

"음~, 마법을 쓰고 싶으니까 먼저 [캐스터]를 해보고 싶을지

TIPS / **스탯 보너스:** 스탯 보너스는 최대 직업 레벨인 10때 100% 받을 수 있고, 직업 레벨이 1일 때는 10%밖에 못 받는다. 예를 들면 [파이터]는 직업 레벨이 10일 때 STR과 HP가 10%씩 상승하지만 직업 레벨이 1일 때는 1%씩 밖에 상승하지 않는다.

도. 마법을 쓰면서도 《이도류》는 쓸 수 있지?"

"보통 할 수 있어. 하지만 마법을 쓸 때 무기가 방해될지도 모르니까 그 점을 잘 생각해서 무기를 써야지."

[캐스터]는 마법공격 외에도 간단한 상태이상을 회복시키는 스킬도 배운다. 파티에 한 명은 있으면 하는 직업이다. 스킬 칸에 여유가 있다면 배워 둬서 손해 볼 것은 없다.

"그럼 난 [파이터]나 [시프]로 해볼까."

[파이터]는 근접전투 스킬을 몇 가지 배우는데, 가장 중요한 것은 누가 뭐라고 해도 《스킬 칸+3》. 이건 무조건 습득해 두고 싶다.

그 외에는 후방으로 회피하는 《백스텝》도 쓸만한 스킬이다. 이건 통상공격이나 일부 스킬 모션 중에 끼워 넣어서 발동할 수 있으며, 동작을 취소하고 뒤로 긴급 회피하는 스킬이다. 이런 스킬 캔슬 계열 스킬은 대인전이나 일부 강력한 몬스터전에서 편리하게 쓰이니, 상위호환인 《스웨이》를 배울 때까지는 스킬 칸에 넣을 가치가 있을 것이다.

전투 면에서의 스킬은 [파이터]가 더 우수하지만, 정보유출에 대비해서 [시프]의 《페이크》 스킬만은 먼저 배워 두는 편이 좋은가.

그 외의 [시프] 스킬 중에서는 《함정 감지I》도 도움이 되는 스킬이다. 귀찮은 함정을 쉽게 찾을 수 있게 되니 스킬 칸에 여유가 있으면 배우고 싶다. 하지만 이것도 파티 중 누군가가 가지고 있으면 충분하지만.

"뭐, 먼저 [시프]가 돼볼까."

천천히 수정에 손을 대고 눈을 감았다. 그러자 머릿속에 매끈하게 숫자의 나열이 투영되었다.

TIPS **기본 직업 3종 데이터**

[파이터]

STR과 HP에 10% 보너스
· 《슬래시》직업 레벨(이하 JL)2에 습득 한손검, 양손검 스킬
· 《HP상한 업!》 JL4
· 《풀스윙》 JL5 한손도끼, 양손도끼 스킬
· 《백스텝》 JL7
· 《스킬 칸 +3》 JL9
· 《소드 마스터리》 JL10 한손무기 장비시 공격력, 숙련도 상승

[시프]

AGI만 15% 보너스
· 《페이크》 JL2 스탯 위장
· 《은밀》 JL3 몬스터에게 잘 안 들키게 된다
· 《더블 스팅》 JL5 단검 스킬 2회 공격
· 《파워샷》 JL7 활 스킬 (화살은 소비)
· 《해제!》 레벨9 간단한 자물쇠를 연다
· 《함정 감지》 JL10 간단한 함정 감지

[캐스터]

MP와 INT에 10% 보너스
· 《파이어 애로우》 JL2 수 cm 크기의 불꽃 화살 화속성
· 《회복》 JL3 회복
· 《아이스 랜스》 JL4 얼음창 빙속성
· 《큐어》 JL6 상태이상 회복
· 《윈드 가드》 원거리 공격으로부터 보호하는 방어 마법 풍속성
· 《메디테이션》 JL10 스킬 사용 중에 MP 리제네

　수정에 손을 대고 눈을 감으니 머릿속에 문자와 숫자가 투영되었다.

　의식을 특정 항목에 기울이면 투영된 것이 미끈미끈하게 움직여서 애를 먹으면서도 [시프]를 선택. 그러자 곧바로 현재 스탯이 표시되었다. 서둘러 단말기에 메모했다.

〈이름〉 나루미 소타
〈레벨〉 1 → 19
〈직업&직업 레벨〉 시프 레벨1
〈모험가 계급〉: -9급-
〈스탯〉
최대HP : 7 → 103
최대MP : 9 → 53
STR : 3 → 35
INT : 9 → 51
VIT : 4 → 88
AGI : 5 → 31
MND : 11 → 60
〈스킬 1/2〉 → 〈스킬 2/6〉
·《대식가》
·《간이감정》
·〈비어있음〉
·〈비어있음〉
·〈비어있음〉
·〈비어있음〉

이것이 현시점의 스탯과 그 변동.

매직 필드 바깥에서 성인의 능력은 강 항목별로 3~8정도가 일반적인 수치로 알려져 있다. 나도 레벨 1일 때는 대부분 그 정도 수치였다. 그런데 레벨이 19가 되어 각 능력치가 크게 성장한 것이다.

스탯적으로 이 정도쯤 되면 100킬로가 넘는 물건을 들고도 올림픽 선수를 능가하는 속도로 달리는 것이 가능하다. 레벨업을 경험하지 않은 어떤 격투가에게도 질 가능성이 거의 없으며, 초인이라 불릴 수 있는 영역에 도달했다.

제일 중요한 스탯의 격차도 커지기 시작했다는 걸 알 수 있었다. 명백하게 HP와 VIT가 높고, STR과 AGI가 낮다. 이는 초기 스킬 《대식가》의 영향일 것이다.

분명 《간이감정》으로 봤을 때, 《대식가》의 효과는 '레벨업 시에 HP와 VIT 상승치에 플러스 보정, 식욕 증대, STR -30%, AGI -50%'였을 것이다. 감정 불능이었던 항목은 놔둔다.

보정을 제외하고 생각하면 1에서 19가 되어 스탯 상승치는 약 40~50정도이며, HP와 VIT 상승치는 그 두 배 정도로 볼 수 있다.

분명 레벨업 시의 플러스 보정은 10% 정도일 줄 알아서 예상 이상의 보정치에 솔직히 놀랐다. 《대식가》는 좀 더 지우지 않고 남겨 둬야 하나, 아니, 그래도 공복은 괴로운데……

"나도 할래~!"

공복이냐 스탯이냐 궁극의 양자택일에 고민하고 있으니, 조급해하던 동생이 끝났으면 비키라며 어깨를 흔들었다. 뭐, 고찰은 나중에 천천히 하면 되니 자리를 바꿔 주자.

안절부절못하며 수정 앞에 앉아 눈으로 설명하라고 호소하는 동생에게 전직 방법을 친절하게 지도했다. 으음 하는 소리를 내면서도 무사히 [캐스터]를 고른 듯했다.

"이걸로 끝이구나. 딱히 바뀐 느낌은 안 들지만."

"그런 거야. 전직했으면 일단 스탯을 가르쳐 줘."

"그러니까~……"

잊지 않도록 내 단말기에 입력했다.

〈이름〉 나루미 카노

〈레벨〉 1 → 19

〈직업&직업 레벨〉 캐스터 레벨 1

〈모험가 계급〉 : −미등록−

〈스탯〉

최대HP : 70

최대MP : 59

S T R : 61

I N T : 54

V I T : 47

A G I : 73

MND : 46

〈스킬 2/6〉

 ·《이도류》

 ·《간이감정》

 ·〈비어있음〉

 ·〈비어있음〉

 ·〈비어있음〉

 ·〈비어있음〉

"이런 느낌."

"어라? 카노…… 꽤 강한데?"

스탯 보정 스킬이 있는 것도 아닌데 스탯이 전체적으로 높다. 상승치도 평균 50을 넘기고 있다. 나에게 《대식가》 부스트가 없었다면 대패했을 것이다. 던익에서도 캐릭터를 만들 때 스탯 상승폭이 좀 더 높은 '당첨 캐릭터'에 대한 소문이 있었는데, 그건가.

뭐, 너무 신경을 써도 좀 그러니, 기분 탓이라 여기고 이야기를 계속했다.

"그리고 장비를 사야겠네. 좋은 무기가 있으면 사줄게. 예산은 50릴까지."

"아자~♪ 이 대거도 쓰기 편했지만, 곧 휠 것 같아서 힘을 주는 게 무서웠던 말이지~."

힘차게 일어나 무기가 놓여 있는 코너로 산바람이 나서 뛰어드는 동생. 그럼 나도 물색을 시작해 볼까.

가장 먼저 가격을 체크하고 싶은 물건은 뭐니 뭐니 해도 매직 백. 20층 이후에 출현하는 거대 지렁이의 소화기—위장 같은 것—으로 만들어서 눈에 보이는 것보다 20배 정도까지 더 들어가는 가방이다.

많은 물건을 넣을 수 있지만 중량은 가벼워지지 않으며 찢어지기라도 하면 안에 든 것을 그 자리에 뿌리게 되니 취급에 주의해야만 한다. 하지만 이후의 던전 다이브에서는 부피가 큰 물건을 넣을 필요도 생기게 되니 꼭 봐두고 싶었다.

"어디 보자, 250릴……. 역시 지금 가지고 있는 돈으로는 무리였나."

플레이어가 많이 있었던 게임 시절에는, 매직 백의 소재가 가게에 많이 팔려서 매직 백 완성품의 가격도 내려가 50릴이 있으면 살 수 있었다. 이 세계에서는 그보다 비쌀 것이라는 각오는 하고 있었지만, 어쩌면 살 수 있을지도 모른다는 아련한 기대가 무참하게 부서진 것이다.

앞으로는 숨겨진 상점을 이용할 기회도 많아질 테니, 던전 통화도 벌어야겠네. 입수할 기회도 늘어날 테니, 집에 돌아가면 던전 다이브 계획을 재검토하자.

그러니 다음은 감정 타임. 지금 들고 있는 것은 《감정》 스킬을 쓸 수 있는 매직 완드다. 《간이감정》으로는 감정할 수 없는 아이템과 스킬, 또는 스탯을 위장한 사람도 감정할 수 있기 때문에 꼭 갖고 싶은 물건이다. 단, 완드는 사용 횟수가 있으니 제대로 체크부터 한다.

"10회 충전된 완드가 10릴인가, 이건 게임이랑 똑같구나. 이거 하나 주세요."

"그래, 10릴 확실히 받았어."

집에 돌아가면 이 완드로 《대식가》와 볼게무트가 떨어뜨린 아이템을 감정하자. 실험하고 싶은 게 있으니, 잔금에 여유가 있으면 나중에 또 사러 오고 싶다.

다음으로 상태이상 회복 포션을 두 개 샀다. 한 개에 5릴이다.

만일의 경우에 이게 없으면 최악의 상황에 죽을 가능성이 있으니 보험으로 나와 카노가 하나씩 가지고 있어야지 싶다. 그리고 회복 포션의 가격도 확인했다.

(2릴인가. 이건 싸네.)

몸에 뿌리면 [프리스트]가 쓰는 《중회복》과 동등한 효과가 있으며 간단한 골절이나 손가락 끝부분의 결손 정도라면 바로 치료하는 굉장한 포션이다. 수요가 어마어마하게 높으며 모험가 길드에서는 하나에 최소 수십만 엔에 거래되는 비싼 아이템이지만, 여기서는 겨우 던전 동화 두 개로 살 수 있다.

게임을 할 때는 금방 품절되고 재입고 돼도 가격이 올라 10릴 이하로는 좀처럼 살 수 없었지만, 플레이어가 없어서 매직 백과는 반대 현상이 일어나고 있었다.

(좋다 좋아. 이건 되팔 수밖에 없겠군.)

그리고 또 하나의 인기 아이템.

"미스릴은 광석으로 팔고 있나요?"

"그래, 있어. 저 선반에 있는 게 광석이야."

한 평 정도 넓이의 선반 위에 다양한 색의 광석이 나열되어 있었다. 철광석과 은광석, 미스릴광석 등 광석별로 명찰이 붙어있는데, 같은 종류의 광석이라도 크기는 꽤 다른 듯했다. 안에 포함된 광석의 양은 전부 거의 같아서 고민할 필요는 없다고 한다. 그럼 옮기기 쉬운 작은 걸 사두자.

미스릴광석을 정련할 수 있으면 미스릴 주괴를 사는 것보다 훨씬 싸게 입수할 수 있다. 이것들도 게임을 할 때는 대장일에 손을 댄 플레이어들이 사재기해서 금방 품절되는 인기 아이템이었다.

(여기서 광석을 사서 바깥에서 정련 의뢰를 하고 만들어 달라고 하면 무기를 싸게 갖출 수 있겠어.)

포함된 미스릴의 양은 대단하지 않지만, 소량이라도 밖에서 사려고 하면 금액이 눈이 튀어나올 정도로 뛴다. 이것도 잘하면 되팔아서 큰 이익을 볼 수 있을 것이다. 내 되팔기 계획이 순조롭게 진행되는군.

"오빠~! 한손검을 두 자루 사고 싶은데…… 두 자루를 사면 50릴의 예산으로는 무리일지도…….''

그런 말을 하면서 두 자루 다 손에서 놓지 않으니 포기할 생각이 없다는 걸 알 수 있었다. 어떻게 안 되냐면서 애처로운 눈빛으로 올려다보면서 물어봤다.

"그럼 광석만 사서 공방에서 같이 만들어 달라고 할까.''

"만들 수 있어?! 신난다.''

돌아가는 길에라도 학교의 공방에 들러서 견적을 내달라고 부탁해 보자.

"벌써 돌아가는 거야?''

"네. 또 사러 올 거라 생각하는데, 그때는 잘 부탁드립니다.''

무기에 필요한 양의 은광석과 미스릴광석을 사고 남은 릴로 되팔기용 HP포션을 샀다. 당분간은 가격이 너무 올라가지 않는 정도로 할머니의 가게에서 모험가 길드로 HP포션 되팔기 마라톤이라도 하자.

"그래, 오랜만에 손님이 와서 허전해……. 어라? 그러고 보니 최근에도 인간이 왔었지."

"……네?"

그거, 상당한 폭탄 발언이 아닌지.

최근에도 인간이…… 왔다고?

할머니의 가게는 통상적으로는 갈 수 없는 숨겨진 구역에 있다. 그리고 가게 앞의 광장에도 모험가의 모습이 전혀 보이지 않아 분명 아무도 온 적이 없는 줄 알았다.

"어떤 사람이었죠?"

"음~ 미안해. 기억이 잘 안 나."

푸르푸르가 고개를 갸웃거리면서 '인간은 기억하기 어렵단 말이지'라며 중얼거렸다. 마인이라고는 해도 외모가 인간과 비슷한데, 인간의 모습을 기억하기 어렵다는 것도 어떻게 보면 재밌지만—.

(온 사람은 플레이어인가?)

이쪽 세계에 날려진 후로 오늘까지 한 달이 조금 넘었다. 나와 똑같이 E반 스타트라면, 이 기간 사이에 할머니의 가게까지 도달하기란 꽤나 어려웠을 것이다. 그래도 나 이상으로 시간을 들이고 리스크를 안고 효율적인 레벨업을 했다면 못 올 것도 없다. 혹은 내가 모르는 지식이나 방법으로 여기까지 왔다는 경우도 생각할 수 있다.

(플레이어가 아니라 보통 모험가일 가능성도 있나.)

도서실에서 조사한 바로는 이 장소에 대한 기사는 보지 못했다. 하지만 이 던전이 발견된 지 벌써 몇십 년이나 지났다. 그 사이에 누군가 한 명쯤 흥미 본위로 던전 통화를 홈에 끼워 넣어 우연히 이곳에 다다랐다고 해도 이상할 것 없다. 정보가 나오지 않은 건 이곳을 독점하고 싶어서 숨긴 것으로 보인다.

플레이어든 플레이어가 아닌 모험가든, 이 가게를 알고 있다면 뭔가를 사재기했을 것이다. 나라면 그렇게 한다. 하지만 재고를 보면 그런 느낌이 안 드니 물어보기로 했다.

방문자가 플레이어라면 나와 똑같이 포션이나 광석을 살 것이고, 모험가라면 매직 아이템도 살 것이다. 무엇을 샀느냐에 따라서 한쪽으로 좁힐 수 있을지도 모른다.

"아무것도 안 샀는걸? 그냥…… 내 가게에 누가 왔는지 물어봤었지."

(……아무것도 안 샀어?)

이 가게의 라인업은 바깥과 비교해도 굉장히 매력적인 물건뿐이다. 가지고 있는 던전 통화가 없었던 걸까. 그렇다면 푸르푸르에게 통화의 존재와 필요성을 물어보고 모은 다음에 사러 오면 그만이다. 그리고 사려면 마석으로도 사는 게 가능하다.

그럼에도 불구하고 아무것도 사지 않았다는 것은 순수하게 누가 왔는지 물어보러 왔을 뿐일 것이다. 이 타이밍에 이런 질문을 한다면 모험가보다는 플레이어일 가능성이 높을 것 같다.

(반 친구 중에 던전에 박혀 있을 법한 플레이어가 있었던가.)

난 반 친구와의 교제는 거의 무시하고 있었다……기보다는 슬라임에게 졌다는 악평 때문에 누구도 나에게 말을 걸지 않았고 무시당하고 있었다. 방과 후에는 들어갈 부활동도 찾지 않고 다이어트나 던전 다이브에 전력을 다했다. 누가 얼마나 던전에 가는지 전혀 감이 안 잡혔다.

(원래부터 학교 같은 건 언제 그만둬도 상관없다고 생각하고 있었으니까. 정보 수집을 위해서라도 조금은 교류를 늘리는 편이 좋은가?)

반 친구와의 교류는 쓸데없이 시간을 빼앗긴다는 디메리트는 있지만 정보 수집이나 유익한 이벤트를 진행하는 데에도 어드밴티지가 될 수도 있다. 던익의 이벤트가 일어나는 장소도 주요 인물도 대부분이 모험가 학교와 관련되어 있기 때문이다.

그리고 그중에는 위험한 시나리오나 이벤트도 있어서 그런 것들을 회피하기 위해서라도 아카기나 히로인들이 이벤트를 얼마나 진행하고 있는지 교류를 통해 파악해 두는 것도 좋을지도 모른다.

"……그렇군요. 그 분이 또 오면 제가 여기에 왔다는 걸 비밀로 해주실 수 없을까요. 알려지면 좀 곤란해서요."

이렇게 빨리 여기에 올 수 있었던 것도 볼게무트라는 이레귤러가 있었기 때문. 그런 나보다 빨리 도달했으니 상당한 실력자로 볼 수 있다. 적이 될 가능성도 있으니 이쪽의 정보는 가능하면 숨겨 두고 싶다.

공교롭게도 레벨업 경쟁이라면 밀리지 않을 것이다. 이대로 추월해서 따돌려 주마.

"그래. 하지만 너도 기억 못 할 것 같으니 걱정하지 않아도 괜찮아."

"감사합니다. 또 올 건데, 그때는 잘 부탁드립니다."

"또 올게~ 언니."

카노가 손을 흔들자 푸르푸르도 생글생글 웃으며 손을 흔들어 줬다. 이런 손님도 오지 않는 한산한 가게를 왜 하고 있는 것인 가. 시간 감각이 있는지 없는지조차 모르겠지만, 우리 입장에서 는 이래저래 고맙다.

아무도 없는 광장에 돌아와 잠깐 쉬었다. 던전 속이라고는 느 껴지지 않을 정도로 광대하고 한가로운 광장이다. 새가 우는 소 리나 바람이 속삭이는 소리는 없지만 천장은 높고 약간 밝은 하 늘색이라 개방감도 느껴졌다. 이런 곳을 동생과 독점하는 건 기 분 좋은 일이다.

10층 입구에서 산 야키소바를 꺼내서 먹었다. 예상은 하고 있 었지만 비싼 주제에 맛은 대단하지 않았다. 그보다 이건 무슨 고기야.

"그럼 집에 갈까."

"응."

돌아갈 때는 이 광장의 한쪽 구석에 있는 게이트를 쓴다. 여기 서 마력 등록을 해두면 던전 바깥에서도 바로 할머니의 가게에 올 수 있게 된다.

하나에 십몇 kg 정도 되는 광석 네 개를 들고 이동하는 것이긴 하지만, 레벨업을 해서 힘이 올라서인지 무거운 건 그다지 고생 스럽지 않았다. 무게보다 광석이 크고 부피를 많이 차지해 옮기기 어려우니 빨리 매직 백을 가지고 싶다. 그러기 위해서라도 던전 통화를 많이 벌어야만 한다.

다음 다이브는 미노타우로스 사냥을 할까, 더 깊이 들어갈까. 그것에 대해서는 집에 돌아가서 천천히 생각하도록 하자. 어쨌든 오늘은 사건이 너무 많이 일어나서 난 지쳤어. 아까부터 하품이 멈추지 않는다.

본 적 있는 벽 문양에 마력을 통하게 해서 게이트를 열었다. 빠져나가니 순식간에 학교 지하 1층의 빈 교실로 이동 완료다. 던전 안보다 온도가 몇 도 낮아 서늘해서 기분 좋았다.

"먼저 집에 가도 돼. 난 공방에 이 광석을 맡기러 갔다 올게. 혼자 갈 수 있겠어?"

"괜찮아~. 뒷일은 부탁할게."

기분이 좋은지 통통 뛰면서 룰루랄라 떠나갔다. 그보다 외부인이니까 교내에서는 눈에 띄지 않도록 행동하라고 말해 주고 싶다. 저 방어구는 눈에 띄니 위장용 교복이라도 만들어 둘까.

광석을 짊어지고 가면 현재 레벨이 들킬 것 같으니, 공방까지 손수레를 빌려와서 옮기기로 했다. 덜그럭덜그럭 밀면서 밖으로 나오니 투기장이 있는 방향에서 훈련하는 목소리가 들려왔다. 고등학교 때가 생각나서 그립다……가 아니라 지금 나도 고등학생이었지.

그보다 아카기의 부활동은 어떻게 됐을까. 역시 E반을 대상으로 한 부활동에 들어갔을까. 이미 흑화했을지도 모르니, 신경쓰이지만……. 그런 경우에는 귀찮은 소란이 일어나니 말려들

지 않도록 회피하는 편이 좋다는 생각을 하면서 공방 구역으로
발길을 옮겼다.

▰/////////////////////////

새 외벽에 잘 청소된 짐 보관소. 하얗고 네모난 형태를 한 공
방 안에서는 큰 기계가 작동하는 소리와 금속을 두드리는 소리
가 들려왔다.

이 학교에는 민간 기업의 지도를 받아 금속에 조각을 하거나
장식품을 만들며 배우는 부활동도 있으며, 주로 활동하는 곳은
학교 부지 안에 있는 공방 구역이다. 미스릴도 그렇지만 던전산
금속은 대량의 마력을 통하게 하면서 가공한다. 레벨업을 많이
경험하여 마력량이 많은 모험가 학교의 학생은 금속조각사나
대장장이 적성도 높아서 목표로 하는 사람도 많다.

(그럼. 선배님들은 있을까.)

활짝 열린 공방 입구에서 안을 들여다보고 있으니 몸집이 큰
학생이 내 존재를 알아차리고 나왔다.

"뭐냐? ……의뢰인가?"

의아하다는 듯이 나를 본 후에 짐받이에 있는 광석을 보고 의
뢰라는 걸 안 모양이다. 네, 그 말대로입니다.

"이 광석을 정련하고, 가능하면 무기 제작 견적을 부탁하고
싶은데 괜찮은가요."

퉁명스럽게 빤히 나를 쳐다봤다. 2학년일까. 그리고 나서 광

석을 보더니 미스릴광석이 있다는 걸 알고는 놀랐다.

"그래그래, 지금 우리는 미스릴 합금을 공부하고 있거든. 의뢰라면 싸게 해주지."

"그런가요, 의뢰비는 얼마 정도인가요?"

갑자기 기분이 좋아진 선배. 비위를 잘 맞춘다는 생각이 드는데, 싸게 의뢰할 수 있으면 부탁해 볼까. 조금만 더 있으면 HP 포션 되팔기로도 돈을 벌 예정이지만 지금은 어쨌든 지갑 사정이 좋지 않다.

"미스릴과 은 정련을 나한테 맡겨 준다면…… 이 정도 나오겠네. 무기를 만들 거라면 일단 미스릴의 양이 얼마나 나오는지에 따라 달라. 정련한 후에 정하는 편이 좋을 거야."

제시받은 금액은 생각보다 쌌다. 정련만 되면 제작 의뢰는 다른 곳에서 해도 되니, 다음에 모험가 길드에 사전 조사라도 하러 갈까.

"그렇게 부탁할게요, 전 1학년 E반의 나루미라고 합니다."

"1학년 E반이라고요? E반인데 미스릴 합금 같은 걸 쓰나……. 뭐 됐어. 그럼 나중에 와."

"서류 같은 건 안 쓰나요?"

"……잠깐 기다려."

안에서 정련 의뢰 계약서 용지를 가지고 와서 사인했다. 정련은 금방 된다고 해서 며칠 지나면 가지러 오겠다고 말해 뒀다.

자 그럼. 빨리 집으로 가자.

"다녀왔습니다~ 아니, 오오?"

"소타! 카노가 말하는 게 정말이야……? 어라? 살이 조금 빠졌나……."

집에 돌아오자마자 어머니가 현관까지 종종걸음으로 왔다. 카노가 [캐스터]가 되었다는 말을 듣고 사실인지 아닌지 따지려고 온 것 같은데, 내 외모가 변해서 고개를 갸웃거렸다. 그야 그렇겠지, 아침에 배웅했을 때와 지금을 비교해서 체중이 이렇게까지 다른 건 보통은 있을 수 없는 일이다.

그렇다고는 해도 볼게무트전에서 한번 급격하게 살이 빠졌다가 휴대식량을 닥치는 대로 먹어서 요요가 온 것까지 포함해서 종합적으로는 살이 조금은 빠졌을 것이다. 어느 정도인지 정확히는 모르겠지만, 아침과 비교해서 10kg 이상은 빠지지 않았을까.

이래저래 놀라기도 하고, 물어보고 싶은 게 있는지 팔을 붕붕 휘두르면서 입을 우물거렸다.

"밥 먹으면서 얘기해도 돼? 배고파."

"……밥은 이미 돼있으니까 차려 둘게."

내 방에 들어와 잠깐 한숨 돌렸다. 오늘 하루는 진짜 피곤하다.

완전히 너덜너덜해진 마랑의 방어구를 방에 두었다……. 산지 얼마 안 됐지만 이것도 새로 사야 한다. 새로 산다고 해도 19레벨에 맞는 방어구를 맞추면 대체 얼마가 들까.

골머리를 썩이며 편안한 실내복으로 갈아입고 거실로 가니,

아주 서투르게 억지 웃음을 지으며 아버지도 앉아 있었다. 뭐,
마침 잘됐다.

"그럼, 뭐부터 이야기할까……."

"[캐스터]가 된 것부터 부탁할게."

어머니가 슬라이딩 하듯이 옆에 앉아 재촉했다.

이 세계에서는 기본 직업으로 전직이 가능하면 전업으로도 먹
고 살 수 있는 어엿한 모험가라는 인식이 있다. 아직 모험가에
대한 미련을 완전히 버리지 못한 아버지도 오랫동안 레벨 4의
벽을 넘지 못하고 있었기 때문에 뭘 어떻게 하면 그렇게 레벨이
오르는지 관심 없는 척을 하면서도 신문을 읽으며 우리가 하는
이야기에 귀를 기울이고 있었다.

"내가 지금부터 하는 이야기는 가족만의 비밀로 해 줬으면 좋
겠는데."

"……그거 굉장한 정보야?"

"뭐, 일부는 그렇지."

새로운 던전 정보는 경우에 따라서는 엄청난 가격으로 거래된
다. 그야말로 평생 놀고먹을 수 있을 정도의 금액. 그런 정보를
알고 있다는 걸 알아내면 억지로라도 캐내려는 위험한 녀석들
도 나타난다.

사태의 심각성을 느끼고 아버지도 어머니도 마른침을 꿀꺽 삼
키고 이어질 말을 기다렸다.

"내가 [캐스터]가 되고, 오빠가 [시프]가 됐지."

"그래. 참고로 나도 카노도 레벨이 19가 되었어."

""1…… 19?!""

아버지가 눈을 휘둥그레 떴고, 어머니는 몸을 앞으로 기울이며 되물었다. 레벨 19라고 하면 나름대로 유명한 클랜에서 영입 제의가 들어올 레벨이라며, '우리 아이들은 천재인가!' 하고 손을 맞잡고 기뻐했다. 천재인지는 모르겠지만.

자 그럼, 어디까지 설명하는 게 좋은가.

신뢰할 수 있다는 건 알고 있고, 더할 나위 없는 협력자가 될 수 있는 나루미가의 면면들. 이쪽 세상에 온 이후의 일은 가족에게는 비밀로 하지 않을 생각이었다. 던전 지식에 대해서는 위험성을 알리고 솔직하게 말할 생각이다.

그렇다고 해도 이곳이 게임 세계라던가 원래 있던 세계에서 일어난 일에 대해 말해도 머리가 정상인지 걱정하게 만들게 될 뿐이니 이야기할 생각은 없다. 그건 말해도 의미가 없는 것이니.

일단 며칠 동안의 경위부터 꼼꼼하게 설명하도록 하자.

제07장 ✦ 나루미가 회의

거실에서 열린 나루미가 회의. 겨울에는 코타츠로 쓰는 낮은 탁자에 나루미가 일가 네 사람이 서로 마주 보며 앉았다.

우선은 게임 지식 운운하는 것보다 지금까지의 경위부터 말하는 편이 좋을 것이다. 동생 카노의 버스부터 시작해서 10층까지의 여정을 설명했다.

"그럼 전직한 건 정말이네……."

"정말, 그렇다고 했잖아!"

왜 안 믿냐며 볼에 씨앗을 가득 채운 햄스터처럼 볼을 부풀리며 항의하는 동생.

"근데 어떻게 그렇게 빨리 올릴 수 있었지?"

신문을 책상에 내려 놓고, 놀람을 감추지 못하며 무엇을 한 거냐고 물어보는 아버지.

어머니는 모험가 길드에서 임시 사원으로 일하고 있어서 통계와 데이터를 다뤄서 알고 있는데, 일류 모험가라도 레벨19까지 올리는데 상당한 시간, 적어도 3년 정도는 걸린다고 한다.

게임 지식이 없고 게이트도 못 쓴다. 많은 사람들과 파티를 맺는다. 반드시 이길 수 있는 상대하고만 싸운다. 그런 조건이라면 최단기간이라도 그 정도 시간이 걸릴 것이라는 건 상상이 됐다. 물론 그것들을 실행하기 위한 시간과 자금, 신뢰할 수 있는 동료를 확보하는 게 필요 최소한의 조건이다.

게임 지식이 있다면 몇 달 정도로 올릴 수 있지만, 동생은 겨우 며칠 만에 레벨19까지 올렸다. 이 성장 속도는 이 세계뿐만 아니라 게임 세계라고 하더라도 어려울 정도다. 그런 상식 밖의 일을 포함해서 지금까지의 경위를 설명했다.

내가 동생에게 해준 버스로 레벨을 7까지 올리고, 그 후에 7층에서 골렘 사냥으로 레벨을 9나 10까지 올리려고 했지만 쓰레기들과 엮여 카노가 공격당한 일. 흉악한 적과 싸워야만 했던 일. 그리고 격전을 벌인 결과, 레벨19가 되고 살이 빠져 버렸다고 설명했다.

"감히 카노를! 아빠가 혼내 주마!"

"그래서 그렇게 살이 빠졌구나."

아버지가 흥분해서 분노했지만 동생을 공격한 놈들이 소속된 클랜은 일단 공략 클랜이라 자칭하고 있었다. 레벨이 4면 쳐들어가도 오히려 당하기만 할 테니 조금 진정해 줬으면 한다.

그리고 날씬해진 이유—날씬해졌다고 해도 아직 충분히 통통하다—가 격전을 벌인 결과라고 해도 보통은 납득하지 않겠지만, 체중을 크게 감량한 내가 눈앞에 있으니 믿지 않을 수가 없을 것이다. 무사히 돌아와 줘서 그 점은 납득한 모양이다. 그리고 쓸데없이 칼로리가 높은 식사로 또 살을 찌우려고 하지 않았으면 한다.

"근데, 소렐이라…… 들은 적은 있어."

소렐에 대해서. 모험가 길드에서 일하고 있는 어머니가 말하길, 아직 결성한 지 1년 정도밖에 안 된 새 클랜이며 클랜 리더가 상당한 야심가이자 문제아라고 한다. 소렐 자체도 다른 공략 클랜과 다툼이 끊이지 않는 요주의 클랜이라고 한다.

클랜끼리 다투는 이유는 몇 가지 있다. 우수한 인원 확보. 인원 이동에 따른 정보 기밀 유지 문제. 좋은 사냥터와 몬스터, 희소 아이템 독점과 쟁탈, 경쟁. 어느 클랜이 더 뛰어나느냐 하는 자존심 문제도 있지만, 아무튼 거대한 돈이 움직여서 이해관계나 대립이 격렬하다.

클랜끼리의 항쟁도 옛날에는 던전 안에서 싸우는 정도라 평화로웠지만, 지금은 인위적으로 만들어진 매직 필드 —AMF라 불리고 있다— 사용을 전제하고 싸우는 일이 많아서 던전 밖에서도 대규모 피해를 야기하는 경우가 있다.

레벨을 올리지 않은 일반적인 경찰이 공략 클랜의 항쟁에 끼어들기에는 부담이 커서 전적으로 모험가 길드가 중재하는 것이 관례다. 모험가 길드와 관련이 있어 길드 직원인 어머니에게도 그런 정보가 들어와 소렐을 알고 있었던 모양이다.

"모험가 방범과 분들도 머리를 싸매고 있었어. 요즘엔 클랜끼리 벌이는 항쟁이 많아서 사람이 정말 부족하대."

어지간한 클랜의 항쟁이라면 몰라도, 공략 클랜 중재에는 모험가 길드 내에서도 상응하는 레벨이 요구된다. 모험가 길드라 하더라도 그 정도 수준의 인재를 확보하는 건 어려우며 항쟁이 많을 때는 아무래도 인력이 부족해지는 문제를 안고 있다고 한다.

(소렐에게 벌을 주고 싶은데, 문제는 '배후'가 어느 정도까지 나오느냐인데…….)

소렐의 배후에는 2차 단체 '금란회'가 있고, 더 나아가서는 탑 클랜인 '컬러즈'도 있다. 소렐을 혼내 주고 싶은 마음은 굴뚝같지만, 한시라도 빨리 혼내 주고 싶은 건 아니다. 차분하게 레벨을 올려 강해진 뒤에 안전하고 확실하게, 그리고 비밀리에 하는 것이 중요하다. 컬러즈와 싸움을 벌일 생각은 없기 때문이다.

애초에 우선순위를 생각하면 D반의 바보들을 어떻게든 하는 게 먼저고, 학교 안에서 뭔가를 한다고 해도 얼마나 센지는 들키고 싶지 않으니 《페이크》는 필수. 그리고 몇 달 정도는 장비와 스킬의 내실을 다져 환경을 정비하는 편이 나을 것이다. 레벨업도 중요하지만 지금까지는 너무 서둘렀다.

"소렐에 대한 복수는 아버지와 어머니에게도 위해가 가해질 가능성이 있으니까 나중으로 미루자. 가족 모두의 레벨부터 착실하게 올린 다음에 다시 생각하자."

"……위험한 일은 최대한 피하는 게 좋아."

볼에 손을 대고 걱정하는 어머니는 복수에 소극적인 듯했다. 그도 그럴 것이다. 가족의 목숨이 가장 소중하다. 무사히 있기만 하면 된다는 생각도 잘못되진 않았다. 다리를 베인 동생도 포션을 써서 완치되었고 후유증은 물론이고 흉터도 남지 않았다. 이 시점에 무리할 필요는 없다.

"그럼 내가 버스를 태워 줄게. 오빠가 안티에이징 효과도 있다고 말했으니까."

"그, 그렇네. 그럼 부탁해 볼까."

"아…… 아빠도 참가해도 될까?"

동생은 다리 끊기라면 맡겨 줘! 라며 없는 가슴을 폈지만, 대상 몬스터가 모험가 길드에서 주의 환기를 하고 있는 오크 로드라는 말을 듣고 깜짝 놀라는 부모님. 하지만 지금은 오크 솔저 여럿을 데리고 있는 오크 로드가 상대라고 해도 정면으로 붙어서 다치지 않고 이길 수 있을 테니 걱정은 없다.

게임이라면 가능한 한 깊은 층에서 버스를 하는 편이 효율이 좋지만, 이쪽 세계에서 실제로 급격한 레벨업을 해보니 예상 이상으로 몸에 부담이 갔다. 그리고 목숨도 달려 있으니 더 확실하고 안전하게 레벨업 할 수 있도록 카노 때와 마찬가지로 처음엔 다리 끊기로 오크 로드를 잡는 것부터 하는 편이 무난할 것이다.

그리고 10층의 숨겨진 상점을 이용해서 HP포션과 광석 되팔기를 계획하고 있는 것도 설명해 뒀다. 숨겨진 상점의 존재는 앞으로 돈을 마련하는 데 이용하고 싶으니 가족 이외에는 비밀로 하고 싶은 사항 중에도 순위가 높았다.

"다른 곳에 팔아도 중개 수수료가 크잖아. 소량이라면 내 가게에 파는 건 어때?"

"길드에서는 판매가의 반값 이하로만 사들이니까 아빠 가게에 파는 게 이득이네."

아버지는 직장 생활을 그만두고 모험가 관련 아이템과 상품을 취급하는 작은 가게 '잡화점 나루미'를 열었고, 최근에는 전국에 인터넷 통신 판매도 하고 있다.

아버지의 말에 따르면 HP포션은 길드의 감정 인증이 있으면 개인 가게에서도 바로 팔 수 있는 인기 상품이라고 한다. 하지만 길드에서 사자니 단가가 비싸서 이익이 거의 나지 않고, 그렇다고 해서 모험가에게서 감정 인증이 없는 HP포션을 매입하는 건 리스크가 커서 지금까지는 취급하지 않았다고 한다.

내 이익이 늘어나기도 하고, 우리 집의 식탁이 호화로워진다면 꼭 아버지의 가게를 이용하고 싶다. HP포션은 전부 아버지의 가게에 팔아 버리자.

그 후, 맹렬한 공복감을 채우듯이 밥을 먹어 치운 나는 극도의 피로와 만족감을 느끼며 정신없이 잤다.

▰//////////////////////

"왔어! 여보, 로프 자를 준비해."

"어…… 어어. 굉장한 숫자군…."

카노가 시야에 들어오자마자 그 뒤로 오크 로드와 무수한 오크 솔저가 땅울림과 흙먼지를 일으키며 나타났다. 50마리는 족히 넘을 것이다. 흔들다리로 밀어닥치며 돌진하는 모습은 마치 들소 떼가 전속력으로 달려오는 듯했다.

─이곳은 던전 5층.

어젯밤에 한 나루미가 회의로 현재 놓인 상황을 상세하게 이야기한 결과, 가족의 안전이 최우선이라는 방침이 정해졌다.

나와 카노의 얼굴은 소렐의 멤버 두 사람에게 알려져 있다. 우리가 살아 있다는 걸 알면 좋지 않은 일이 일어날지도 모른다.

게다가 《간이감정》으로 레벨이 이상하게 올랐다는 걸 알면, 배후에 있는 조직도 폭력을 써서라도 그 비밀을 캐내려 할 수도 있다.

나와 동생만이라면 그런 놈들을 격퇴할 수 있을지도 모르지만, 아버지와 어머니의 레벨로는 모험가에게 대항하지 못해 무방비하다. 그렇다면 선수를 쳐서 홀로 돌격하여 소렐을 괴멸시킨다는 강경책을 생각했지만 상대가 어디까지 나올지 모르는 이상, 현재의 레벨로는 위험이 따른다.

이상과 같은 이유로 안전을 생각해서 중요한 과제로서 해야 할 일은 《페이크》 습득과 가족의 레벨업이라는 결론에 다다른 것이다. 뭐, 대처가 과할지도 모르지만, 모험가가 날뛰고 설쳐 치안도 나쁜 이 세계의 상식으로 생각하면 이 정도로 신중하게 가는 편이 좋다.

우선 《페이크》 습득.

레벨과 직업 정보를 숨기고 위장하는 것은 게임 지식이 있다는 걸 들킬 리스크를 크게 줄이는 것으로 직결된다. 만약 지금 나나 동생에게 《간이감정》을 쓰면 소란으로 끝나지는 않을 것이다. 이 상황을 방치하는 것은 가족의 위기 상황을 만드는 것과 마찬가지이니 한시라도 빨리 《페이크》를 습득하기 위해 움직여야 한다.

가족 모두의 레벨도 빨리 올리고 싶다. 어떤 문제가 생겨서 게임 지식이 탄로나 정보를 목적으로 한 습격을 당한다고 해도 가족 모두가 레벨 30이 되면 어지간한 모험가 정도에게는 반격할 수 있다. 힘에는 힘이다. 당연히 무리한 레벨업은 하지 않는다. 확실하고 안전하며 더욱 빠른 레벨업을 할 수 있는 계획을 짜도록 유의한다.

그러기 위해 오늘은 학교를 쉬고 아버지도 오전 중에만 가게를 닫고 《페이크》 습득과 버스를 받으러 와있었다. 카노는 [캐스터]였기 때문에 할머니의 가게에서 [시프]로 전직해 뒀다.

이곳 5층과 할머니의 가게는 마력을 등록해 둬서 게이트로 간단히 계층 이동이 가능하다. 부모님께 게이트 사용법을 설명하자 엄청 놀랐는데, 앞으로 던전 다이브를 계속하면 더 놀랄 일이 많아질 테니 빨리 익숙해졌으면 한다.

─어이쿠. 지금은 그런 생각을 할 여유는 없었다.

"데려왔어어어어어어!"

"두 분. 카노가 다리를 다 건너도 선두에 있는 오크 로드가 다리의 중앙을 넘을 때까지는 자르지 마세요."

"알았어!" "맡겨 둬."

흔들리는 다리 위를 영양처럼 뿅뿅 뛰면서 달려오는 내 동생. 각력도 순조롭게 올라 저런 식으로 달릴 수 있게 되었다. 게임에서는 아무리 레벨이 올라도 속도는 변해도 평소와 똑같이 달렸는데, 이것도 게임이 현실이 되어 바뀐 부분 중 하나라고 할 수 있겠다.

그러는 동안에 선두의 오크 로드가 다리의 중앙을 넘었다. 눈에 핏발이 서있고 평소보다 더 화가 났는데 뭔가 한 걸까. 흔들다리의 와이어를 자르라고 신호를 주자 어머니와 아버지가 좌

우로 나뉘어서 동시에 잘라 냈다. 떨어질 때의 비명까지 꾸륵꾸륵 시끄러운 오크들은 10초 정도 지나서야 경험치가 되었다.

"오오?! 레벨업 했다! ……이거 굉장하네."

"어라…… 가슴속이 답답해졌는데, 그 후에는 개운한 느낌이네. 어때, 젊어졌어?"

한 자릿수 수준의 레벨업으로는 그리 크게 젊어지지 않을 것 같지만, 아버지는 예뻐졌다면서 열심히 어머니를 치켜세웠다.

순조롭게 버스가 될 것 같아서 아이템을 회수하면 다음 오크 로드가 리젠되는 시간까지 일반적인 사냥을 하기로 했다. 참고로 오크 로드가 상당히 흥분한 이유는 '꾀어올 때 공격이 얼마나 잘 보이고 피할 수 있는지 시험했기 때문'이라고 한다. 오크는 잔학성이 강한데, 반대로 말하자면 도발에 약한 종족이다.

통로를 걸으며 발견한 몬스터를 사냥하면서 내가 알고 있는 던전 지식을 아버지와 어머니에게 늘어놓았다. 함정과 지역, 몬스터의 특징과 잡는 법. 11층 이하 공략에 도전하기 위해 마법 공격 수단을 원한다는 이야기와 기갑사가 되고 싶다는 이야기 등, 앞으로의 예정도 이야기했다.

"그 지식은…… 아니, 그렇군. 일단 여기서 레벨 7까지 올리는 편이 좋은가."

"그래. 그리고 몸이 얼마나 움직이는지 시험해 보면서, 골렘을 사냥하기 전까지 실전 연습을 하는 편이 좋아."

급격하게 레벨을 올리면 몸을 쓰는 법이 지금까지와는 달라진다. STR이 오르면 지금까지 양손으로만 다룰 수 있었던 검을 한 손으로 다룰 수 있게 되거나, 신체능력이 올라 몸의 관성을 어느 정도 무시할 수도 있다. 그런 것을 알아차리고 익숙해지기 위해서는 역시 전투에 시간을 들여야만 한다.

육체 강화에 익숙해지면서 레벨 8까지 올리면 [뉴비]의 직업 레벨도 10에 도달해 《스킬 칸+3》도 배울 수 있을 것이다. 그러면 10층에 있는 할머니의 가게에 가서 [시프]로 전직해서 《페이크》를 습득한다는 앞으로의 흐름도 설명했다.

아버지는 얌전히 고개를 끄덕이고 있지만, 이해를 한 건지 아닌 건지. 뭐, 나랑 동생이 도와줄 테니 조금씩 기억하면 된다.

"아자~! 《페이크》 배웠어!"

정성껏 설명하고 있으니 주변을 뛰어다니며 고블린 솔저를 마구 잡던 동생이 달려와서 보고했다. 시험 삼아 《간이감정》을 써 보니······.

〈이름〉 나루미 카노
〈직업〉 파이터
〈강한 정도〉 상대가 안 될 정도로 약함
〈소지 스킬 수〉 0

"[파이터]에 상대가 안 될 정도로 약하다······라. 스킬 수가 '0'인 건 부자연스럽네."

"그럼, 3개 정도로 해둘까~."

《페이크》는 《간이감정》으로부터 스탯을 숨기거나 속일 수 있는 인식 저해 계열 패시브 스킬이다. 직업과 강한 정도 등, 각 항목의 파라미터는 자기가 임의로 설정할 수 있지만, 카노의 '소지 스킬 수 0'처럼 부자연스럽다고 여겨지면 《간이감정》이라도 저해가 풀려 들킬 가능성이 있다. 어디까지나 감정하는 측의 인식을 속이는 애매한 스킬에 불과하다.

다른 결점으로는 《간이감정》보다 더 상위에 있는 감정 계열 스킬을 쓰면 간파당한다는 점이 있지만 그 정도 레벨의 상대는 학교에도 거의 없고, 있다고 하더라도 싸울 일이 없으면 사용할 일도 없을 테니 지금은 생각하지 않아도 괜찮을 것이다.

게임을 할 때는 힘을 숨기는 스킬 같은 건 쓰임새가 없어서 솔직히 말해서 사장된 스킬이었다. 이 세계에서도 공작원이나 첩보원이 아니면 《페이크》를 귀중한 스킬 칸에 넣는 유별난 사람은 없고, 대부분의 사람은 습득하지 않는다고 하지만.

"다리 끊기 한 번 더 하면 나도 솔로 사냥해서 배워 올게."

"알았어~. 아, 슬슬 오크 로드가 리젠될 시간이네. 갔다 올게."

"카노. 조심해."

그 후에도 몇 번인가 오크 로드를 사냥해 아버지는 레벨 6, 어머니는 레벨 5까지 상승. 나도 무사히 《페이크》를 배울 수 있었다. 파라미터는 [뉴비]에 레벨 5 정도로 해두자.

내일부터 학교에 갈 생각이었지만, 혹시 모르니 준비 기간으로 며칠은 더 쓰는 것도 좋으려나. 소렐과 이 세계에 대해서 좀 더 조사해 두고 싶고 살이 빠져서 교복도 수선해야 한다. 할 일이 많을 것 같다.

제**08**장 ✦ 타치기 나오토①

—— 타치기 나오토 시점 ——

얼마 전 4번 투기장에서의 결투 소동.

카리야에게 심하게 당해 갈비뼈가 몇 대 골절된 유우마는 다행히 [프리스트] 선생님의 시술을 받아 당일에 완치. 지금은 아무렇지도 않은지 건강하게 움직이고 있다.

하지만 그날부터 E반은 어둠 속에 있는 듯한 무거운 분위기에 휩싸였고, 그 분위기에서 빠져나오지 못하고 있었다.

얼마 전의 부활동 권유식에서도 E반의 존엄을 심하게 훼손당했지만, 그래도 노력하면 언젠가는 인정해 줄지도 모른다며 긍정적으로 생각하고 다시 일어서려는 반 친구들도 많았다. 하지만, 이번엔 다르다.

이 반에서 눈에 띄게 우수하고, 재능과 카리스마도 있으며 전투 능력도 아주 뛰어났던 유우마가 패배한 일. 그리고 다른 반으로부터 온갖 악의가 담긴 욕 세례를 받은 일은, 유우마의 뒤를 따르려고 한 사람들의 긍정적인 마음을 꺾기에 충분했다.

함께 노력해 온 사쿠라코와 카오루, 나조차도 의기소침했다.

그렇다고는 해도 진 유우마가 나쁜 게 아니다. 천박한 태도로 사쿠라코에게 접근하고 그걸 막은 유우마에게 트집을 잡아서 도발. 게다가 한 번도 던전에 들어간 적도 없는 상대에게 결투를 신청하는 건 너무 불합리하지 않은가. 실로 비열한 놈들이다.

그때는 유우마의 용기 있는 행동에 반 일동이 칭찬했지만……냉정하게 생각해 보면, 이 결투는 계획된 것이라는 것을 알 수 있다.

투기장의 예약표를 조사해 보고 알아낸 것이 있다. 4번 투기장은 대마법 실드를 칠 수 있어서 제1마술부가 연습 때문에 자주 사용하던 장소다. 제1마술부 외에도 제2, 제3마술부도 예약을 해뒀고, 이후로도 쭉 예약은 가득했다. 그런데 일시적이라고는 해도 1학년 E반의 결투 따위를 위해 비워 줄까.

카리야에게도 이상한 점이 있다. D반에서는 다른 사람들보다 더 유능한데도 불구하고 왜 D반에 재적하고 있는가.

전투 기술에 관해서는 유우마와의 전투를 직접 보고 알아낸 것인데 카리야는 하루아침에 갖출 수 없는 고도의 기술과 전술을 구사하고 있었다. 모험가 학교의 반은 A반부터 성적순으로 배정된다. 그 기준으로 생각하면 전투 기술도 레벨도 높고 D반을 지휘할 수 있는 카리야는 C반, 어쩌면 B반 수준에 미칠 정도의 능력이 있는 건 아닌지 의심하고 있다.

그런데 내부생 중에서는 가장 하위인 D반에 머무르고 있는 이유는 무엇인가. 시험을 치지 못해 강등당하기라도 한 걸까. 아니면…….

학교의 대응도 이상하다. 아까 전에 D반 멍청이들이 괴롭힘으로도 볼 수 있는 행동을 했음에도 불구하고 담임은 보고도 못 본 척했다. 그걸 알고 있는 건지 D반도 점점 더 거만한 태도를 취했다.

　이러한 상위 반이 가하는 압력은 1학년 E반뿐만 아니라 2학년과 3학년 E반에도 비슷하게 만연하고 있다. 퇴학에 몰렸다는 이야기도 들릴 정도다.

　(마치 이 상황을 학교가 묵인하고 있는 것 같다.)

　에도 시대의 신분제도 '사농공상' 체제 아래에 작위적으로 만들어진 천민 신분처럼 E반이라는 외부생에 대하여 차별적인 의미를 부여하려는 의지가 느껴졌다.

　만약 그렇다면 이는 E반과 D반만의 문제가 아니다. D반만으로 그런 짓이 가능할 리가 없으니까. ⋯⋯그렇다면 그런 짓이 가능한 존재는 누구인가.

　카리야와 D반을 움직이고 4번 투기장의 사용 허가를 자유롭게 내릴 수 있으며 담임까지도 묵인하게 만들 수 있는 존재. A반⋯⋯ 학생회⋯⋯ 아니, 더 클 것 같은 느낌이 든다.

　(만약 배후의 적이 '팔룡'이라면. 난 저항할 수 있을까⋯⋯?)

　모험가 학교에는 수많은 파벌이 있으며 그중에서도 특히 큰 8개의 파벌이 있다. 그것이 '팔룡'이다.

　현시점에 판명된 팔룡은 '학생회', '제1검술부', '제1마술부', '제1궁술부', 'A반 동맹' 다섯 개. 세 개 파벌이 더 있다고 하지만 지금은 알 수 없다.

　이 파벌들은 아래에 많은 학생과 파벌을 거느리고 있으며, 심지어 기업과 모험가 클랜, 모험가 대학생과 관료까지 연결되어 있다고 한다. 교사뿐만 아니라 학교 운영 상층부에도 큰 영향력을 행사할 정도로 한없이 거대한 권력을 지니고 있다.

그 팔룽에 대항한다는 것은 이 모험가 학교 자체에 싸움을 거는 것과 똑같다. 일개 고등학생 따위가 그들을 상대로 싸워서 무엇을 할 수 있단 말인가―.

또 다시 눈앞이 캄캄해지는 듯한 착각이 엄습했다. 지금까지 그려왔던 빛나는 꿈과 희망이, 소중한 가족의 기대가, 추구하던 것에 금이 가고 흘러내릴 것만 같았다.

탈력감에 머리를 싸매고 고개를 떨구고 있으니 E반에 눌러앉아 있는 D반 학생이 이야기하는 소리가 들려왔다. 큰 소리로 시끄럽게 떠들고 있으니 내 초기 스킬《청각 강화》를 쓸 필요도 없었다.

"그러고 보니 내 형이 컬러즈의 하부 조직 파티에 불렸는데 말이야."

"컬러즈?! 대단하네!"

"마나카의 형은 '소렐'의 멤버였지."

"굉장하다~!"

(컬러즈라…….)

강대한 불사왕 리치에 맞서 싸워 토벌한다는 위업을 달성한, 일본이 자랑하는 영웅들. 모험가 학교의 학생이 아니더라도 얼마 전에 컬러즈가 세운 위업을 텔레비전에 달라붙어 본 사람은 많았을 것이다. 이렇게 말하는 나도 밤늦게까지 보고 있었고 몇 번이고 녹화를 다시 봤을 정도다. 그야말로 모험가의 정점에 선자들의 싸움이었다.

그 토벌로 컬러즈는 일본의 미디어와 화제를 계속해서 석권하고 있었다. 얼마 전에는 클랜 참가 지망자도 급격히 늘어 수만 명이 면접에 응모했다는 뉴스가 화제가 되었다. 컬러즈는 다섯 개의 직속 클랜을 거느리고 있으며 그 아래에도 많은 클랜을 거느리고 있는 초거대 조직이다. '소렐'이라는 것도 그런 클랜 중 하나일 것이다.

난 모험가 대학 지망이지만 컬러즈의 영상을 보고 있을 때는 일류 모험가를 목표로 하는 것도 좋을지도 모르겠다고 생각했다. 하지만 뚜껑을 열어 보니…… 이 모양이다. 일류 모험가, 모험가 대학은커녕 A반…… 아니, B반이나 C반 승격조차 불가능하다고 느껴졌다.

마지막으로 배웅해 준 부모님의 모습을 떠올렸다─.

자작인 잇시키 님을 모시는 사족의 적자로 태어난 나는 어릴 때부터 몸이 약해 조금만 움직이면 열이 나 집에 틀어박히는 일이 많았다. 그런 때에 자작님의 맏딸인 잇시키 오토하 아가씨가 선택받은 자만이 들어갈 수 있는 모험가 학교 중등부에 입학했다는 소식을 들었다.

당시의 난 그 소식에 경악하여, 잠도 못 잘 정도로 동요했다. 또래 여자와 비교해도 명백하게 키가 작고 여리여리한 데다가 나와 같은 허약체질인데. 어떻게 했길래 전국에서 괴물들이 모이는 학교에 합격한 것인가. 입학해도 그런 곳에서 잘 지낼 수 있는가.

따라가지 못해 금방 돌아올 것이다.

그렇게 생각하고 있었지만 입학하고 1년 정도 지나서 두각을 드러냈고, 겨우 13살에 마술잡지에서 특집으로 다룰 정도의 인물이 되어 있었다. 커다란 오크를 마법으로 해치우는 사진을 봤을 때는 깜짝 놀랐다. 그렇게 정숙한 아가씨가 이렇게나 바뀔 수 있나 하고.

나도 몰래 모험가 학교 중등부에 입학 원서를 보내 봤지만…… 당연하게도 떨어졌다. 역시 나에겐 재능이 없다. 갈비뼈가 드러날 정도로 몸도 허약하고. 어차피 모험가 학교 같은 건 무리다. 그렇게 생각하고 스스로를 위로하는 변명을 했다.

그런 나약한 소리를 부모님께 해본 적이 있다. 그러자 아가씨의 비밀을 살짝 알려 줬다. 아가씨는 홀로 피나는 노력을 하고 있었다. 식단을 바꾸고 트레이닝 스케줄을 짜고 매일 늦게까지 공부했는데, 단지 그런 모습을 다른 사람에게 보여주지 않았을 뿐이라고 한다.

사람은 바뀌어야만 변할 수 있다. 정말로 바뀌고 싶다면 바뀌고 싶다고 간절하고 또 간절하게 바라야만 하는 것이다.

난 정말로 모험가 학교에 들어가고 싶었는가. 그때는 허약체질을 극복하지 못해 중등부에는 입학하지 못했지만, 정말 노력해서 극복하려고 했는가.

빨갛고 고운 머리카락을 휘날리며 웃는 얼굴로 팔짱을 끼고 가슴을 편 아가씨의 사진을 보니 그녀의 변하고자 했던 의지가 얼마나 강했는지, 그곳에 목표로 해야 할 길이 보인 듯한 느낌이 들었다.

그날부터 죽을 각오로 몸을 계속 단련했다. 어떻게 하면 몸을 강하게 만들 수 있는가. 어머니의 도움을 받아 강인한 몸을 만들기 위한 식단을 만들고, 매일 달리고, 상위권 학교의 문제집에서 모르는 부분을 아버지께 배웠다. 헌신적으로 응원해 준 가족을 위해서라도. 아가씨가 있는 모험가 학교에 반드시 합격하는 거다—.

(그런데. 이게 대체 무슨 꼴이냐!)

E반의 상황을 비관하여 한탄하는 것이 아니다. 이 정도로 꺾일 것 같은 연약하고 꼴사나운 스스로의 정신에 분개하고 있는 것이다. 죽을 각오로 몇 년이나 노력해서 입학했는데 아무것도 이루지 못했을 뿐만 아니라, 아직 아무것도 해보지 못했는데. 겨우 한 달하고 조금 지났는데 벌써 꺾이다니, 내가 생각해도 어이가 없다. 아가씨가 들으면 실소하지 않을까.

(어떻게 여기까지 왔는지. 무엇을 위해 여기에 왔는지를 떠올려라.)

모험가 학교에 합격했을 때 눈물을 글썽이며 그렇게나 기뻐해 준 어머니. 집을 나설 때 등을 살짝 밀어 준 아버지. 난 부모님의 기대에 부응하고 그 사람의 뒤를 따라잡기 위해 여기에 왔는데. 이런 곳에서 져버릴 것만 같았다.

(아직 끝나지 않았다. 안 되면 어쩔 수 없다. 하지만 해보고

나서 포기해라.)

상대가 팔롱이든 뭐든. 하기 전부터 포기해서 어쩔 셈이냐, 타치기 나오토! 정보를 하나라도 더 많이 모아서 상황을 파악하고 이기기 위한 방법을 생각하는 거다. 설령 승산이 낮더라도 승률을 1%라도 높이기 위해.

나도 모르게 눈을 질끈 감고 있었던 걸까. 캄캄했던 시야가 트이는 듯한 느낌이 들었다. 아까 전과 다를 것 없는 교실인데 포기하지 않겠다고 정한 뒤에는 조금 눈부시게 보였다.

D반 학생은 아직 남아서 이야기를 하고 있다. 컬러즈 산하 클랜에 관한 화제는 모두의 관심을 끄는지 E반 학생도 귀를 기울여 들었다.

그렇다, 저들도 꿈과 희망을 품고 있기에 컬러즈 산하 클랜에 대한 이야기에 귀를 기울이고 있다. 하지만 이 상황이 계속되면 그들의 마음도 완전히 꺾이고 상위 반이나 큰 파벌에 종속되는 것 외에는 길이 없어진다. 그렇게 되지 않도록 하기 위해서라도 E반이라도 충분히 따라잡을 수 있다는, 아직 싸울 수 있다는 희망을 보여 주고 일깨워야만 한다.

뒤떨어지는 것은 학력이 아니다. 이 학교에 합격했으니 상응하는 학력은 지니고 있을 것이다. 평소에 공부를 착실히 하고 약간의 도움이 있으면 학력 면에서는 앞으로도 다른 반과의 차이는 벌어지지 않겠지.

문제는 던전 다이브 경험이다.

던전에 들어갈 수 있게 된 것도 고등학교 입학 이후. 겨우 한 달이 조금 넘는 기간밖에 안 된다. 현시점에는 내부생에 비해 뒤처지는 게 당연해서 차이를 의식할 때가 아니다. 적은 이 단계를 노려 E반을 꺾기 위해 압력을 가했으니, 작위적인 악의와 그것을 만들어 낸 존재를 더 빨리 의심했어야 했다.

현시점에는 뒤떨어지는 E반의 던전 다이브 능력도 1년 후, 2년 후라면 방법에 따라서는 충분히 역전이 가능하다. 우리도 A반에 갈 수 있다는 것을 적에게도 반 친구들에게도 보여 주고 싶다.

앞으로 상위 반이나 상급생의 방해도 점점 더 심해질 것이다. E반을 완전히 종속시키기 위해 이런저런 방법으로 괴롭힐 것이다. 그 모든 괴롭힘에 대항하는 것은 어렵고 A반에 가는 것도 내 노력만으로는 불가능할 것이다.

악의에도 꺾이지 않고 대항할 수 있는 동료가 필요한데……. 주위를 보면 카오루와 사쿠라코도 마음이 꺾이려 하고 있다는 걸 알 수 있었다. 이전과 같은 밝고 긍정적인 분위기는 없으며 눈에도 빛이 없었다. 그녀들은 지금 그런 상태지만 훌륭한 능력이 있고, 힘을 추구하는 자세도 놀라울 정도로 철저하다. 이 역경도 부서지지 않고 극복하면 반드시 자양분이 될 것이다. 협력자로서 우선 그녀들을 설득해야 한다.

물론 유우마도 빼놓을 수 없다. 지금은 패배한 지 얼마 되지 않아 주눅이 들었을지도 모르지만 반을 이끌어 가는데 그의 카리스마는 없어서는 안 된다. 하지만 그런 만큼 방해가 들어온다면 아마 그를 방해할 테니, 내가 눈에 불을 켜고 지켜보면서 도와주고 보살펴 줘야 한다.

그리고 6월에 반 대항전이 있다. 시험 내용은 일주일 동안 던전 내부를 탐색하고 지정된 일을 클리어하는 것이다. 성적은 반별로 부여되기 때문에 반 전원의 종합적인 능력을 평가받게 된다. 선두를 달리는 우리가 노력하는 것은 물론이고, 발목을 잡을 것 같은 자들을 구제하는 것도 급선무다.

가능하면 빠른 시일 내에 레벨업에 고전하고 있는 반 친구들을 모아 보충수업 같은 것을 하고 싶다. 던전 공략 정보나 전투 기술을 공유하여 도울 수 있다면 모두의 레벨도 올리기 쉬워질 것이다.

E반의 능력 면에서 문제가 될 것 같은 사람이라고 하면 몇 명이 떠오르는데, 그중에서도 최하위로 입학한 그 살찐 사람이 제일 문제인가. 옆에 붙어서 지도하는 편이 좋겠지만 그럴 시간도 여유도 없다. 우리 파티에 넣어서 다이브를 경험시켜 보는 것도 좋을지도 모르겠군. 다른 학생도 어떻게 도와줄지 카오루와 상담해서 정하자.

검술이라면 카오루와 유우마가, 마술이라면 나와 사쿠라코가 가르칠 수 있을 것이다. 참가 희망자를 모아 어떻게 행동하는지 등을 공부하는 모임 같은 것을 만들어도 좋다.

무엇을 하든 일단 사쿠라코와 카오루를 다시 일으켜 세운다. 그리고 E반을 위해 무엇을 할 수 있는지 지금부터 착실히 생각해 두고 싶다.

난 멈춰 설 수 없다. 그 사람을 따라잡기 전까지는.

—— 하야세 카오루 시점 ——

유우마를 능가하는 카리야의 수준 높은 전투 기술에 당황하고, D반의 악의가 담긴 야유가 내 마음을 아프게 했다.

그리고 결국 대검 일격이 유우마의 옆구리에 들어가 나도 모르게 눈을 감았다.

믿고 있던 것에 서서히 금이 가고 산산이 부서졌다. 필사적으로 그러모아 재구축하려고 해도 끄트머리에서부터 차례차례 흘러 떨어지는 듯한 느낌. 우리가 자신감을 가지고 보낸 친구가 무참하게 패배하고 말았다.

역시 우리 E반은 저들이 말하는 것처럼 열등생인가. 그렇게 피나는 노력을 해도 결국 이기지 못한 건, 그런 이유 때문이었나. 이 학교에서 가질 수 있는 꿈 같은 건 처음부터 없었고, 전부 환상이었나—.

그날 이후로 수업도 건성으로 들었다. 어젯밤에도 잠도 못 잤다. 일과였던 던전 다이브도, 아침 연습도 지금은 쉬고 있다.

오늘의 수업도 끝나 무거운 숨을 내쉬며 천천히 집에 갈 준비를 하고 있으니 나오토가 조용히 말을 걸어 왔다.

"……잠깐, 할 얘기가 있어."

평소의 온화한 분위기가 아니니, 뭔가 중요한 이야기일 것이다. 여기엔 D반 녀석들이 있으니 복도에 나가기로 했다. 창문으로 보이는 하늘은 내 마음을 반영했는지 납빛이었고 당장이라도 울음을 터뜨릴 것만 같았다.

"카오루. 우리가 포기해서 어쩌자는 거야."

포기한다는 게 무슨 말일까……. 알고 있는데도 무의식적으로 현실에서 도피하는 생각이 떠올랐다. 하지만 부드러우면서도 강건한 나오토의 시선이 내 눈 속을 꿰뚫어 도망치지 못하게 했다.

"우린 걸음을 멈춰서는 안 돼. 이 반을 위해서라도. 무엇보다 우리 스스로를 위해."

우리 스스로를 위해. 그렇다고는 해도 3년이라는 어드밴티지를 뒤집을 수 있을까. 떠오르는 것은 그 수준 높은 전투. 유우마라면 따라잡을 수 있을지도 모른다. 하지만 난 언제 그 수준에 도달할 수 있을까. 그런 자신감이 더 이상…….

"그런 생각이 들도록 만드는 게 놈들이 노리는 거야."

그들이 악의를 가지고 행동한다는 것은 알고 있다. 부활동 권유식에서도 피부로 느꼈다. 외부생 따위는 권유도 환영도 할 리가 없다는 것도.

"우리는 입학한 첫날에 유우마를 콕 집어서 공격한 것에 의문을 가졌어야 했어."

그 악의적인 공격은 주도면밀하게 계획된 것이라고 한다.

유우마는 외부생으로서 가장 우수한 성적으로 입학한 E반의 얼굴이라고도 할 수 있는 학생이다. 동시에 반을 이끌어 가는 카리스마 있는 존재이기도 하다. 그런 그에게 이해가 안 되는 트집을 잡은 카리야와 D반 일파.

그들 D반도 중학교 시절 3년 동안 놀고 있었던 것은 아니다. 나라가 인정할 정도의 능력을 가지고 필사적으로 레벨을 올려 왔을 것이다. 그런 그들이 던전 경험이 전혀 없는 유우마를 콕 집어서 공격해 왔다…… 이건가. 확실히 처음부터 계획되어 있었다고 생각하는 게 타당하다.

"적은 예상 이상으로 클지도 몰라. 그렇다고 해서 악의에 져서는 안 돼. 우리가 앞으로 나아가기 위해 걸음을 멈춰서는 안 돼."

이 일을 꾸민 적과 그 배후는 상상 이상으로 거대할지도 모른다. 하지만 무조건적으로 꿈을 포기하는 건 절대 사절이라며 손짓과 몸짓을 하며 역설했다.

나도 입학 전부터 쭉 죽도를 휘두르고, 달리고, 자기 전에 학업에 힘쓰고, 입학 후에는 매일 던전에 갔다. 며칠 동안이라고는 해도 그 걸음을 멈추고 있었다. 의욕이 나지 않았다기보다는 도망치고 있었다고 해야 할까.

"카오루. 네 꿈은 뭐지? 쫓고 있는 것은 없나?"

꿈…… 그래, 어렸을 때 어머니께 들은 옛날이야기에 나오는 전설의 모험가를 동경하고 있었다. 상식을 뛰어넘는 검술을 자유자재로 구사하고 심연의 마술을 터득하여 흉악한 몬스터를 상대로 종횡무진 싸우고 아무도 도달한 적 없는 미지의 층을 공략하는 용감한─ 용사의 이야기.

자기 전에는 몇 번이나 그 이야기를 해달라며 떼를 썼다.

그러고 보니 용사에 대해서는 옛날에 소타와도 이야기를 나눈 적이 있었다. 분명 '언젠가 미지의 세계에 널 데려가 줄게'라고 말했던가. 그때는 그 말을 믿고 가슴이 설렜다.

하지만 지금은 그런 존재가 옛날이야기 속에만 있다는 걸 안다. 검술도 마법도 구사할 수 있는 모험가 같은 건 없고, 미지의 층을 홀로 공략해 나간다는 것은 절대로 불가능하니까.

그래도 지금도 꿈을 이루려고 던전 최전선에서 노력하고 있는 공략 클랜이 있다. 목숨을 걸고 미지에 도전하기 위해 강대한 플로어 보스에게 도전하는 모험가도 있다. 나도 그런 그들에게 등을 맡기고 함께 최전선을 공략하고 싶다는 꿈을 꾸며 죽도를 휘둘러 왔다. 그렇게 희망을 가슴에 품고 모험가 학교에 입학했는데…….

"입학한 지 겨우 한 달 하고 조금. 부조리하고 악의가 담긴 공격을 당했다고 해서, 그런 것 때문에 꿈을 포기하고 꺾여도 되겠어? 난 싫어. 절대로 포기 안 해."

나도 싫다. 하지만.

"그러니…… 힘을 빌려주지 않을래? 앞으로 나아가기 위해."

나오토가 머리를 숙이고 힘을 빌려 달라며 부탁해 왔다.

난 유우마에게 도움이 되지 못했다. 친구가 그런 꼴을 당하게 해놓고 도망치는 여자다. 더는 옆에 나란히 설 자격은 없을지도 모른다. 그래도ー.

"……나도…… 이런 힘없는 나라도 힘이 될 수 있을까……?"

납빛 하늘에서 비가 흘러내리기 시작했다.

"그렇군. 반 대항전 말이지."

"시간은 그리 많지 않아. 한 달 안에 우리가 어디까지 할 수 있는지가 승부처야."

6월에 있다고 하는 반 대항전. 1학년 모든 반이 참가하며 반의 순위별로 성적이 가산되는 최초의 시금석이라 할 수 있는 시험이다.

"작년의 대항전에 대한 상세한 정보는 조사해 왔어."

인쇄해 온 종이를 건네받았다. 이미 정보를 어느 정도 모아서 정리했을 줄이야, 나오토의 훌륭한 수완에는 감탄이 나온다.

"흠, 이건…… 그룹을 어떻게 짜는지도 중요한가."

반 대항전은 일주일 동안 던전 안에서 진행된다. 작년, 지금의 2학년이 한 종목은 '지정 포인트 도달' '지정 몬스터 토벌' '도달 심도' '지정 퀘스트' '총 마석량' 5개다. 아마 올해도 종목은 같을 것이다.

얼핏 보면 역시 레벨이 높은 사람이 유리할 것 같은 종목뿐이다. 쓸데없는 전투를 피할 수 있는 은밀계 스킬을 가진 사람도 활약할 것이다. 그리고 레벨이 낮고 전직한 사람도 적은 E반은 역시 힘든 싸움을 하게 될 것 같다.

이 5개의 종목에 반 친구를 어떻게 배분하는가. E반의 던전 다이브 방면에서 선두를 달리고 있는 우리는 모이는 편이 나은가, 나뉘는 편이 나은가.

"어떻게 나누든 E반의 전력은 반드시 끌어올려 두고 싶어."

거치적거리는 사람이 한 명 있으면 그 그룹 전체의 움직임이 둔해진다는 이유도 있지만, 레벨이 낮을수록 레벨도 올리기 쉽고 연습의 성과도 쉽게 나온다. 지금은 적극적으로 전력 상승을 노려야 한다며 단말기의 데이터베이스를 보면서 나오토가 말했다.

나도 반 친구들의 현재 레벨을 봤다…… 지난 한 달 동안 E반 대부분이 레벨 3에 도달. 레벨 4가 열 명 정도, 레벨 5 이상은 나와 나오토, 유우마, 사쿠라코. 그리고 마지마 군을 합쳐서 다섯 명, 다시 말해서 전직한 사람도 아직 다섯 명밖에 안 된다는 뜻이다.

레벨 5가 되면 [뉴비]의 직업 레벨도 7이 되어 《간이감정》을 배우니 거리낌 없이 기본 직업으로 전직할 수 있다. 즉, 레벨이 5가 되었는지 아닌지는 전직을 했는지 안 했는지의 기준이 되는 것이다.

어떻게든 시험 전까지 전직한 사람을 늘리고 싶긴 하지만…….

"레벨이 가장 낮은 사람은…… 레벨 2인 쿠가네."

등록된 반 전원의 레벨 일람을 표시했다. 딱 한 명 레벨이 2인 학생이 있어서 상세 항목을 탭했다. 쿠가 코토네, 단검과 활을 쓰며 [아처] 지망이라 표시되어 있었다.

반 뒤쪽에 앉아있는 숏 보브컷을 한 여학생을 떠올렸다. 항상 혼자 있어서 누군가와 이야기하는 모습을 거의 본 적이 없다. 말수도 적어 존재감이 없는 학생이다. 아직 레벨이 2라는 것은 어쩌면 누구와도 파티를 맺지 못한 것일지도 모른다.

일단 소타도 봤는데 레벨 3이 되어 있으니 다이브 자체는 나름대로 열심히 하고 있는 모양이다. 아니…… 어쩌면 오오미야 일행의 도움을 받았을지도 모른다.

(쿠가와 소타는 주의가 필요하네.)

이 둘은 반의 발목을 잡을 가능성이 있다. 어떻게 손을 써야 할까.

"전력 상승 수단으로 다이브 능력이 낮은 반 친구를 모아서 버스를 하는 것도 좋지만, 버스에 의존하게 되는 것도 걱정이야. 처음엔 연습회를 열어서 반 친구의 장점을 살리는 방향으로 생각하고 있어."

버스. 받는 쪽은 편하게 레벨업을 할 수 있지만, 버스에 의존하면 그 이후에 성장하지 못한다. 제대로 생각을 하고 공략할 수 있도록 돕는 수준에서 멈추는 게 제일 좋을 것이다. 우리가 알고 있는 던전 정보를 공유하면서 검술, 마술, 전술을 서로 가르치고 각 파티가 쉽게 공략할 수 있도록 하는 것을 목표로 하는 것 같다.

하지만 마술이나 검술 등은 원래 우리가 지도하는 것보다 지식이 풍부하고 시설도 있는 부활동에 들어가 실력을 키우는 게 더 좋은 것이 당연하다. 하지만 D반과의 분쟁 때문에 현재는 들어가지 못하고 있다. 나오토는 뭔가 생각이 있는 걸까.

"부활동은 어떻게 할 거야?"

"그것도 어려운 문제야."

나오토는 미간을 문지르면서 차례차례 나오는 난제에 골치를 썩였다.

"현재 상황에서 타개책이 없다면 E반 선배분들이 있는 부활동에 들어가는 게 좋다고 생각해."

"하지만 D반의 괴롭힘은 더 심해질 거야……."

결투 소동 이후, 카리야는 E반 선배들이 만든 부활동에는 들어가지 말라고 강하게 압박을 가하고 있다. 그래도 들어간다면 D반이 쳐들어올 가능성이 있다.

"그래. 그 일에 대해서는 오오미야가 학생회에 입회를 요구하고 있어. 안 될지도 모르지만, 결과를 기다렸다가 그녀들의 의견을 더해서 재고해 보자."

체구는 작지만 뽈뽈 움직이며 활발한 오오미야. 어쩨 그녀도 움직이고 있는 것 같은데, E반의 상황을 방치해 두는 학생회가 과연 이야기를 들어 줄까……. 그렇다고는 해도 손 쓸 방법도 그다지 없는 상황에는 가능성이 얼마 안 된다고 해도 기다려 볼 가치는 있을지도 모른다.

"그리고 반 대항전에서 생각할 것은……."

"방해 대책이라던가…… 윽박질러서 마석을 빼앗을지도."

대항전 기간에는 마석을 식사와 생활·생리용품과 교환하는 규칙을 채용한다. 던전 안에서는 말 그대로 생명선이 될 것이다. 실제로 마석 교환비가 어느 정도인지는 모르지만, 마석을 빼앗기면 기권으로 몰릴 가능성이 생긴다.

일단 규칙으로 그런 강탈은 금지되어 있지만 던전 안에 있는 모든 학생을 감시하는 것은 불가능하다. 소지하고 있는 마석은 분산하거나 숨기는 등 대책을 강구해두는 편이 좋을 것이다.

"흠. 하지만 대책을 짠다고 해도 작년의 정보를 좀 더 자세히 조사한 다음에 하는 편이 좋을지도 몰라. 공부 모임에 참가해 줬으면 하는 사람은 내가 리스트를 만들어 두지."

"사쿠라코랑 유우마한테는 이미 말했어?"

그 결투 이후, 유우마와 사쿠라코도 정신적으로 힘들어하고 있을 것이다. 그들과는 앞으로도 서로 등을 맡기고 싶은데…….

"아니, 아직. 같이 설득해 주면 좋겠어."

"……그래, 물론이지."

내가, 우리가 앞으로 나아가기 위해 무엇을 할 수 있는가. 그건 천천히 생각하기로 하고. 아무튼 그들을 구하러 가자. 자신감이 꺾여 차가운 늪에 잠겨 있던 날 구해 준 것처럼.

정신을 차리고 보니 비는 그치고 두꺼운 구름 사이로 반짝이는 빛이 드리우고 있었다. 그치지 않는 비는 없다고 가르쳐 주고 있는 것 같았다.

그렇게 생각하니 며칠 만에 웃은 것 같은 느낌이 들었다.

제10장 ✦ 승급시험①

"그쪽에 있는 자료 열람은 '모험가 계급' 7급 이상부터 가능합니다."

(모험가 계급 제한이 있었나…….)

여긴 모험가 길드 18층에 있는 도서관의, 그보다 더 안쪽에 있는 자료실.

자료실이라 해도 책이나 책장은 없고 인터넷 카페처럼 벽으로 구분된 반 개인실에 컴퓨터가 놓여있을 뿐이다. 이 컴퓨터로 모험가 길드의 데이터베이스 서버에 접속할 수 있는데, 접속할 때는 단말기로 인증할 필요가 있다.

조사하려고 한 것은 모험가 길드에 등록된 클랜 정보, 주로 컬러즈의 2차 단체 '금란회'와 그 산하에 있는 클랜에 대해서. 소렐의 배후에 금란회가 있다는 것은 알고 있지만, 실제 구성원과 산하에 있는 3차 단체가 얼마나 있는지는 모른다. 그걸 알기 위해 여기 와서 조사하려고 했지만, 아무래도 접속할 수가 없다. 자료실에 있는 사서에게 물어보니, 모험가 계급이 부족하다고 한다. 클랜의 이름조차 열람이 불가할 줄은 생각지도 못했다.

모험가 길드 정보에는 중요도와 리스크 평가가 있으며 모험가 계급에 따른 열람 제한이 걸려있는 듯했다.

지금 내 모험가 계급은 9급. 모험가 학교의 학생이라면 자동적으로 9급부터 시작한다. 계급을 올릴 메리트를 딱히 느끼지 못해 모험가 등록을 한 이후로 전혀 올리지 않았다. 하지만 앞으로는 퀘스트나 모험가 길드 정보도 수집하고 싶으니 이번 기회에 올려 둘 생각이다. 이 컴퓨터로 접속해 보니, 7급이면 지금 원하는 정보 대부분은 열람할 수 있는 것 같으니 우선은 7급을 목표로 하자.

승급 시험 일정을 보니 '매주 수요일 오전 9시와 오후 3시에 8급 승격 시험'이 있었다. 현재, 수요일 오전 8시. 서둘러 접수처에 달려가 물어보니 아직 접수할 수 있다고 해서 수험료 9800엔을 내고 지정된 시험 회장에 왔다. 왔는데.

(멋들어지게 불량한 녀석밖에 없네.)

와있는 수험자는 대충 100명 정도. 대부분이 젊고…… 눈매도 태도도 나쁜 깡패 같은 느낌이 드는 모험가뿐이었다. 찔릴 것 같을 정도로 뾰족한 머리에 모 세기말 만화에 나올 것 같은 인상을 가진 악당 졸개 같은 사람, 그 외에도 인상이 나쁜 녀석들이 잔뜩 있었다. 헤어스타일에 개성을 너무 살렸잖아.

혹시 코스프레 회장에 온 건 아닌가 싶어서 한 번 더 입구를 확인하러 갔지만, '8급 승격 시험회장'이라는 간판이 세워진 걸 보아 틀림없이 여기가 맞는 듯했다.

오전부라서 그런 건지 우연인지. 게임에서도 아카기 일행은 자주 트집을 잡혔는데, 아무리 그래도 치안이 너무 안 좋다. 이런 위압적인 차림이 유행하고 있는 걸까. 일부 착실해 보이는 사람도 있지만 구석에서 존재감을 지우듯이 움츠러들어 있었다.

신경을 써도 어쩔 도리가 없어 비어 있는 자리로 가니 '헤헤

헷' 하고 비웃으면서 내 다리를 걸려고 하거나, 비싸 보이는 무기를 보이며 자신의 강함을 과시하거나, 레벨이나 공략 층을 자랑하거나, 개중에는 나에게 시비를 걸려고 노려보는 패거리까지 있었다.

나에게 《간이감정》을 쓴 것 같진 않았다.

얼마 전에 겨우 초비만에서 벗어나 통통한 남자가 됐다고는 해도 아직 그리 강해 보이지는 않는다. 근데 그렇다고 모험가를 외모만으로 판단하고 싸움을 걸다니, 정말 제정신이 아닌 것 같다.

이곳이 매직 필드 안인지 아닌지는 모르겠지만, 그런 건 어떻게든 된다. 내 동생은 생긴 건 로리 소녀지만 지금은 수백 kg을 들어 올릴 수 있는 괴력소녀가 되었고, 우리 학교의 강자들도 카리야처럼 우락부락한 것도 아니고, 가냘픈 여자 아이가 파벌을 이끌기도 한다. 외모 따위로 얼마나 강한지를 판단하면 언젠가 죽게 될 뿐이다.

뭐, 자기들 멋대로 죽으면 그만이니 그런 걸 지적할 생각은 없다. 몇몇 불량한 수험자의 눈총을 받으면서도 화려하게 무시하고 10분 정도 기다리니 드디어 시험관이 도착했다. 정장을 쫙 빼입은 착실해 보이는 시험관이라 조금 안심했다.

"그럼 시간이 됐으니 설명을 시작하겠습니다."

손목시계를 보면서 큰 봉투에서 용지를 꺼내 모두에게 나눠주기 시작했다. 용지에는 시험 내용과 주의사항이 적혀있었다.

"시험 내용은 거기에 적혀 있는 대로 간단합니다. 각자 던전 안의 지정된 포인트에 가서 거기에 놓여 있는 물건을 가져오십

시오."

　시험 내용을 요약하면 이러하다.

　· 지정 장소는 던전 3층 어딘가.
　· 시간제한이 있다. 던전에 들어간 후 12시간 이내까지.
　· 몬스터는 딱히 잡지 않아도 되지만, 장소 특성상 전투가 벌어질 가능성은 높다.
　· 몇 명이든 다른 수험자와 팀을 짜도 좋다. 단, 지정 아이템이 있는 장소는 수험자마다 다르기 때문에 인원이 있는 만큼 아이템을 가지러 갈 필요가 생긴다.
　· 가져온 아이템은 수험표와 함께 시간 안에 모험가 길드 퀘스트 담당에게 제출할 것.

　특정 장소에서 지정 아이템이나 드랍 아이템을 가져오라는 퀘스트는 많으며 그리 특이한 시험 내용은 아니다. 하지만 시험이 예정된 던전 3층을 왕복하면 상당한 시간이 걸리게 된다. 12시간이라는 시간제한은 주의해야만 한다.

　시험 회장을 둘러보니 2~3명으로 구성된 파티나 솔로로 가는 사람이 많은 모양이다. 많은 사람이 팀을 짜서 가면 모두의 아이템 수집에 시간을 심하게 낭비하게 되니 적은 인원으로 가는 것이 타당할 것이다. 뭐, 난 처음부터 솔로지만.

　"던전 안에 들어가면 단말기의 타이머가 자동으로 작동되니 각자 준비가 되는 대로 시작해 주십시오."

단말기 화면의 수주 퀘스트 창에서 확인해보니, 내 지정 아이템은 뭔가가 적힌 '문서'이며, 3층의 꽤 안쪽에 있었다.

바로 짐을 챙기고 방에서 나가려고 하자—

"너 말이야, 우리 짐 좀 들어 주라~."

"어이, 기다리라고!"

나한테 시비를 걸 생각으로 가득했던 놈들이 있다는 걸 미리 알고 있었기 때문에 대시해서 던전에 가기로 했다. 아무리 저 녀석들이라 해도 사람이 많은 던전 앞까지 와서 시비를 거는 짓은 안 하겠지.

참 성가시다.

평소 같으면 던전에는 학교 지하 1층에 있는 게이트를 통해 들어가지만 오늘은 1층 입구로 평범하게 줄을 서서 들어갔다. 빨리 가고 싶은데 여전히 모험가로 붐벼서 앞질러 갈 수도 없어서 3층에 도착하는데 2시간이나 걸리고 말았다.

3층부터는 메인 스트리트에서 벗어나 목적지까지 뛴다. 레벨도 19까지 올라서 시속 50km 정도는 어렵지 않게 낼 수 있게 되었다. 다만 사냥을 하는 파티도 드문드문 있어서 전망이 탁 트인 곳 외에는 천천히 달리도록 주의했다.

"가는 길에 몬스터도 꽤 많네……."

몬스터는 무시하고 뛰고 있어서 안 잡았지만, 3층 정도를 다닐 레벨이라면 계속 도망 다니는 건 불가능할 것이다. 잡고 간다고 해도 나름대로 시간이 걸린다. 여러 사람이 같이 시험을 치르면 시간을 못 맞추는 수험자도 생길 것 같다. 그리고 목적지까지 많은 분기가 있어서 어느 루트로 가면 가장 가까운지를 생각하면서 가지 않으면 시간이 부족해진다. 생각보다 난이도가 높을지도 모르겠다.

단말기로 현재 위치를 확인하면서 10분 정도 계속 달려 드디어 지정 포인트에 도착했다.

그곳은 평소 같으면 몇 마리의 몬스터가 움직이지 않고 진을 치고 있는 '몬스터 방'이라, 전투는 피할 수 없을 것이라 생각하고 있었지만……. 안을 들여다보니 안경을 쓰고 살집도 키도 적당한 남자가 우두커니 서있었다. 가슴에 길드 마크가 들어간 제복을 입고 있다. 시험관인가.

분명 지정된 장소에 있는 몬스터를 어떻게든 처리하고 지정 아이템을 가져오는 걸 시험하는 줄 알았는데, 괜찮은가.

"어라, 벌써 오셨네요. 기다리고 있었어요, 모험가 학교 고등부, 1학년 E반 나루미 소타 군."

그런데…… 아는 사람이었나. 뚱땡이의 기억을 뒤져 봐도 짚이는 구석이 없다. 어머니가 모험가 길드에서 일하고 있으니 그 관계자인가. 아니면 단순히 시험관이라 날 알고 있을 뿐인가.

"안녕하세요. 그, 어디서 봤었나요?"

"아뇨, 처음 보는 겁니다."

그런 것 치고는…… 눈매가 꺼림칙한데. 뭐랄까, 원한을 품고 있다고 해야 할까, 복수자의 느낌이다. 나 안 좋은 예감이 들기 시작했어. 내 감이 여기서 빨리 벗어나는 게 좋다고 속삭였다.

"그러니까, 거기 있는 서류를 가져가면 되는 거죠?"

"시험 내용은 변경하겠습니다. 지금부터 저와 전투를 해서 이기면 합격으로 해드리죠."

시험관은 그렇게 말하더니 방 중앙에 있던 승급 시험 서류를 주워서 멋대로 북북 찢었다. 정성을 들여서 잘게잘게 찢었다.

잠깐 기다리라고 말하려는데 《간이감정》이 날아왔다. 일단 《페이크》로 레벨은 5, [뉴비], 소지 스킬은 1로 보이도록 위장해 뒀다. 나도 답례로 《간이감정》을 하고 싶지만, 지금 쓰면 부자연스럽다고 여겨질 테니 그만두자.

"분명…… 승급 시험을 신청할 때 네 레벨은 5였던가."

염치없이 나를 뚫어져라 보는 썩을 시험관. 난 운동복에 배트를 들고 있으니 힘의 지표가 되는 물건은 아무것도 없다고 생각하는데.

"그래도 이렇게 빨리 여기에 도달할 줄이야. 역시 모험가 학교의 학생인 건가?"

하는 말을 듣고 판단해 보니 내 레벨은 잘 위장된 것 같다. 하지만 이 녀석은 대체 누구일까. 눈앞에 있는 청년을 자세히 관찰해 봤다.

장비는 제대로 된 것을 갖추고 있다는 걸 알 수 있었다. 미스릴 합금 경갑에 우마(牛魔)의 가죽으로 만든 것으로 보이는 장갑과 부츠. 무기는 미스릴 합금제 세검이지만 마법은 부여되지 않았다. 눈에 보이는 모습만으로 판단하면 레벨은 10에서 15정도일까.

그보다 이 녀석은 내 레벨이 5라는 걸 알고 싸우려고 하는 건가.

"갑자기 시험을 변경하다니, 당신한테 그런 권한은 없잖아요."

"권한? 아아, 그딴 건 아무래도 상관없어. 네가 모험가 학교의 학생인 게 잘못이야."

모험가 학교의 학생인 게 잘못? 모험가 학교의 학생이면 특별 시험이 부과된다는 규칙이라도 있는 건가.

"무슨 뜻이죠."

"우선 첫 번째 죄, 입학 지원자를 보는 눈이 전혀 없는 것. 두 번째 죄, 그로 인해 우수한 나를 입학시험에서 떨어뜨린 것. 세 번째 죄, 너희는 별다른 실력도 없는데 모험가 업계에서 떠받들려 짜증 나는 것. 네 번째 죄, 너희는 항상 일반 모험가를 깔보는 것. 다섯 번째 죄, 너희는……."

증오하는 표정을 보이면서 단숨에 내뱉듯이 말하기 시작했다. 죄인가 뭔가 하는 걸 다 말하고는, 양팔을 벌리더니 갑자기 미소 지으면서—

"—그러니 이렇게 악의 싹을 적당히 뽑아서 청소해야지."

장황하게 말하고 있는데, 요컨대 '모험가 학교에 떨어져서' 원한을 품은 건가. 그래서 승격 시험을 이용해서 모험가 학교의 학생이 시험에 응시하면 먼저 가서 기다리고 있었던 것이군.

"하지만 난 방어구라 해야 하나, 운동복만 입고 있고 무기도 배트밖에 안 가져왔는데."

"당신이 무슨 장비를 하고 있더라도 결과는 변하지 않습니다."

볼게무트와의 싸움으로 인해 렌탈 무기도 마랑 방어구도 크게 부서져서 지금은 운동복에 배트로 처음 던전에 들어왔을 때와 똑같은 차림을 하고 있다. 레벨 19라면 이런 모습으로도 3층쯤은 여유다.

그건 그렇고 아주 즐겁고 가학적인 표정을 짓고 계신다.

모험가 학교의 수험 경쟁률은 100대1을 넘는다고 하고 난이도가 높은 건 알고 있지만…… 떨어졌다고 해서 왜 그렇게 성격이 뒤틀리는 거지. 모험가라는 게 엘리트 의식을 자극하는 직업인지 아무래도 자존감 높은 녀석이 많아지는 경향이 있는 것 같다.

"그럼 시간을 들여서 잔뜩 괴롭혀 주죠."

앞으로 한 걸음 내딛는 것과 동시에 《오라》를 전개해서 부딪쳐 왔다. 오라의 느낌을 봐도 레벨 10~15 정도로 보는 게 타당할 것이다. 나보다 레벨이 어느 정도 낮아서 도망칠 수는 있겠지만, 나도 아침부터 여러 일이 있어서 스트레스가 쌓여 있다. 아무도 안 보고 있다면…… 해치워 버릴까.

"왜 그러시죠? 저의 강대한 《오라》 앞에서 위축되고 말았나요? 도망쳐도 좋다구요? 헛수고겠지만. 여기엔 아무도 오지 않습니다."

증오로 얼굴이 일그러지면서도 웃음이 멈추지 않는 뭐라 형언할 수 없는 표정. 사람이 이렇게나 뒤틀려 버리면 끝장이지.

눈앞에 있는 남자가 레벨15, 기본 직업은 전부 마스터하고 있다고 가정하면, 배트로 공격해도 기대한 만큼 대미지를 줄 수 없을 것이다. 그럼 주먹으로 직접 패서 길드 관계자에게 이 녀석을 넘기자. 그렇게 하면 승급 시험을 합격시켜 주지 않을까.

목뼈를 우드득거리면서 어떻게 요리해 줄까 생각하고 있으니, 뒤에서 누군가가 엄청난 속도로 다가오는 기척을 느꼈다…….

나보다 빠른가? 레벨 20을 넘겼을지도 모른다.

도망칠지 숨을지 판단할 새도 없이 도착해 버린 듯했다.

"이봐 이봐, 괴롭히는 건 안 되잖아~?"

뒤돌아서 보니, 섹시하고 쭉쭉빵빵한 '쿠노이치'가 우뚝 버티고 서있었다.

제11장 ✦ 승급시험②

"누, 누구냐, 넌."

허리에 손을 대고 버티고 서서 조용히 미소 짓는 쿠노이치 차림을 한 여자.

사이드 슬릿이 들어간 미니스커트에 꽉 끼는 검은 망사 스타킹. 가슴팍이 트여있어 큰 가슴과 그 골을 강조하는 빨간 기모노. 게다가 꽃무늬가 들어간 한하바오비*로 묶은 잘록한 허리는 실로 섹시했다. 얼굴은 마스크를 써서 알아보기 어렵지만, 그래도 목소리와 분위기, 눈가 등의 인상만으로도 상당한 미인이라는 걸 짐작할 수 있었다.

그건 그렇고 상당한 속도로 달려왔는데 호흡이 전혀 흐트러지지 않았다. 어쩌면 레벨이 20보다 좀 더 높을지도 모르겠다.

침입자와는 대조적으로 심하게 당황한 척을 시험관. 이런 모습을 보면 이 쿠노이치 씨가 시험관의 공범이 아니라는 것을 추측할 수 있다. 만약 공범이었으면 '비장의 수단'을 써야만 할 뻔했다.

"너, 요 몇 년 동안 모험가 학교의 학생을 노리고 강도, 상해, 강간 등, 모험가 공무원법을 계속해서 위반하고 있지? 그래서 조사 의뢰 퀘스트가 나왔는데."

타겟은 모험가 학교의 E반 뿐. 승급 시험을 칠 때를 노리고 범죄를 저지르고 있다는 걸 알았으니, 수험자 명부를 보면서 기다

* 일반적인 오비와 비교해 폭이 반 정도인 오비.

100   재악의 아발론 2

리면 나타날 것이라 판단한 듯했다.

그보다 이 녀석은 강간까지 했나. 난 남자니까 그런 짓은 안 하겠지?

"다행이네, 이 남자는 남자를 엄청 좋아하는 것 같으니까······ 너처럼 얼굴이 귀여운 아이는 위험할 뻔했어."

······엄청난 녀석이다. 이런 흉악범은 얼른 감옥에 처넣고 영원히 가둬야 한다.

"흐음, [파이터]인데 약한 [뉴비]를 노리고 괴롭히고 있구나."

"뭐야, 너도 [뉴비]냐. 조마조마하게 만들고 자빠졌어."

서로 《간이감정》을 쓴 모양이다. 하지만 저 쭉쭉빵빵한 쿠노이치 씨가 [뉴비]일 리가 없다. 아마 나처럼 《페이크》로 위장을 했을 것이다.

레벨 20이 넘으면 스킬 칸에 여유가 없어져서 플레이어가 아니면 《간이감정》이나 《페이크》 같은 건 지워 버리는 게 보통이라 생각하고 있었는데······. 혹시 그녀도 대인전을 상정한 캐릭터 빌드를 한 걸까. 아니면 눈에 보이는 그대로 첩보활동을 위해서일까.

"모험가 학교라는 만악의 근원. 그곳에 속한 쓰레기들은 전부이 손으로 정화할 겁니다. 그걸 방해하겠다면······ 너도 용서하지 않을 거다."

"그래서 강간까지 하는구나. 엄청난 변태 자식이잖아. 후훗."

유쾌하게 깔깔 웃는 쿠노이치 씨에게 화가 치민다는 표정을 지은 썩을 시험관이 의기양양하게 《오라》를 방출했다. 하지만 레벨이 10 가까이 높은 상대에게 효과가 있을 리가 없었고, 쿠노이치 씨는 산들바람을 맞고 있는 것처럼 미소를 잃지 않았다.

자신의 오라가 통하지 않으면 상대가 우위에 있는지, 억지로 버티고 있는지를 확인할 필요가 있는데, 썩을 시험관은 예상대로 후자라고 판단한 것 같았다.

서로 웃음을 짓고 마주 보며 지금 당장이라도 싸움이 시작되려고 했다.

……아니, 잠깐만.

이 녀석이 쓰러지고 연행당해 버리면 내 승급 시험 실패가 확정되고 수험료가 날아가 버린다. 그 전에 어떻게 안 되는지 교섭해보자.

"저기~ 잠깐 실례합니다, 제 시험 말인데요……."

이 썩을 시험관이 승급 시험으로 지정된 서류를 북북 찢어 버리고 시험 내용을 멋대로 PVP로 바꾼 것을 전했다. 난 하지 않아도 될 대결 같은 건, 강제로 하고 싶지 않다.

그래서 이 녀석을 쓰러뜨리면 신병을 좀 빌려주지 않겠냐고 부탁해 봤는데—.

"싫어~ 귀찮아. 그래도 일단 네가 먼저 찾은 사냥감이니 우선권은 줄게."

"엑, 제가 쓰러뜨리는 건가요."

"못 하겠으면 거기서 손가락 빨면서 얌전히 구경하고 있어."

하아…… 귀찮게 됐네. 쿠노이치 씨의 정체를 모르니 싸우는 모습을 그다지 보여 주고 싶지 않은데 어떻게 할까. 이 상황엔

혼자 처리하는 편이 나으려나.

"……알겠습니다. 그럼 제가 처리해 둘 테니, 이만 가도 괜찮아요."

"뭐어? 뭔가 비밀이라도 있는 걸까~? 이 누나는 흥미가 생겼을지도♪"

쿠노이치 씨에게 나가달라고 했지만 오히려 흥미를 가진 듯했다. 몸을 꾸물거리면서 눈을 반짝였다. 어떻게 했어야 했냐.

"혹시 넌 나에게 이길 수 있을 거라고 생각하는 거냐? 둘이 한꺼번에 덤비라고."

썩을 시험관도 쓸데없이 《오라》를 뿜어 대서 짜증 게이지가 급상승했다. 승급 시험을 치러 왔을 뿐인데 왜 이렇게 됐지. 나 폭발해 버릴 것 같다고.

매뉴얼 발동을 안 하면 괜찮으려나. 지금 난 쿠노이치 씨보다는 레벨이 낮으니 입 조심만 하면 문제없을 것이다.

"그럼, 그렇게 됐으니……."

"너 혼자서 괜찮냐? 굳이 말하자면 넌 메인 디쉬로 삼고 싶었는데. 뭐, 먼저 반죽음으로 만들어 둘까."

범죄자답게 입술을 할짝 핥고 천천히 다가와 5m 정도의 거리에서 나와 마주 봤다. 모든 원흉은 이 녀석이니 봐줄 필요는 없겠지.

우선은 《간이감정》으로 조사했다.

직업은 [파이터]고, 강한 정도는 '상대가 안 될 정도로 약함'…… 그렇다면 나보다 레벨이 5 낮다. 레벨 14 이하인가. 소지 스킬 수는 '3'이고, 그 중 하나가 《간이감정》이라면 별다른 스킬은 없을 것 같다.

다만 이 정보들도 절대적이진 않다. 나나 쿠노이치 씨처럼 《페이크》로 스탯을 위장하고 있으면 데이터들도 전부 페이크 표시 되어서 진실을 꿰뚫어 보는 것도 어렵다. 대인전을 고려하고 있는 모험가는 자신의 스탯을 숨겨야 방심을 유도할 수 있으니 위장은 상식이다. 그런 의미에서는 《간이감정》 따위는 믿을 수 없다고 생각하는 편이 좋다.

때문에 위장을 돌파하는 감정 완드를 배낭 안에 넣어서 휴대하고 있는데…… 이 녀석은 단순한 것 같으니 위장했다는 경우의 수는 생각하지 않아도 괜찮을 것이다.

"특별히 핸디캡을 줄까. 난 10초 동안 공격하지 않을 거야. 넌 레벨이 낮으니 모르겠지만, 지금 너와 나에겐 그 정도의 실력 차이가 있다는 것을 가르쳐 주지."

근데 이 녀석은 아까부터 《간이감정》의 결과를 너무 맹신하고 있지 않나? 《페이크》는 [시프]가 맨 먼저 습득할 수 있는 특별할 것 없는 스킬이다. [시프] 또한 희귀한 직업도 아니라 널리 알려져 있다. 스탯 위장을 전혀 고려하지 않는다는 것도 이상한 일이다.

천천히 '맨손'으로 내 2m 앞까지 와서 으스댔다. 언제든지 여유롭게 피할 수 있다고 말하는 듯했다. 히죽거리는 얼굴이 거슬린다.

"괜찮아~? 혹시 스탯을 위장한 걸까."

확실히 레벨이 5라면 눈앞에 있는 남자에게 펀치를 맞히는 것도 어려울 것이다. 쿠노이치 씨도 볼에 손을 대고 걱정스럽게 봤다. 하지만 지금 난 레벨 19. 이 거리에서 내 공격을 피하는 건 쉽지 않을 것이다. 방심해서 무방비한 상태라면 더더욱.

"흡."

썩을 시험관은 미스릴 합금제 경갑을 입고 있지만, 얇은 가죽으로 이은 배의 접합부는 충격을 통과시키니 한 곳을 타격하는 것에 약하다. 2m의 거리를 한순간에 좁혀 그 접합부를 꿰뚫듯이 주먹을 날려 주니, 명치 깊숙이 박히는 확실한 감촉이 느껴졌다.

"커…… 헉……."

힘이 잔뜩 실린 스텝과 내 육체 강화가 더해진 펀치를 그대로 맞으면 심각한 대미지는 피할 수 없을 것이다.

썩을 시험관은 몇 m 정도 뒤로 날아갔고, 무슨 일인지 모르겠다는 얼굴로 배를 누르고 웅크렸다. 숨이 잘 안 쉬어지는 것 같지만 대량의 여죄가 있는 범죄자에게 자비 따위를 베풀 이유도 없으니, 당연히 추가타를 가했다.

초점이 맞지 않아 괴로워하는 얼굴을 걷어차 위를 보고 쓰러지게 만든 후에 힘차게 오른쪽 발목을 짓밟아 부러뜨렸다. 일단 이로써 나한테서 도망치는 건 불가능해졌다. 혹시 모르니 스킬을 못 쓰도록 오른쪽 어깨도 꺾고 목덜미를 잡았다.

"히아…… 아아……."

"지금부터 말 잘 들어라. 저항하면 몇 군데 더 부러뜨린다."

"흑……."

이제 모험가 길드원을 부를 거다. 저기에 흩어져 있는 지정 아이템을 갈기갈기 찢은 범인이라고 증언해라. 그때 여죄도 전부 보고해라.

그렇게 말했지만, 더러운 비명을 지르면서 신음하기만 하고 대답이 없었다. 그래서 더 때린다고 협박하니 말을 잘 알아듣게 되었다.

"대답은?"

"예혜…… 아, 알았어! 더 이상 때리지 말아 줘어!"

그 후에도 꺅꺅대며 울부짖어 시끄러우니 때려서 기절시켜 두기로 했다.

"나 참…… 성범죄자 나부랭이가 이런 좋은 방어구를 입고 자빠졌어."

"그럼 사죄료 정도는 받아 둬. 벌 받지는 않을 거라구?"

레벨 15 전후의 모험가가 입는 일반적인 방어구인데, 사려면 수백만 엔 정도 한다. 성범죄자가 좋은 방어구를 가지고 있어 봐야 범죄에 도움이 될 뿐이니, 그럼 내가 가져가서 유용하게 활용할까. 우마의 장갑과 부츠는 클리닝을 맡겨 두기로 하고, 이 세검도 써먹을 수 있겠네.

"후훗, 가차 없네. 근데 너도 《페이크》를 배웠을 줄이야……."

부스럭거리며 방어구를 벗겨서 껴입고 있으니 뒤에서 쿠노이치 씨가 뭔가 골똘히 생각하며 말을 걸어왔다. 《페이크》는 자기도 쓰고 있으면서, 내가 《페이크》를 배웠다고 해서 뭔가 할 말이 있는 걸까.

"길드원에게 보고하고 언질을 받은 후에는 이 녀석의 신병을 넘겨 줄 테니 마음대로 써주세요."

"하지만 내가 쓰러뜨린 것도 아닌데……. 그래, 퀘스트 보상금의 반을 너한테 줄게."

단말기의 연락처를 가르쳐 주면 퀘스트 완료시의 보상금의 반을 준다고 한다. 금액을 들어 보니 100만이 족히 넘었다. 이건받을 수밖에 없다! 근데 레벨 14 이하의 잔챙이를 잡아도 금액이 그 정도인가. 모험가 계급을 올릴 동기가 늘었다.

모험가 길드원이 올 때까지 한가하니 근처에 앉아 잡담을 해봤다. 쿠노이치 씨는 모험가 길드나 공표할 수 없는 사건을 조사하는 데 협력하는 국가 관련 클랜에 소속되어 있다고 하며 클랜명도 이름도 공표할 수 없다고 한다. 그래서 이름도 못 들었다.

그런 조직이 있을 것이라고 예상은 하고 있었지만, 이런 요염한 쿠노이치일 줄은 몰랐다. 일단 모험가 계급은 4급이고 [시프]만으로 구성된 클랜에 소속되어 있다는 건 가르쳐 줬다. 4급인가.

모험가 계급에서 1급과 2급은 칭호 같은 것이라 사실상 최상위는 3급이다. 4급은 그 뒤를 잇는 상위 모험가 계급이며 모험가 길드 내에서도 상응하는 영향력을 가지고 있다나 뭐라나. 쿠노이치의 레벨도 25 전후인 것 같으니, 그런 사람이 소속된 클랜도 보통은 아닐 것 같다.

그 후에도 실없는 이야기를 하고 있으니 연락한 모험가 길드원이 드디어 도착했다. 기절한 썩을 시험관을 실어가면서 조사를 받게 되었는데 쿠노이치 씨가 증언해 줘서 일이 순조롭게 진행됐다.

그리고 헤어질 때 윙크를 하면서 신경 쓰이는 말을 했다.

"그러고 보니…… 모험가 학교의 학생 중에 우리 클랜의 신입 연수원이 있었어. 만나면 잘 부탁할게♪"

신입 연수원인가. 예쁜 애라고 하는데, 쿠노이치 씨의 클랜에 들어가려고 할 정도이니 E반은 아니겠지. 나하고는 연이 없을 것 같은데.

썩을 시험관한테는 지정 아이템인 서류를 멋대로 찢었다는 증언을 하게 만들어 녹음했으니, 그 음성을 넘겨주러 모험가 길드에도 가기로 했다. 귀찮지만 승급이 걸려있으니 어쩔 수 없다.

—하지만 승급 시험 결과는 보류되고 말았다.

놀랍게도 합격 판정은 썩을 시험관의 재판 결과에 따라 달라지게 되어 최소 1년이 걸린다고 한다. 그렇게 오래 기다릴 수 없으니 이번엔 포기할 수밖에 없나……. 내 9800엔. 뭐, 나도 장비를 받았으니 이러쿵저러쿵 할 수 없을지도 모르겠다. 지금은 결과에 따를까. 시간이 있을 때라도 또 시험을 치러 오면 되니까.

마음을 다잡고 내일은 며칠 만에 학교에 가볼까.

제12장 ✦ 러브레터

"소타~ 카오루가 데리러 왔어~."

며칠만의 등교. 카오루에게는 오늘부터 복귀한다고 전해 뒀는데 성실하게 데리러 와준 모양이다. 살이 조금 빠져서 현재 체형에 맞도록 사이즈를 조정한 새 교복을 빼입고 삐걱거리는 계단을 내려갔다. 현관에는 언제나처럼 카오루가 기다리고 있었다. 하지만 뭔가 상태가 이상했다.

"소, 소타인가?"

"어어. 다이어트가 좀 성공했거든…… 괜찮아?"

어째 가슴을 누르면서 괴로워하는 것처럼 보이는데 감기라도 걸린 걸까. 일단 괜찮다고 대답은 하는데……. 아, 혹시 체형을 다듬어 미남이 된 소타 군에게 반해 버렸나? 이야, 인기 많은 남자는 괴롭군.

그런 망상을 하면서 언제나처럼 말없이 카오루의 뒤를 따라 걸어서 통학했다. 살이 빠졌다고는 해도 충분히 통통하니 미남이 되기까지는 시간이 좀 더 필요하다. 조금만 더.

초여름이라 날씨가 좋기도 해서 아침 이 시간이라도 20도를 넘을 정도로 따뜻하고 가끔 부는 남풍이 상쾌했다. 입학식 때는 온도가 쌀쌀했음에도 불구하고 걷기만 해도 땀이 쏟아져 나오고 두꺼운 지방 때문에 중력의 묵직함을 느꼈는데, 그때와 비교하면 지금은 상당히 움직이기 쉬워졌다.

현재 신장은 170cm 정도이며 체중은 어제 쟀을 때 80kg정도 됐다. 요요가 오지 않았다면 지금쯤 더 슬림하지 않았을까…… 라는 아쉬운 마음은 있지만, 그때는 도저히 식욕을 억누르지 못해 참을 수 없었다.

하지만 이렇게까지 살을 크게 뺄 수 있었고, 근육량이 늘어서 몸의 균형도 크게 개선되고 있는 것도 사실이다. 한편으로 《대식가》의 효과도 여전해서 식욕은 무시무시하게 왕성하다. 틈만 나면 살을 찌우려는 어머니도 있다. 유혹에 지지 않고 강철의 의지로 다이어트에 계속 도전해 나가고 싶다.

그리고 《대식가》의 감정 결과도 식욕과 돈 마련과 함께 큰 고민이 되었다. 시급한 것도 아니니 이 스킬을 앞으로 어떻게 할지 차차 생각해볼까.

카오루의 뒤를 따라서 수많은 시설이 난립한 넓은 교내를 걸어 1학년 E반 교실로. 천천히 내 자리에 앉았는데…… 반 친구들이 마치 진귀한 동물을 관찰하는 것처럼 날 멀리서 뚫어져라 쳐다봤다.

"어라? 뚱땡이, 살 좀 빠졌냐?"

"돼지에서 아기 돼지가 된 느낌일지도~?"

"그건 젊어진 거잖아, 아하하."

"……감기를 좀 심하게 앓아서."

평소에는 무시당하는데 갑자기 반 친구들의 뜨뜻미지근한 말을 들으니 얼떨떨해서 굉장히 거북했다. 난 소심하니까 좀 더 따뜻한 시선으로 바라봐 줬으면 좋겠어! 확실히 단기간에 체중을 20㎏나 뺀 건 과하다고 생각하지만.

그런 느낌으로 내 자리에서 움츠러들어 교과서를 읽는 척을 하고 있으니 스윗한 허니들이 눈앞에 강림해 활발하게 말을 걸었다.

"나~루~미~군!"

"정말 몸은 괜찮아~? 왠지 엄청 날씬해졌는데, 처절한 감기였나~."

머리 양 사이드로 땋은 머리를 늘어뜨린 오오미야와 차분하고 온화한 안경 소녀 닛타 단짝 페어다. 오늘도 둘 다 아름다우시다. 몸 상태를 걱정해 주는 건 고맙지만, 살이 빠진 원인이 '처절한 감기'가 아니라 '처절한 사투'라고 말할 수 있을 리가 없으니 '이제 괜찮아'라고 말하며 얼버무렸다.

가볍게 인사를 하고 말을 건 이유를 물어보니, 어째 오후 수업에 투기장에서 검극을 배우는 수업이 있다고 한다.

"그래서 두 사람이 조를 짜서 연습한대. 나루미는 쉬어서 못 왔으니까 아직 파트너 없지?"

둘이서 조를 짜라니…… 외톨이는 이 말을 듣기만 해도 대미지를 입는데.

근데 검극 수업에서 두 명이서 조를 짜다니, 갑자기 자유 대련이라도 하는 걸까. 이 학교의 체육 수업은 부활동과 마찬가지로 던전 다이브와 관련된 것이 많으며 검극 외에도 다양한 무술을 배우는 커리큘럼이 짜여 있다. 여러 무술에서 어느 정도의 형을 배우고 던전 다이브에 연결하는 건 확실히 좋을지도 모른다.

"쟤의 짝이 오늘 학교를 쉬어서 말이야. 그래서 내가 쟤랑 조를 짜고~."

"그래 그래, 내가 나루미랑 조를 짜면 짝이 생기잖아~? 어떨까~ 싶어서."

오오미야의 시선 끝에는 쿠가가 존재감을 지우고 그림자에 숨듯이 자리에 앉아있었다. 평소에 과묵하고 무슨 생각을 하는지 알기 어려운 타입의 여자아이지만, 룸메이트와는 나름대로 이야기하고 있다고 한다.

남는 사람인 나와 짝이 없는 쿠가가 조를 짜면 2인 1조를 만들어야 한다는 문제는 간단히 해결되지만, 그녀는 감정 스킬을 가지고 있고 공작·첩보원이라는 배경이 있어서 그다지 다가가고 싶지 않다. 오오미야와 닛타가 적절하게 흩어져서 도와준다면, 이는 마침 필요한 도움이다.

그렇다고는 해도 남자가 여자 애들 사이에 섞이는 건 좀 꿀린다. 내 대답은……

"잘 부탁드립니다~!"

땅바닥에 넙죽 엎드릴 정도로 예스다. 어쩌면 동정에 빈말을 더하고 2로 나눠서 '불쌍한 외톨이에게 일단 말을 걸어 줬을 뿐'일지도 모르지만. 아니, 아마도 그렇겠지만 지금은 뻔뻔하게 참가 희망을 표명할 생각이다.

던전에만 가서 반 친구와 적극적으로 교류할 기회가 없었다.

그 이전에 슬라임에게 진 최약체라는 악평도 있어서 다른 사람들이 상대해 주지 않아 외톨이 상태가 이어졌다. 그런 나에게 일부러 말도 걸고, 계속 불러 주는 오오미야와 닛타와는 꼭 친해지고 싶다. 미심쩍은 의미로 말한 게 아니다.

"무기는 수업에서 나눠 주는 것 같으니까 괜찮지만, 몸에 맞는 프로텍터 사이즈만 신고해. 그건 그렇고…… 분위기가 엄청 바뀐 느낌이 들어."

"살이 빠진 건 물론이고~. 듬직한 느낌이 들지~."

"그, 그래?"

현재의 외모는 입학 당시의 뚱뚱한 고도비만 체형이 아니게 되었고, 전체적으로 지방이 줄어들어 움직일 수 있는 통통한 소년으로 변모했다. 열심히 근력운동을 하고 던전에서도 마구 뛰어다녀서 옷 아래는 꽤나 탄탄하다. 뭐, 살이 빠진 가장 큰 원인은 그 녀석과 싸운 것이지만…… 어쨌든 분위기가 크게 바뀐 건 틀림없다.

"그럼 나중에 보자, 나루미."

"검극 수업 땐 살살 해줘~."

두 사람은 나에게 가볍게 손을 흔들고 다른 여자 그룹에 들어갔다.

오오미야는 부활동 권유식에서 E반이 받는 취급에 한때 주눅들어 있었지만, 어째 마음을 추스르고 타고난 밝은 성격을 되찾고 있는 듯했다. 한편 닛타는 학교 생활을 즐기고 있는지 변함없이 생글생글 웃으며 주변의 분위기를 온화하게 만들어 줬다.

복귀하자마자 그녀들과 이야기를 나눠 기분이 상쾌해진 것은 고마운 일이다.

자, 오늘 하루도 힘내자!

점심시간.

대부분의 반 친구들은 학생 식당으로 이동해서 교실에 남아 있는 사람은 10명도 안 됐다. 난 어쩌고 있나 하니, 학식만 먹어서 오늘은 기분전환을 위해 매점에서 잼이 든 빵과 우유를 사서 교실에서 천천히 먹고 있었다. 요 며칠 동안 쉬어서 수업에서 뒤처지는 걸 조금이라도 만회하려고 오오미야에게 빌린 수학 노트를 훑어보던 참이다.

아직 고등학교 생활이 시작된 지 얼마 되지도 않았는데 수업에선 입시문제 수준의 문제를 푼다. 내가 다녔던 고등학교처럼 생각했다간 학력에서도 순식간에 낙오자가 될 수도 있다. 일단 원래 있던 세계에서 이류라고는 해도 이공계 대학을 졸업한 사람으로서 이공계 부문에서 고등학교 1학년 따위에게 질 생각은 없다. 문제를 베껴 쓰면서 입을 딱 벌리고 빵을 물어뜯고 있으니……

멀리서 약간의 소란과 함께 내 이름을 부르는 목소리가 들렸다.

"잠깐, 거기 당신. 나루미 소타라는 사람이 있을까."

몸집은 약간 작지만 꼿꼿하게 편 허리에 웨이브가 들어간 긴 짙은 파란 머리칼. 다부지고 기가 셀 것 같은 눈과 작은 코. 입가를 검은 깃털부채로 가려도 잘 들리는 명료한 말투. 차기 학생회장과는 다른 방향으로 'THE 아가씨'인 여학생이 그곳에 있었다.

교복의 스카프 색이 파란색이니 2학년. 복장 같은 건 딱히 손대지 않았지만, 그 모습에서 고상한 분위기를 자아내 상류계급, 혹은 그 관계자라는 걸 알 수 있었다.

(저 사람은 분명…….)

상위 반일 터인 사람의 호출에 반 친구들이 저게 나루미라며 마치 범인이라도 되는 것처럼 이쪽을 가리키며 숨을 죽였다. 나도 그다지 엮이고 싶지 않지만, 교실의 분위기가 차가워지기 시작해서 어쩔 수 없이 이름을 대고 나서기로 했다.

"제가 나루미인데, 무슨 일이죠?"

"당신. 흐음."

머리끝에서 발끝까지 몇 번이나 왕복하며 눈을 희번덕거리면서 쏘아봤다. 뭐랄까, 정말 거북한 기분이 든다.

"여기서 이야기하긴 뭐하니까. 따라오세요."

다짜고짜 어딘가로 걸어가는 아가씨. 한창 밥 먹는 중이니 나중에 하자는 말을 할 수 있을 리도 없어서 터덜터덜 그녀의 뒤를 따라가기로 했다.

몇 번인가 복도를 돌고 계단을 올라 아무도 없는 빈 교실에 들어가자 엽서 크기의 흰 봉투를 건네 왔다. 이런 아무도 없는 곳에 단둘. 혹시 러브레터 같은 건가요?

보기에는 평범한 봉투로 보이지만, 어떤 식물의 마크가 들어간 밀랍으로 봉해져 있었다. 앞면에는 '나루미 소타 님께'라고 적혀있을 뿐이고 뒷면을 봐도 보낸 사람의 이름은 어디에도 보이지 않았다.

눈앞에 있는 아가씨는 벌레를 관찰하는 듯한 눈으로 쳐다보니, 러브레터처럼 호의로 이 편지를 준 것이 아니라는 것은 알아차리고 있었다. 오히려 나에 대한 부정적인 감정이 엿보였다. 그녀가 짜증스러워 보이는 건 이 편지의 주인과 뭔가 관계가 있는 건가. 봉투를 열려고 하자―

"그 편지를 열기 전에 질문에 답해 주세요."

지금까지 들은 목소리와는 달리 낮게 경고하는 듯한 음색으로 말했다. 상황 파악이 안 되는 지금은 얌전히 듣는 편이 좋을 것이다.

"뭔가요."

"얼마 전에. 제가 소속된 클랜 멤버와 만났죠……."

클랜 멤버? 어느 클랜일까. 소렐은 아니겠지.

"그때 클랜명과 이름은 말했나요?"

그 질문을 한다는 건, 그 쿠노이치 씨를 말하는 건가. 기밀로 행동하는 일이 많은 클랜이라고 해서 결국 이름도 클랜명도 기밀이라면서 가르쳐 주지 않았다. 그리고 보니 쿠노이치 씨는 헤어질 때 '모험가 학교에 클랜의 신입 연수원이 있다'는 말도 했었는데, 이 사람인가. 바로 만나러 와줘서 기쁘기도 하고 당황스럽기도 하고.

"클랜명은 고사하고 이름도 못 들었죠."

"그래. 그럼 다음 질문. 네 레벨은 몇이야?"

레벨을 물어보는 것과 동시에 나에게 《간이감정》을 썼다.

지금은 학교의 데이터베이스와 똑같이 [뉴비]에 레벨3으로 보이도록 해뒀다. 하지만 그건 거짓말이라고 확신하고 있는 것 같았다. 쿠노이치 씨한테 썩을 시험관을 쓰러뜨렸을 때의 이야기를 들었을지도 모른다.

눈앞에 있는 여학생의 신경을 긁고 싶진 않지만 가르쳐 줄 생각도 전혀 없다. 최대한 부드럽게 대답하도록 노력했다.

"레벨 등은 비밀로 하고 있습니다. 이건 제 나름의 계획이니 부디 이해해 주세요."

"……그래. 그럼 마지막 질문. 넌…… 누구야?"

이거 또 엄청나게 추상적인 질문이네. 《페이크》로 위장하고 있다고 그렇게까지 경계를 하나. 아카기나 카오루도 전직했다고 하고, 1학년 E반의 학생이라고는 해도 [시프]로 전직한 게 그렇게 보기 드문 일은 아닐 텐데.

혹시 《페이크》라는 스킬은 **일반적이지 않은** 건가. 그렇다면 얼마 전에 《간이감정》을 맹신한 썩을 시험관과 《페이크》에 묘한 반응을 보인 쿠노이치 씨의 태도가 납득이 된다. 그렇다고는 해도 현시점에는 단정할 수 없으니 시치미를 떼는 수밖에 없다.

"누구냐고 물어봐도. 1학년 E반의 나루미라고밖에 할 수가 없네요."

"……."

그렇게 답하자 한순간 눈앞의 여학생에게서 살기와 《오라》가 흘러…… 나왔지만 금방 누그러뜨렸다. 나와 명확하게 적대하려 하지 않는 것도 이 편지의 주인과 관계가 있는 걸까. 애초에 쿠노이치 씨와는 우호적으로 헤어졌으니, 그 관계자와 적대적인 관계가 될 요소 같은 건 없을 것이다.

참고로 이 여학생은 쿠스노키 키라라인데, 게임에서도 나름대로 인기 있는 서브 히로인이다. 키라라, 혹은 가까운 사람한테는 키이쨩이라 불렸다. 자작 작위를 가진 집안의 장녀이며 이 학교에서도 나름대로의 입지를 구축하고 있다.

BL모드로 핑크를 사용할 때 외에는 거의 등장하지 않아 아쉽게도 아카기나 커스텀 캐릭터 말고는 플레이한 적이 없는 난 자세히는 모른다. 그래도 '모험가 학교의 실력자' '핑크의 라이벌이자 보호자' '남자를 아주 싫어함' '배후에 거물이 다수 있다'는 정도의 정보는 알고 있다.

그녀는 교내에 많은 학생을 거느리고 있으며 여러 가지 의미로 아주 눈에 띈다. 섣불리 엮이면 귀찮은 이벤트가 무더기로 쏟아져서 가능하면 거리를 두고 싶은 인물 중 하나였다. 그렇게 생각하니 이 봉투도 귀찮은 일에 불과하다는 느낌이 들기 시작했다.

"……그럼, 지금부터 그 안에 든 편지를 읽으세요."

"예에. 그럼 엽니다."

내키지 않지만 읽지 않을 수 없으니 정성스럽게 봉투를 열기로 했다. 안에서 나온 것은 가장자리가 아름다운 무늬로 꾸며진 클랜 파티 초대장. 가는 붓 같은 것으로 세심하게 적혀있었다. 보낸 사람은…… 어이 어이.

"'쿠노이치 레드'의 클랜 리더, 미카미 하루카 씨한테서 온 건가요."

"네. 참고로 요전에 당신과 만난 사람은 부 리더예요."

다시 깃털부채를 꺼내 품위 있게 입가를 가리는 키라라.

쿠노이치 레드라고 하면 여자 [시프]만으로 구성된 클랜이라는 것을 이전에 들은 적이 있다. 그 클랜의 리더인 미카미는 미디어에도 자주 나오며 글래머러스한 미인으로도 유명한 사람이다. 그렇다는 것은 전에 만난 쿠노이치 씨도, 바로 앞에 있는 키라라도 쿠노이치 레드의 일원이라는 건가.

그건 그렇고. 쿠노이치 씨랑 잠깐 봤을 뿐인 나 같은 사람을 왜 클랜 파티에 초대하는 것인가. 이유를 물어보고 싶지만 아까 전에 키라라가 한 질문을 토대로 추측해 보면, 키라라에게 아무것도 알려 주지 않았을 것이다.

"클랜 파티라 해도 멤버끼리 여는 다과회 같은 것이에요. 하지만 거기에 적혀있는 대로, 미카미 님께서 직접 하신 초대. 아무쪼록 실례를 저지르지 않도록 하세요."

흠. 멤버인 여자만 있는 클랜 파티에 정체를 알 수 없는 남자가 올지도 모른다는 말을 듣고 경계하고 있었다. 하지만 클랜 리더가 직접 초대한 손님이니 소홀히 대할 수는 없다. 그런 느낌인가.

"그럼, 그날을 기다리겠습니다."

그렇게 말을 끝내자 발소리를 내지 않고 이곳에서 총총 떠나가셨다. 사실은 거절하고 싶었지만 뒷일이 무서우니 출석할 수밖에 없을 것 같다.

(일시는 반 대항전이 끝났을 때쯤인가.)

무거운 한숨을 쉬면서 어떻게 할지 생각하고 있으니 오후 수업 시작 5분 전을 알리는 종소리가 들려왔다. 그러고 보니 밥도 다 못 먹었다. 서둘러 돌아가야 한다.

먹다 만 빵을 우유로 급하게 넘기고 체육복으로 갈아입고 검극 수업의 집합 장소인 3번 투기장으로 빠른 걸음으로 향했다.

나 참. 지금부터 몸을 쓰는 수업이 있는데 갑자기 불러내서 확 피곤해졌잖아.

……그래도 오늘 검극 수업은 처음인 것도 있어서 수업 내용은 그렇게 힘들지 않을 테고, 부드러운 분위기를 가진 닛타와 짝이라면 무슨 일이 있어도 녹초가 되는 일은 없을 것이다. 오히려 꺄르륵거리며 연습하게 될 것이 틀림없어서 기다려지기까지 했다.

무의식중에 통통 뛰던 다리에 주의를 주면서 두꺼운 외벽으로 만들어진 3번 투기장에 도착. 안은 강렬한 조명이 켜져 있어 눈이 부실 정도로 하얬다.

여긴 네 개 있는 투기장 중에서는 세 번째로 크다고 하는데, 천장은 높고 내가 원래 있던 세계에서 다녔던 고등학교의 체육관 정도로 넓었다. 당연히 전역이 매직 필드 안이다. 바닥과 벽도 충격에 강한 타일이 깔려 있어 육체 강화를 전제로 한 훈련을 하는 것이 가능하다.

"아직 짝을 못 만든 학생은 없나?"

담임인 무라이 선생님이 들어오자마자 명부를 보면서 확인했다. 짝이 없으면 무라이 선생님이 직접 짝을 해준다고 한다. 그건 벌칙이라는 생각밖에 안 들었다.

그리고 왜 반의 담임이 체육 수업을 주도하고 있느냐 하면, 이 사람은 모험가 대학 졸업자다. 즉, 이 모험가 학교 고등부의 A반 졸업자인 것이다. 어지간한 모험가 이상으로 레벨이 높고 경험도 있어서 지도도 가능하다고 한다. 어느 정도로 강한지 《간이 감정》해보고 싶은 마음은 있지만 지금은 그만두자.

선생님 뒤에는 몇몇 강사와 미남 [프리스트] 선생님도 대기하고 있었다. 응급처치뿐만 아니라 재생 마법도 무료로 받을 수 있으니 만일의 사태에도 안심이다.

반 친구들에게는 온몸에 장착하는 검은 프로텍터와 딱딱한 고무 재질 검이 분배되었고, 각자 장착하면서 담임선생님의 설명을 들었다. 지금부터 하는 것은 검으로 겨루는 검극 자유 대련이다.

검극이라는 것은 그 이름대로 검을 쓰는 무술인데, 검도와 다른 점은 사람보다는 몬스터를 상대하는 것을 중시한다는 점이라고 한다. 몬스터는 약점이나 몸의 크기, 공격 수단이 제각각이라 어떻게 행동하는지가 사람을 상대할 때와는 크게 다르다.

검극에서 쓰는 무기도 원래는 한손검, 대검, 외날검, 단도 등 다양한 무기가 뒤죽박죽으로 섞여 통일성 같은 건 없다. 거리 조절 방식도 무기나 상대에 따라 달라지기 때문에 기본적으로는 히트&런 스타일이 선호된다.

하지만 오늘의 검극 수업에서는 히트&런 같은 건 하지 않으며 무기도 가벼운 고무로 만들어진 검뿐이다. 짝을 지어서 정면에서 상대와 치고 받는 자유 대련이 메인이라 실제 하는 것은 검도에 가깝다. 서로 겨루다가 개선해야 할 점이 있으면 강사가 지도하는 느낌으로 진행한다고 한다.

짝은 레벨이 비슷한 상대와 짓는 게 일반적이지만, E반은 던전 경력이 2개월도 안 되기 때문에 레벨 차이도 별로 안 나서 누구와 짝을 지어도 문제가 안 된다…… 고 여겨지고 있다.

이번에 나와 짝을 짓게 된 닛타는 [아처] 지망이며 메인 무기는 활. 근접 무기는 거의 쓴 적이 없는 것 같으니, 들키지 않도록 봐 주면서 싸우는 편이 좋으려나. 바라보니 작은 목소리로 '잘 부탁해♪'라고 말하며 작게 손을 흔들어 줬다. 아니 아니, 나야말로♪

한편, 오오미야는 쿠가와 짝이다. 몸집이 작고 [위저드] 지망인 오오미야와 호리호리한 체형의 쿠가. 지망 직업이나 체격 차이도 경험의 차이도 공부가 되니 열심히 해줬으면 하지만, 가장 중요한 상대 역할인 쿠가는 의욕이 그다지 없는 것 같았다. 나른한 눈빛을 하고 계신다.

"그럼 시작."

서로 살피면서 겨루는 반 친구들. 모험가 지망이라 그런지 대부분의 반 친구들이 진지하게 임하려 했다. 그중에는 카오루처럼 검도 경험자도 있어서 훌륭하게 자세를 잡고 있는 사람도 드문드문 있었다.

난 어쩌고 있나 하니. 닛타와의 레벨 차이는 감정하고 조사하진 않았지만 클 것이다. 그리고 여리여리한 여자아이를 상대로 어디까지 해도 되는지 모르겠다. 처음엔 막아 볼까.

"난 검술에 자신이 좀 있어~."

허리에 가볍게 손을 대고 자신감을 과시하듯이 큰 가슴을 펴는 닛타. 검술에 자신이 있다고 하니 이전에 검도라도 한 걸까. 하지만 아무리 검술 실력이 있다고 해도 매직 필드 안에선 레벨 차이가 실력을 좌우한다. 나에게 통할 일은 없다.

(자신 있는 것 같은데, 그 자신감을 꺾지 않도록 조심해야겠어.)

귀엽게 머리를 쓸어 올리고 허리에서 천천히 검을 뽑는 모습이 흐뭇하게 비쳤다. 그리 경계하지는 않으며 닛타의 자세를 잘 보니—.

중심을 낮추고 오른손에 든 검을 앞으로, 왼손은 마법을 쓸 것처럼 뺀 위치. 마법검사가 자주 취하는 자세다. 던전 경험이 얼마 없는 E반 학생이 취할 만한 자세가 아니다.

(—아니, 그게 아니다.)

그보다 머릿속에서 경종이 울렸다.

호흡에 맞춰 흔들흔들 칼끝을 흔들어 세세하게 페인트를 걸어 첫 동작을 간파하지 못하게 하는 이 검술 스타일은 분명.

갑자기 강렬한 기시감이 느껴졌고, 게임을 하던 시절에 날 죽이려고 쫓아오던 '그 녀석'의 모습이 번개처럼 뇌리를 스쳤다.

"있잖아. 나루미 소타는—."

정면에서 내 눈 속을 들여다보듯이 반응을 살피는 닛타. 방금 전과 완전히 똑같을 터인 부드러운 미소가 마치 무서운 악마의 형상으로 보이기 시작했다.

"—혹시. 재악 군…… 맞지?"

(시…… 실합니까…….)

눈앞에 있는 소녀의 주위가 크게 흔들리고 정체를 알 수 없는 공기가 흘러나오는 착각에 빠졌다. 어느 샌가 내 심장 소리가 커지고, 긴장감에 무심코 마른침을 삼켰다.

"그 반응은 역시! 그럴 줄 알았지~!"

한창 검극 중인데 귀엽게 뛰며 기쁨을 표현하는 닛타. 난 맥이 빠지고 우울해서 미칠 것 같았다. 플레이어가 몇 명 더 이쪽에 와있을지도 모른다고 상정은 하고 있었지만, 하필이면 이거냐.

"마지막으로 맞선 게 악마성 때 이후이려나~. 그때는 우리 단원이 많이 당했지만."

"그랬…… 었지. 그때는 나도 당했지만."

이쪽 세계에 오기 전까지 나와 닛타는 '서로 경쟁하며 싸우는 라이벌 사이'였다. 정확하게는—.

난 PK, 닛타는 PKK라는 롤플레이를 하고 있었다.

'던익'에서는 플레이어를 공격하여 죽일 수 있는 PK 시스템이라는 것을 채용하고 있으며, 스릴을 위해 게임을 시작한 나는 PK가 되기로 결심했다. 여러 플레이어에게 싸움을 걸고 죽이거

TIPS ✎ **PK:** Player Killer의 약자. 소지금이나 아이템을 빼앗는 등의 목적으로 일반적인 플레이어를 의도적으로 공격하는 플레이어. 보통은 악으로 간주되며 플레이어로부터는 두려움을 사고 혐오당한다.

나 도리어 반격을 당해 죽었다.

PK를 하면 죽인 플레이어로부터 손쉽게 무구나 아이템을 강탈할 수 있다는 달달한 특전이 있지만, 플레이어를 살해해 버리면 지명수배를 당해 10층에 있는 할머니의 가게 같은 플레이어들이 쓰는 거점에 일정 기간 들어가지 못하게 되는 디메리트도 있다.

지명수배를 당한 상태로 PK를 계속하면 모험가 길드가 고액의 상금을 걸고 '영구 PK'라는 판정을 내려 버린다. 그렇게 되면 아무리 선행을 해도 원래대로는 돌아가지 못하며 상금을 노리고 PK를 사냥하는 PKK가 움직여 계속해서 싸움을 강요당하게 된다.

그리고 PK인 상태로 죽었을 때, 혹은 살해당했을 때는 레벨이 대폭 내려가고 소지 장비, 아이템을 전부 잃는데다가 불명예스러운 칭호가 달리는 디메리트도 있다. 나 같은 경우에는 [재액의 악당], 줄여서 '재악'이라 불렸다.

이렇듯이 PK는 활동이 제한되고 살해당했을 때의 리스크가 너무나도 커서 메리트, 디메리트를 생각해서 하는 사람은 없다. PK를 계속하는 사람은 대체로 나 같은 스릴을 맛보고 싶어 쾌락을 추구하는 자나 괴짜로 가득하다.

그리하여 나라는 PK와 그런 PK를 쫓아 쓰러뜨리려고 클랜을

TIPS **PKK:** Player Killer Killer의 약자. PK를 전문적으로 공격하고 쓰러뜨리는 플레이어, 혹은 조직. 플레이어를 죽이는 행위 자체는 PK와 다를 것이 없지만 혐오 당하는 PK를 잡는 PKK는 환영받는 경우가 많다.

만든 PKK 클랜의 리더인 닛타와 접점이 생기는 것은 필연. 몇 번이나 쫓고 쫓기고, 뺏고 빼앗기고, 공격하고 공격당하고, 서로를 죽였다.

나와 그녀가 이쪽 세계에 오기 직전까지의 게임 상황은 그런 느낌이었는데—.

눈앞에 있는 소녀를 관찰했다.

칠흑의 풀 플레이트와 방대한 오라를 두르고 자유자재로 구사하는 검술로 마검을 휘두르며 광기 어린 행동력으로 날 쫓아다닌 [암흑기사]의 이미지와는 동떨어진…… 귀여운 스포츠 안경을 쓴 누님 타입 여자가 있었다.

"그러니까, 커스텀 캐릭이야?"

"응, 현실의 나야~. 하지만 나루미는 아니지."

그렇다. 난 '랜덤 캐릭터'를 선택했더니 게임에도 나오는 뚱땡이로 전생해 버렸다. 그때의 선택을 몇 번이나 후회했는지. 지금은 다이어트도 성공할 것 같고 가족과의 사이도 양호해서 아무 문제없지만.

한편 닛타는 '커스텀 캐릭터'를 골랐더니 캐릭터 제작을 하기는커녕 묻지도 따지지도 않고 현실의 자신이 되어 버렸다고 한다. 닛타의 실제 모습은 분명 흉악한 얼굴의 거구 프로레슬러 타입 여자일 줄 알았는데, 이렇게 예뻤나.

"……그래서. 어떻게 내 정체를 알아낸 거야?"

지금은 《페이크》가 있지만, 그건 최근에 배운 것이다. 혹시 내가 알아차리지 못하도록 《간이감정》을 한 걸까. 그런 방법은 모르겠지만.

"그냥~. 결정적인 증거는 '펜듈럼'을 봤을 때의 반응이지만."

마주 봤을 때 칼끝을 세세하게 움직여 공격 타이밍을 잡으면서 페인트도 거는 펜듈럼이라는 검술 스타일. 닛타의 PKK클랜은 게임인데 본격적인 검술을 도입하여 군대 같은 규율과 전술로 대인전을 거는, 그야말로 악마 같은 대인 특화 검사 집단이었다.

소문에 따르면 직접 단원에게 검술을 지도해서 클랜 멤버 전원의 전투력을 끌어올렸다고 하는데 정말일까.

지금 닛타에게는 게임을 할 때처럼 방대한 오라와 수많은 검술 스킬이 있는 건 아니다. 하지만 PK였을 때에 곳곳에서 셀 수 없을 정도로 검을 맞대고 몇 번이나 죽임을 당한 몸으로서 경계하지 않을 수 없었다.

가볍게 미소 지으며 요사스러운 불을 피운 듯한 눈으로 다시 내 얼굴을 들여다보는 닛타. 암흑기사였을 때의 몸짓이 떠오르고 말았다.

이봐, 설마 날 죽일 생각은 아니겠지……?

겨우 2m 정도의 거리에서 서로 검을 겨눈 나와 닛타. 게임을 할 때라면 밀착했다고 봐도 좋은 정도의 거리. 찰나의 순간에 무수한 참격과 무기 스킬이 난무했을 것이다.

그런 긴장감은 눈곱만큼도 없이 바람에 살랑이는 듯한 목소리로 잔인한 질문을 했다.

"여기선 PK를 할 생각은 없어?"

"……할 리가 없잖아. 현실이 된 세계에서 그런 짓을 할 수 있을 것 같냐?"

"그럼~ 내가 이 세계의 '재앙'이 될까……."

눈앞의 소녀는 무슨 말을 하고 있는 건가. 나도 모르게 멍해졌지만 지금은 수업 중이다. 이야기만 하고 있는 것도 좋지 않으니 적당히 검을 맞대면서 작은 목소리로 대화하기로 했다. 마주보고 있는 닛타가 진심으로 공격하지 않는다는 건 알고 있지만 아무래도 경계하게 된다.

"정말~ 농담이라니깐~. 이쪽 세계는 던익이랑 이래저래 다르잖아? 상식이라던가, 사람의 목숨의 무게라던가. 그래서 나루미랑 의견 교환을 하고 싶었어."

확실히 평범하게 학교에 다니며 생활하면 원래 있던 세계와 같은 느낌에 빠질 때가 있다. 하지만 이 세계에서는 아무렇지도 않게 이권을 두고 공략 클랜끼리 칼부림이 나거나, 작위를 가진 사람이 평민에게 가혹한 짓을 해도 법으로 심판당하지 않는 일은 드물지도 않다. 특히 던전 안은 치안 수준이 현실세계의 마피아나 갱이 날뛰고 설치는 슬럼가와 그다지 다르지 않다.

그런 부조리함을 보고 '평등하게 대해라, 차별을 없애라!' '인권을, 질서를 지키지 않는 녀석을 응징해라!' 하는 생각을 하게 되는 건 어쩔 수 없는 일이긴 하다. 이쪽 세계에 왔다고 해서 원래 세계의 윤리감이나 상식을 벗어던지는 건 간단한 일이 아니니까.

그래도 우리가 트러블을 피해 살아가기 위해서는 이 세계의 정보를 모아 잘 적응해 나가지 않으면 안 된다. 목숨의 가치나 법과 질서의 차이에 주의를 기울이는 것을 잊어서는 안 되는 것이다.

닛타는 그런 것에 대한 이야기를 하고 싶다고 말하는 것일 테지만—.

"그렇다고 해도 말이지. 애초에 너와 난 던익에서도 이야기한 적이 거의 없지. 이야기하기는커녕 적대관계였어. 의견을 교환하려면 신뢰 관계 구축이 먼저 아닌가."

"엣. 혹시 꼬시는 거야?"

"……."

양 볼에 손을 대고 부끄러워하는 '척'을 하고 있지만, 게임에선 눈이 맞으면 바로 서로를 죽이려고 싸웠던 만큼 위화감이 엄청났다.

닛타는 밖에서 걷고 있으면 눈길을 끌 정도의 미인이니, 정체

를 몰랐다면 온화한 미소에 홀딱 넘어갔을 가능성은…… 분하게도 굉장히 높다. 하지만 정체를 알아 버린 지금, 딱히 설레진 않는다. 오히려 질색이기까지 했다.

그렇다고는 해도 나도 확인하고 싶은 것이 많이 있다. 애초에 셀 수 없을 정도의 PK활동으로 살육과 약탈을 반복하여 악행을 저질러 온 내가 정의의 집행자인 닛타의 인격을 이렇다 저렇다 하는 것도 이상한 이야기일지도 모른다. 기피를 당해야 한다면 내가 당해야 하니까.

"지금 알고 있는 플레이어는 나랑 너뿐인가."

"'너'라고 부르지 마~. 리·사 라고 불러줘♪"

묘하게 몸을 구불거리면서 위화감을 흩뿌렸다. 어떻게 그렇게 친밀하게 나한테 말을 걸 수 있는 건지 신경 쓰이지만, 뭐 상관없다.

"일단 《간이감정》할 건데 괜찮지?"

"괜찮긴 한데~. 무시 안 했으면 좋겠는데~?"

〈이름〉 닛타 리사
〈직업〉 뉴비
〈강한 정도〉 상대가 안 될 정도로 약함
〈소지 스킬 수〉 2

이게 《간이감정》 결과인데 《페이크》로 바뀐 건 아닌지 판별이 안 됐다. 주변의 모험가라면 몰라도 위장을 하고 있을 가능성이 높은 플레이어나 첩보원에게 쓰기에는 신뢰성이 현저하게 낮아진다.

"참고로 《페이크》는 쓰고 있어?"

"솔로로 몰래 가고 있긴 한데~. 아직 레벨 5야."

"……레벨 5?"

그렇다면 할머니의 가게에는 가지 못했나. 레벨 5라도 가는 건 가능하겠지만, 목숨을 걸어서까지 갈 정도의 가게도 아니다. 일단 10층까지 갔는지 물어봤는데, 역시 한 번도 안 갔다고 한다. 스스로 플레이어라고 밝혔고 거짓말을 할 이유도 없으니 믿어도 괜찮을 것이다.

하지만 레벨이 5라는 건 게임 지식이 있는 플레이어치고는 페이스가 조금 느리다는 느낌이 든다. 다른 플레이어가 있을 가능성이 높은 상황임에도 불구하고 말이다. 뭔가 이유가 있는 걸까. 예를 들자면 나처럼 디버프가 달린 초기 스킬을 가지고 있다거나—?

그런 생각을 하고 있으니, 중단 자세에서 갑자기 페인트를 섞어 발도술을 썼다. 그녀가 사용하는 건 외날검을 상정한 검도에서 유래한 검술이 아닌 롱소드를 상정한 서양 검술. 커버하는 범위도 넓은 주제에 칼을 쓰는 공격부터 체술도 쓰기 때문에 격투전에 말려들지 않도록 거리를 벌려 뒀다.

"어이쿠. 갑자기 공격하지 말라고."

"후훗. 역시 이 정도는 피하는구나. 하지만 진지하게 안 한다고 여겨지면 지도를 받게 될 거야."

주위를 보니, 의욕이 없다고 판단된 페어가 강사에게 혼나고 있었다. 싸우는 흉내라도 좀 해둘까.

공격을 몇 번 주고받으면서 나도 정보를 흘렸다. 할머니의 가게는 이 세계에서는 알려지지 않았다는 것. 그런데도 최근에 방문한 사람이 있으며 '누가 왔는지' 가게의 주인인 푸르푸르에게 물어본 것 등.

"푸르푸르가 그렇게 말했어~? 하지만 난 아니야."

10층에 있었던 인물이 닛타가 아니라면, 그 녀석은 세 명째 플레이어라는 것이다. 그리고 플레이어라면 E반에 소속되어 지금도 이 검극 수업을 받고 있을 건데……

반 친구들이 싸우는 모습을 곁눈질로 살짝 둘러보며 플레이어에 해당하는 자가 있는지 찾아봤다. 이런 검극 수업 따위에 진지하게 임하진 않겠지만.

서로 치고 받으며 본 적이 있는 인물이 없는지 힐끔힐끔 보고 있으니, 투기장 끄트머리 쪽에서는 던익의 주인공 아카기가 파트너의 검을 날려 버리고 있었다. 무사히 흑화한 모양이다……. 눈빛이 날카롭다.

게임에서의 아카기는 A반만 있는 제1검술부에 입부하려다가 E반이라는 이유로 문전박대 당한다. 몇 번이나 입부를 희망하지만 두들겨 맞은 뒤로 흑화. 서브 히로인이기도 한 규 선배, 마츠카 유나 선배가 만든 제4 검술부에 거두어져 입부하게 되는 이벤트가 있었는데, 이 세계의 아카기도 순조롭게 그 이벤트를 따라가고 있는 것 같다.

공격당한 남학생이 위압감 비슷한 기백을 내뿜는 아카기를 두려워하며 떨었다. 저렇게 돼버리면 당분간 내버려 두는 수밖에 없을 것이다. 이름도 모르는 친구, 미안하다.

마찬가지로 끄트머리 부근에 있는 카오루는 핑크와 짝을 짓고 있었다. 보기에 레벨 5 정도의 속도로 움직이고 있는데, 둘 다 아직 여유가 있는 듯했다. 산죠도 BL모드의 주인공인 만큼 잠재능력은 대단하니 앞으로가 재미있겠지……. 그리고 게임대로 진행된다면 성가신 일이 일어날 것이다. 그녀에게도 성가신 이벤트가 많이 준비되어 있기 때문이다.

국가나 조직에게 찍혀 주위 사람들이 말려드는 전투 이벤트 같은 게 일어나면 참을 수 없을 것 같으니, 아카기나 다른 플레이어가 그런 정보와 이벤트를 컨트롤해 줬으면 한다. 최악의 경우에는 나나 닛타가 어떻게든 하게 되겠지만.

그 외에 신경 쓰이는 요소라고 하면, 미국의 정보수집부대의 첩보원으로서 이 학교에 잠입한 쿠가. 이미 레벨 20을 넘었으며 여러 은밀·첩보 스킬을 가지고 있다. 기본적으로 그녀의 정체를 밝히지 않으면 무해하지만, 《페이크》에 의한 위장도 그녀가 가진 감정 스킬에 돌파당하니 가능한 한 거리를 두는 편이 좋을 것이다.

그런 쿠가에게 부지런히 공격하는 오오미야. 땋은 머리가 귀엽게 흔들렸다. 쿠가의 미래의 파트너는 머리가 길고 어른스러운 여자라고 하는데.

"쿠가는 원래 같은 방을 쓰는 애랑 짝이었는데. 아직 레벨이

3이었었나~. 나도 살짝 떠봤는데 플레이어는 아닌 것 같아."

싸우는 모습을 보니 던익을 열심히 한 사람의 움직임으로는 보이지 않았다고 한다. 검이 됐든 둔기가 됐든, 방대한 STR에 의지해서 장시간 무기를 다루는 플레이어는 무기를 다루는 움직임에서 특징이 드러난다는 게 닛타의 지론이다. 난 분간이 안 되지만 그럴 것이다.

그 외의 반 친구들은 학교의 데이터베이스에 기재된 대로 대부분이 레벨 3, 레벨 4가 약간 섞여있는 정도인가. 이 중에서 플레이어를 찾는다면 나보다는 닛타가 더 잘 찾아낼 것 같다.

……그건 그렇고, 이쪽 세계에 오는 계기가 된 게임 이벤트를 대체 몇 명의 플레이어가 클리어 했을까.

광범위 즉사 공격의 융단폭격. 도망친 곳에 즉사 함정이 가득한 밸런스 붕괴 이벤트를 몇십 명이나 되는 플레이어가 클리어했을 거라고는 도저히 생각할 수 없다. 아무리 많이 잡아도 몇 사람. 그 정도로 난이도가 악랄했다.

현재 판명된 플레이어는 나와 닛타. 할머니의 가게에 도달한 플레이어를 포함해 세 명. 처음엔 나만 클리어한 줄 알고 있었는데 세 명이나 클리어해서 솔직히 놀라고 있다.

"근데 용케도 그 쓰레기 이벤트를 클리어 했네. 난 거의 운이 었는데."

우연히 내가 있는 곳에 즉사 공격이 안 왔다. 우연히 내가 나아간 길에 즉사 함정이 없었거나 앞사람이 함정을 밟은 덕분에 살아남을 수 있었다 등등. 이벤트를 클리어할 수 있었던 건 그런 우연이 연속으로 일어났기 때문일 뿐이지, 실력이 어떻고의 문제가 아니다.

그렇다고는 해도 전부 운이었던 건 아니다. 막을 수 있는 공격은 막아야만 했고, 던익을 오래 했기에 느껴지는 '감'으로 살아남은 경우도 있었다. 그런 것들을 감안하면 실력이 부족하면 운이 있어도 클리어가 불가능하다.

"단원의 협력을 받았어~. 좋은 사람들이었지……."

먼 곳을 바라보는 눈으로 가슴에 손을 대고 자신의 단원에게 조의를 표했다. 무슨 뜻인지 물어보니, 단원이 목숨을 걸고 즉사 공격과 즉사 함정으로부터 닛타를 지켜줬다고 한다. 확실히 많은 단원이 목숨을 생각하지 않고 협력하면 클리어할 수 있을지도 모른다. 혹시 우리 외에 클리어한 녀석도 집단으로 클리어한 걸까.

"규모가 큰 공략 클랜도 몇 팀인가 참가했던가~? 하지만 누군가가 클리어할 수 있도록 협력해서 움직이는 것처럼 보이진 않았어."

닛타의 클랜은 닛타를 중심으로 광신적인 조직을 구축했기 때문에 몸을 던져 지키려고 움직이는 건 왠지 모르게 이해가 됐다. 한편으로 최전선 공략을 하거나 보스 사냥으로 이름을 날리는 공략 클랜은 실력이 뛰어난 건 틀림없지만, 아집도 욕심도 강한 멤버가 가득하다. 누군가가 클리어할 수 있도록 헌신적으로 움직이는 일은 없을 것이다.

……뭐, 클리어 기준을 생각할 때 닛타를 참고하지 않는 편이

좋은가.

"이야기하고 싶은 것은 많지만 수업 중에는 많이 이야기할 수가 없네."

"나중에라도 이야기할까~."

검극 수업은 닛타와 짜고 레벨 3 정도로 보이도록 무난하게 하기로 했다.

그래도 가끔씩 페인트를 넣는 건 그만해 주실 수 없나요.

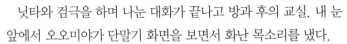

닛타와 검극을 하며 나눈 대화가 끝나고 방과 후의 교실. 내 눈 앞에서 오오미야가 단말기 화면을 보면서 화난 목소리를 냈다.

"왜 인정이 안 되는 거야?!"

사건의 발단은 아카기가 D반과의 결투에서 패배해 E반 선배들이 만든 부활동에 들어가지 말라고 반쯤 협박당한 것이다. 그래서 오오미야가 반 친구들 모두가 참가할 수 있는 부활동을 만들려고 학생회에 신청했는데―.

화면에는 '기각한다'라는 말 한마디가 적힌 통지뿐.

부활동을 만들려면 10명 이상의 구성원과 책임자가 될 전임교직원이 필요. 구성원이 될 인원은 들어가고 싶다는 E반 학생이 10명 이상 있다는 것이 확인되었고, 교직원은 담임인 무라이 선생님께 부탁하여 허가도 받아 최소한의 조건은 만족했다.

이제 학생회의 승인만 있으면 바로 부활동 설립과 운영으로 넘어갈 수 있다고 생각하고 있었는데, 학생회의 무자비한 기각 통지. 그래서 오오미야는 무슨 이유 때문에 안 되는 거냐고 분개하고 있는 것이다.

"학생회에 이의 제기하고 올 거야!"

"사츠키, 잠깐만."

교실에서 기세 좋게 뛰쳐나가려는 오오미야의 팔을 잡고 어떻게든 진정시키려는 닛타. 열을 좀 받았으니 시간을 두고 머리를 식히는 편이 좋다는 의견에는 찬성이다. 학생회는 복마전 그 자체. E반의 학생이 부주의하게 접근하는 건 그만두는 편이 현명할 것이다.

이곳은 실력주의 모험가 학교. 개인이라도 주목받는 학생이 있지만, 실질적으로 이 학교를 지배하고 발언력을 가지고 있는 건 파벌이다. 발언력이나 지위를 추구한다면 힘 있는 파벌에 속할 필요가 있다.

힘 있는 파벌은 3학년 A반의 학생을 중심으로 몇 개 존재한다.

검술부 주장과 마술부 주장을 필두로 한 부활동 계열 파벌이 세력을 떨치고 있는 건 당연하고, 최대 파벌은 누가 뭐라고 해도 학생회다. 각 학년의 수석과 차석, 고위 작위를 가진 자가 학생회 멤버로 모여 있으며, 보통 학교에서는 생각할 수 없을 정도로 막대한 예산을 관리하는 권한을 가지며 모든 부활동과 학교 이벤트, 교직원과 OB에까지 큰 발언력을 보유하고 있다.

학생회는 말하자면 모험가 학교의 중추. 공부도 던전 다이브도 잘하는 엘리트 중의 엘리트만이 재적할 수 있는 명예로운 조직인 것이다. 따라서 작위와 돈을 넌지시 드러내 부정하게 들어가려는 몰상식한 자도 끝없이 속출한다.

그럼 학생회에 재적된 학생은 '착실'한가 하면 그렇지도 않다. 당연하게도 말만 많고 자기 현시욕이 강하며 자존심 덩어리 같은 학생이 대부분을 차지한다. 그런 곳에 E반의 학생이 간다고 해서 상대해 줄 것 같지 않다. 게임에서도 주인공인 아카기나 핑크와 여러 번 충돌하여 결투로 발전했을 정도다.

"이유를 듣지 않고는 납득이 안 돼."

감정이 격해진 상태로 하는 돌격은 좋은 결과로 이어지지 않는다. 지금은 냉정한 닛타를 데려가는 게 현명하다. 그런 생각을 하고 있으니 '나루미도 같이 와주면 든든하겠는데~♪'라며 나에게 빙긋 웃으면서 윙크했다.

안 그래도 둘에겐 외톨이 상태에서 구원받았다는 큰 빚이 있다. 가보자고. 지금은 남자다운 모습을 보여야 할 때다!

"같이 가주는구나……. 무슨 일 있으면 내 뒤에 숨어."

"어? ……아, 응……."

내가 가장 약하다는 이미지가 오오미야 안에 정착해 버린 모양이다. 슬라임에게 졌다는 게 알려진 건 좋지 않나. 나도 모르게 고개를 떨굴 것만 같았다.

하지만 꺾이지 않을 거라고!

▰//////////////////////

구석구석 정성껏 닦인 복도를 여자 두 명의 뒤를 살살 따라가 6층에 있는 학생회 회의실 앞까지 왔다.

입구의 문은 크고 중후한 목제 쌍여닫이문. 어떤 새와 짐승의 조각이 세세하게 새겨져 있었다. 이 문만으로도 월급쟁이의 월급 몇 개월분이 날아가겠지…….

그런 문 앞에서 오오미야는 긴장을 떨쳐내듯이 한 번 호흡하고 콩콩 노크했다. 몇 초 정도 뒤에 안에서 '들어와라'는 목소리가 울렸다.

무거울 것 같았던 문은 예상 이상으로 부드럽게 움직였고, 안으로 들어가니 클래식한 디자인의 방이 펼쳐져 있었다.

테이블과 선반은 재질을 얼핏 보기만 해도 비싸단 걸 알 수 있는 일급품. 전부 수입품일 것이다. 바닥도 반짝반짝하게 닦인 대리석으로 돼있었고, 그 위에 연지색 융단이 깔려있었다. 벽에는 커다란 풍경화 한 장이 장식되어 있었고 앤티크풍 샹들리에에 고상하게 비춰지고 있었다.

그런 것들에 뒤지지 않는 비싸 보이는 팔걸이가 달린 가죽제 의자 위에 안경을 쓴 남학생이 혼자 앉아 있었다. 고등학생 주제에 이런 방에서 그런 물건을 쓰냐면서, 일반인인 나는 무심코 분개해 버릴 것만 같았다.

그 남학생의 가슴에는 금빛의 무언가가 반짝 빛나고 있었다. 이건 공가*에 필적하는 백작 지위를 가진 가계를 나타내는 배지다. 그게 없어도 분위기와 모습을 보면 상류 계급이라는 걸 알 수 있다. 품격이라는 것은 지위가 만들어 내는 걸까.

"무슨 일이지."

눈살을 찌푸리고 우리의 신원을 살폈다. 약속도 없이 갑자기 왔으니 수상하게 여기는 것도 어쩔 수 없는 일이라 할 수 있다만.

"오오미야라고 합니다. 부활동 창설에 관한 이야기를 들으러 왔습니다."

"……너희는 1학년…… E반인가."

남학생은 가슴의 휘장, 여학생은 스카프의 색을 보고 학년을

*일본의 조정에서 봉직하는 상급귀족과 관리를 총칭하는 단어.

바로 알 수 있게 되어 있다. 우리는 휘장과 스카프가 빨간색이라 1학년, 눈앞에 있는 학생회 회원은 초록색 휘장을 달고 있으니 3학년. 참고로 오늘 낮에 날 불러낸 키라라는 파란색 스카프를 하고 있었으니 2학년이다.

그리고 우리가 E반인지 아닌지 바로 알아낸 건 가슴에 모험가 계급 배지를 달고 있지 않기 때문이다.

몇 년이나 던전 다이브를 하고 있으면 모험가 길드가 발주하는 퀘스트를 몇 번이나 수행하거나 승급 시험을 쳐서 모험가 랭크를 올릴 기회가 있다. 7급 이상으로 올리면 대응하는 색깔의 배지를 받을 수 있는데, E반은 아직 던전에 갈 수 있게 된 지 얼마 되지 않아 일부를 제외하면 9급인 그대로다. 그에 비해 D반 이상의 학생은 대부분이 7급이기 때문에 가슴에 모험가 계급 배지를 달고 있다.

모험가 계급 배지를 달라는 교칙은 없어서 안 달아도 좋지만, 교내의 위계에도 영향을 미치기 때문에 학생은 모두 착용하려고 했다. 그래서 이 시기라면 1학년 E반의 학생이라는 건 배지의 유무를 보면 바로 알 수 있다.

난 승급 시험을 쳤지만 합격이 안 되어 현재도 9급인 그대로다. 그 썩을 시험관은 용서 안 할 거다.

"돌아가라."

"못 돌아갑니다. 왜 신청이 기각당했는지 이유를 들려 주세요."

"자기 처지를 모르는 쓰레기들이 매년같이 나오는구나……."

뭔가 추레한 것을 보는 듯한 눈길로 우리에게 그런 말을 내뱉었다. 우리도 한 번쯤 불평을 하고 싶긴 하지만, 상대는 작위가 있으니 무슨 일이 일어날지 알 수 없다. 말투에도 주의해야 할 것이다.

"너희. 여기가 어딘지는 아는가?"

입구에 큼지막하게 '학생회'라 적힌 룸 플레이트가 걸려있었으니 틀릴 리가 없다. 그걸 물어보고 있는 게 아니라는 건 알고 있지만, 깔보는 눈으로 보면 나도 모르게 반골 정신이 샘솟아 버리잖아.

"난 바쁘다. 더는 오지 마라."

오오미야가 뭔가 말하려고 했지만 말을 할 수가 없었고, 남학생은 우리에게서 흥미를 잃은 것처럼 눈앞에 있는 서류에 시선을 떨구고 작업에 몰두했다. 우리에게 관심을 돌린다고 하더라도 지금 시점에는 대화가 성립될 것 같지 않으니, 일단 밖에 나가 상황을 확인해 두자.

"정말, 왜 학생회인데 이야기를 들어 주지 않는 거야."

"나중에 다시 오는 편이 좋으려나~."

"지금은 저 3학년 선배한테 무슨 말을 하더라도 소용없을 것 같네……."

학생회에 의견을 전달하려면 누군가의 소개가 필요할 것이다. 하지만 얼간이 꼬리표가 달린 E반이 학생회에 연줄이 있을 법한 인물과 접촉하여 중개자 역할을 부탁하는 건 지극히 어려운 일이다. 전도다난하다.

망연자실하여 말도 얼마 안 하며 터벅터벅 교실로 돌아간다.

창밖에서 부활동을 하는 학생들의 구호 소리가 들려왔다. 훈련에 힘쓰고 있는 사람은 주로 D반 이상의 내부생들뿐. 설령 E반의 학생이 저곳에 있다고 하더라도 허드렛일이나 잡일에 동원하고 연습에 제대로 참가시켜주지 않을 것이다.

E반 선배들이 만든 부활동도 지금쯤 어딘가에서 연습을 하고 있을 텐데, 매직 필드 안에 있는 입지 좋은 곳은 사용할 수 없을 것이다. 모험가 대학을 목표로 삼고 희망에 차서 입학한 E반 학생은 가혹한 현실과 마주해야만 한다.

1학년 E반의 교실에 돌아와 배고프다고 생각하면서 돌아갈 준비를 하고 있는데, 두 사람은 던전 다이브 이야기를 하고 있는 듯했다.

"우리 내일 던전에 갈 생각인데…… 나루미도 어때?"

"후훗. 여자애가 권하는 거니까 거절하지 말라구~?"

이럴 때는 기분 전환으로 던전에서 날뛰자고 하는 오오미야. 어지간한 일로 주눅이 들어선 안 된다며 활기차게 웃었다. 닛타도 같이 가자며 미소 지었다.

내일은 할머니의 가게를 물색해서 돈을 마련할까 싶었지만, 그녀들과 친목을 도모하는 것도 나쁘지 않다. 던전에서라면 오오미야에게 힘이 되어줄 수 있을지도 모르고, 닛타와도 여러 이야기를 해보고 싶으니.

참가 의사를 표하자 지금부터 공방에 렌탈 무기를 보러 가자며 권유 받았다. 그러고 보니 공방에 맡겨둔 광석이 어떻게 됐는지 보러 가야 한다. 그렇게 전하니, 오오미야는 관심이 있는지 같이 가도 되냐고 물었다.

맡겨둔 건 미스릴광석이라서 가능하다면 보여 주고 싶지 않았지만…… 뭐, 변명은 될 테니, 상관없나.

즐거운 듯이 흔들리는 땋은 머리카락과 그 옆에서 깔깔 웃는 얼굴을 보면서 나도 짐을 정리해 뒤를 따라가기로 했다.

교내의 벚꽃은 이미 전부 져서 파릇파릇하게 어린잎이 돋아난 벚나무 가로수길을 셋이서 걸었다. 오후 4시를 넘겨도 아직 해가 높이 떠있었고 그늘진 보도에 나뭇잎 사이로 햇빛이 반짝이며 쏟아졌다.

이 주변은 이제 공방 구역이다. 아까부터 끊임없이 운반업자와 민간업자가 드나들었고 여기저기서 금속을 가공하는 소리와 이야기소리가 들려왔다. 지금이 가장 활기 넘치는 시간대일 것이다.

100m 정도 더 걸어서 미스릴광석 정련을 의뢰한 공방에 도착했다. 바로 입구에서 불러봤지만 반응은 없었고, 안을 들여다봐도 아무도 없었다. 어쩔 수 없으니 가까이에 누가 없는지 주변을 찾아보기로 했다.

오오미야가 건너편에서 목소리가 들렸다고 알려줘서 공방 옆의 짐 등이 쌓인 자재 하치장에 가보니, 본 적 있는 몸집 큰 남학생이 활짝 웃으며 이야기를 하고 있었다.

"어떠냐, 내 새 무기는."

"그거 대단하네요." "얼마예요?"

그런데 어째 그가 후배 1학년에게 무기를 휘두르며 자랑하고 있지 않은가……. 저렇게 빛나는 걸 보면 미스릴 합금제인 것 같은데.

"실례합니다~, 전에 부탁드렸던 미스릴 합금 정련은 어떻게 됐죠?"

"아앙?"

겨우 내 존재를 알아차렸고, 자랑을 방해받아 급격하게 불쾌한 표정을 지었다. 뭐, 돈 받고 하는 일이니까 표정은 풀었으면 한다. 가방에서 정련 의뢰 계약서를 꺼내서 건네 주니, 그걸 받은 선배는 그 계약서를 중지로 튕겨 내고 코웃음 치기 시작했다.

"이봐, 이건 가짜야. 학생회에 넘긴다 이 자식아."

안 좋은 예감이 들긴 했는데, 역시 아까 이 녀석이 자랑하던 무기는 내 광석으로 만든 무기인 것 같네. 하지만 진정해⋯⋯. 마지막 수단을 쓰기에는 아직 이르다. '무심코 욕심이 생겨서 잘 못을 저지른 것을 반성하고 있습니다'라는 태도로 엎드려 빈다 면 용서해 주지 못할 것도 없으니, 일단 혹시 모르니까 지적해 봤다.

"그러니까~, 어제 여기서 쓴 거예요. 이 글씨체 본 적 있죠?"

"공방의 도장이 안 찍혀 있어. 애초에 너 1학년 E반이잖아? 너 같은 조무래기가 어떻게 미스릴광석 같은 걸 가져올 수 있는 거냐. 어차피 훔친 거잖아, 아앙?"

반론은 허락하지 않겠다는 듯이 몰아세우며 위압하는 도둑놈. 그 사나운 태도에 뒤에 있는 신입 같은 1학년과 오오미야, 닛타 도 무슨 일이냐며 놀라고 있었다.

미스릴광석은 비싸긴 해도 살 수 없는 건 아니다. 게다가 학교 의 공방에서는 미스릴광석을 가져와 제작을 의뢰하는 일은 평범하게 이루어지고 있으며 희귀한 광석인 것도 아니다. 하지만 이 녀석은 그런 식으로 도리에 맞는 말을 해도 들으려 하지 않을 것이고 장물이라는 설정을 밀어붙일 것이 뻔하다.

"(어, 어떻게 되고 있는 거야? 혹시 광석을 빼앗긴 거야?)"

걱정스럽다는 듯이 작은 목소리로 물어보는 오오미야. 모처럼 따라와 줬는데 미안하네. 나도 의뢰 절차의 순서를 제대로 알아 뒀으면 좋았겠지만, 그때는 피곤해서 정신이 빠져 있었다. 이 세계에는 이런 쓰레기들이 많다는 걸 완전히 잊고 있었다. 이야, 곤란하군 곤란해.

그럼, 어떻게 할까. 여기서 날뛰는 건 간단하지만…….

그보다 이 녀석은 날 학생회에 넘긴다고 하는데, 아무것도 모르는 학생회가 어떻게 판단할지. 설마 E반이라는 이유로 날 비난할 생각인가.

하지만 이대로 손가락 빨고 있어도 내 미스릴광석은 돌아오지 않는다. 날뛰는 건 최후의 수단으로 삼고, 이 도둑보다는 말이 잘 통할 학생회에 맡겨보는 것도 좋을지도 모른다.

"그럼 학생회라도 불러보시죠."

"E반 애송이가…… 분수를 모르는 것 같구나."

미스릴합금으로 만든 곡검―사실은 동생도 쓸 수 있는 외날검으로 만들었으면 했는데―으로 시험 삼아 베어 주겠다며 위협했다. 그런 걸 써서 협박하다니, 어떻게 자라온 거냐. 이 나라에는 총안법 위반 같은 게 없겠지만 명백하게 도를 넘었다.

폭력 사태를 피할 수 없다면 어쩔 수 없다. 눈앞에 있는 도둑을 《간이감정》해 보자.

  〈이름〉 쿠마사와 유즈루
  〈직업〉 파이터
  〈강한 정도〉 상대가 안 될 정도로 약함
  〈소지 스킬 수〉 3

《페이크》는 없는 것 같으니 맨손으로도 충분히 이길 수 있겠지만, 싸운다고 해도 외야가 방해되네. 1학년…… E반이 아니라서 반이나 이름은 모르겠지만, 날 비난하는 듯한 눈빛으로 쿠마사와 뒤에서 째려봤다.

"이 자식! 나한테 감정을 써!"

"자, 잠깐! 폭력은 안 되잖아요! 좀 전의계약서를 한 번 더……."

"시끄러!"

앞에 나선 오오미야의 얼굴을 때리려고 주먹을 치켜들었지만, 내려치기 전에 팔을 잡아 제지했다. 이대로 으스러뜨려 줄까.

"무슨 일이지, 싸움인가? ……또 너희냐."

누구인가 싶었는데 학생회실에서 이야기한 3학년 학생회 회원이 끼어들었다. 문단속을 끝내고 마침 돌아가던 차에 큰 소리가 들려 상황을 보러 왔다고 한다. 쿠마사와는 그렇게 위세가 좋았는데 학생회 회원이 나타나자마자 겸손한 태도로 자기한테 유리한 이유를 늘어놓기 시작했다. 엉덩이를 걷어차 주고 싶어진다.

가만히 있으면 불리해지니 나도 계약서를 꺼내 '내 광석을 멋대로 사유화했다'고 주장하자 광석 자체가 장물일 것이라며 이유를 바꿨다.

"그래서, 이 녀석이 광석을 어딘가에서 훔쳐 왔을지도 모른다, 이 말이군."

신경질적인 눈으로 날 보면서 도둑놈의 말을 듣는 학생회 회원.

"맞아요. 그래서 제가 혼 좀 내주려고요."

"······흠. 그래서 너—."

미스릴광석을 어디서 사왔는가, 혹은 캐왔는가. 증거가 있다면 대라며 입수한 경위를 물었지만 '10층에 있는 할머니의 가게에서 사왔다'고 해도 통할 것 같진 않고, 그 전에 가게의 존재 자체를 기밀에 부치고 있으니 말할 생각도 없다.

"왜 그러지, 말해 봐라······. 설마하니, 정말로 장물인 건 아니겠지."

대답하지 않으면 실력행사를 해서라도 캐묻겠다며 《오라》를 발동하여 위압하는 학생회 회원.

······나 참. 이 세계의 주민은 이놈이고 저놈이고 기회가 있을 때마다 위압하면 빠르게 해결할 수 있다고 생각하는 것 같네. 눈앞에 있는 남자는 작위가 있을 텐데 정체도 모르는 사람을 위압했다가 무슨 일이 생기면 어떻게 할 생각이지.

어렴풋이 이렇게 될 줄 알고 있었기 때문에 오오미야를 뒤로 물리고 내가 앞으로 나와 벽이 되었다.

(레벨 20 정도인가, 학교의 학생 중에선 높은 편인가?)

《간이감정》은 쓰지 않았지만, 《오라》의 양으로 나와 동등한 레벨이라는 걸 알 수 있었다. 허리에는 남보라색 보석이 박힌 짧은 지팡이를 차고 있었고 현재로서는 뽑을 기미는 보이지 않았다. 정면을 보고 중심이 치우치지 않은 걸 보니 지팡이술을 쓰는 마법투사 타입은 아니고, 순수한 마법직인가. [캐스터]…… 아니, 레벨을 생각하면 [위자드]일지도 모른다.

물론 겉모습만으로 판단할 수 있을 리가 없다. 《간이감정》이 나설 차례다.

〈이름〉 사가라 아키자네
〈직업〉 위자드
〈강한 정도〉 약간 약함
〈소지 스킬 수〉 4

—레벨21, 스킬 수는 4, 중급 직업 [위자드]이며 《페이크》는 없음. 스킬 수를 보면 전사, 시프 계열 스킬도 없는 순수한 마법 특화 타입인가.

대인 전투 경험이 극도로 적다는 걸 잘 알 수 있었다. 자신의 힘에 절대적인 자신이 있겠지만…… 이 녀석은 날 얕보는 것 이전에 눈앞에 있는 싸울 상대가 얼마나 강한지 전혀 헤아리지 못하고 있다. 그러니 내가 중심을 약간 옮겨도 주의를 기울이지 않고 지근거리에서 째려볼 수 있는 것이다.

PVP에서 마술사는 풋워크와 마법 단타를 구사하는 전투 방식이 필수인데, 사가라는 그런 PVP를 충분히 경험하지 못했다는 것을 알 수 있었다. 지금까지 압도적인 약자 외에는 상대한 적이 없는 걸까. 혹은 강자를 상대한 적이 있다고 하더라도 아군의 벽 뒤에서 고출력 원거리 마법 공격을 마구 날리는 전술이 메인일 것이다.

밀착했다고도 할 수 있는 이 지근거리에서 격투 경험이 없는 [위자드]가 날 노려보는 게 얼마나 어리석은 짓인지 가르쳐주고 싶은 마음도 들지만……, 상대는 작위가 있다. 자기 방어는 괜찮아도 건드리면 좋지 않다.

사가라도 나에게 《간이감정》을 쓴 걸 알 수 있었다. 맹금류가 중거리에서 가만히 응시하고 있는 듯한 불쾌감에 사로잡혔지만, 난 《페이크》로 위장하고 있기 때문에 《간이감정》으로 진짜 스탯을 보는 건 불가능하다. 감정 결과에는 [뉴비], '상대가 안 될 정도로 약함'으로 보이고 있을 것이다.

"……이상한 녀석이군."

"그래서, 실력 행사 할 겁니까?"

더 강하게 위압하며 가지고 있는 모든 《오라》를 나에게 부딪치는 사가라. 원래 《오라》는 던전의 레벨 낮은 조무래기 몬스터에게 맞혀 전투를 회피하는 수단으로 이용된 것. 레벨이 거의 같은 사람을 상대로 《오라》를 이용한 위압은 통하지 않는다.

TIPS PVP: 'Player vs Player'의 약자. NPC가 아닌 플레이어끼리 1대1, 또는 다대다 대인전을 뜻함. PK도 대인전이긴 하지만, 쌍방이 합의한 싸움이 PVP, 합의 없이 일방적으로 공격하는 게 PK로 구별된다.

하지만 이곳에는 레벨이 같지 않은 사람이 대부분이다.

내가 벽이 되었다고는 해도 사가라가 발하는 《오라》를 전부 막을 수 있을 리가 없어서 오오미야는 높은 레벨의 《오라》를 맞아 위축돼 버렸다. 닛타는 레벨 5인 주제에 아무렇지도 않은 표정을 짓고 있는 게 좀 재밌었다.

어쨌든 이 상황이 이어지면 몸에 안 좋으니 빨리 결판을 내지 않으면 난처하다— 생각했는데 갑자기 위압을 그만뒀다.

"흥…… 그런 건가. 나루미 소타, 기억해 두지."

뭔지 모르겠지만 멋대로 《오라》를 거둬 준 건 고마운 일이다. 하지만 상대가 《간이감정》으로 이름을 기억한 건…… 귀찮은 일이 일어나지 않도록 기도하는 수밖에 없다.

"어이. 이 녀석이라면 스스로 미스릴광석을 캐오는 건 가능할 거다. 있었던 물건은 전부 돌려주거나 보상하도록 명한다. 알겠나."

"엑, 하지만 광석은 이미……."

이번에는 쿠마사와가 사가라의 《오라》에 위압당해 쓰러졌다. 자존심 세고 역겨운 학생회 회원이지만, 이렇게 해결해 준다면 오늘은 환영해 주지.

제17장 ✦ 하야세 카오루 ②

—— 하야세 카오루 시점 ——

"왔다!"

"회복 준비 OK! 갈 수 있어요!"

내가 앞에 나오고 그 뒤에서 나오토와 사쿠라코가 지팡이를 쥐었다.

이곳은 던전 6층. 와르그라는 이름을 가진 마랑을 사냥하기 위한 야영지다.

멀리서 마랑을 몰고 유우마가 전속력으로 이쪽을 향해 달려왔다. 마랑이 달리는 속도는 예상 이상으로 빨라서 멀리서 활로 원거리 공격을 해서 끌어들이지 않으면 금방 따라잡히고 만다.

마랑은《하울링》으로 가까이에 있는 마랑을 불러들이는 스킬을 가지고 있기 때문에 데리고 오는 와중에도 주위에 다른 마랑이 없는지 세심한 주의를 기울일 필요가 있다. 지금 우리가 두 마리의 마랑과 싸우는 건 리스크가 있기 때문이다.

그런 위험이 따르는 마랑 유인도 유우마이기 때문에 안심하고 맡길 수 있다. 현재 그는 등에 활을 메고 한손검에 방패를 들고

TIPS **끌어오기**: 몬스터를 상대할 때, 원거리 공격이나 스킬을 사용해 어그로를 끌어 유인하는 행위. 파티 사냥을 할 때는, 다른 몬스터가 끼어드는 것을 막기 위해 안전지대에서 멀리 있는 몬스터를 끌어오는 것이 필수적이다.

유인에 탱커, 어태커까지 폭넓은 역할을 수행해 주고 있다. 그 모든 것을 능숙히 하는 모습은 유우마의 재능이 얼마나 대단한지를 말해줬다.

"그르르르! 컹!"

본능이 이끄는 대로 엄니를 드러내고 쫓아오는 마랑. 몸길이 2m, 체중도 100kg를 족히 넘을 정도의 거구인데도 불구하고 발소리를 거의 내지 않고 덤벼드는 게 무섭다.

안전한 야영지에 도착한 유우마는 뒤에서 쫓아오는 마랑의 공격을 방패로 막아 내서 시간을 벌었다. 시속 50km는 넘을 거구를 받아넘기는 것만 해도 상당한 기술과 힘이 필요한데, 유우마라면 문제없다. 그와 동시에 내가 포위하듯이 마랑의 뒤를, 조금 떨어진 곳에서 나오토가 마법을 쓰는 포메이션을 취했다. 사쿠라코는 기본적으로 전투에는 개입하지 않고 서포트가 메인. 그녀에겐 회복이라는 가장 중요한 역할이 있기 때문에 만일의 경우를 생각해 약간 거리를 두고 있다.

그렇게 흥분해서 주위가 보이지 않았던 마랑이 사냥터에 유인당했다는 걸 알아차리자 우리 모두의 움직임을 곁눈질로 보면서 낮게 으르렁거리며 빈틈을 보이지 않도록 했다. 그렇게 교착되기 쉬운 상황에 나오토가 《파이어 애로우》를 쏴서 균형을 무너뜨렸다.

"양동을 부탁해, 나도 '스킬'을 발동할게."

기본 직업인 [파이터]가 되어 기초능력도 크게 상승해서 나도 드디어 무기 스킬을 쓸 수 있게 되었다.

후위가 타겟이 되지 않도록 유우마가 방패로 몸을 지키며 자잘한 공격으로 능숙하게 마랑의 어그로를 끌었다. 그리고 나에 대한 주의가 줄어든 순간을 노려 《슬래시》를 발동했다.

온몸의 근육의 스위치가 켜지고, 몸이 자동적으로 스킬 모션으로 이행. 보통 사람의 움직임을 뛰어넘어 달인의 영역까지 도달하는 그 참격에는 무시무시한 힘이 숨겨져 있다. 마랑의 두꺼운 털가죽도 이 스킬이라면 쉽게 찢을 수 있다.

뒤에서, 게다가 빈틈을 찔러 《슬래시》를 썼음에도 불구하고 아슬아슬하게 몸을 비틀어 치명상을 피하는 마랑. 이래서 6층의 몬스터는 얕볼 수 없다. 그래도 옆구리부터 뒷다리에 걸쳐서 공격이 들어갔다. 상처를 입은 마랑은 잘 움직이지 못했고 거리를 벌리려고 뒤로 빼려고 했지만 바로 거리를 좁힌 유우마가 검을, 나오토가 후방에서 단검을 찔렀는데 이게 결정타가 됐는지 마랑은 새된 소리로 한번 울더니 마석으로 변했다.

"이걸로 10마리째. 괜찮은 페이스지만, 이쯤에서 휴식하는 편이 좋겠지."

"난 아직 더 할 수 있어."

"아니, 지금은 한 번 쉬는 편이 좋아. 이 층부터는 만전을 기해서 임해야 해."

오늘은 토요일이라 넷이서 아침 일찍부터 던전에 들어와 이미 10마리나 되는 마랑을 사냥했다. 내가 휴식을 제안하자 눈을 번뜩이는 유우마가 아직 더 할 수 있다며 속행을 제안했다. 하지만 그건 과욕이니 역시 쉬는 편이 좋다며 나오토가 말렸다.

아까 전의 마랑과의 전투도 싸운 시간은 1분 남짓에 불과하지만, 짧은 시간이라 해도 목숨을 건 사투라는 것은 정신력을 크게 갉아먹는 법이다. 그리고 한 번의 전투에 스킬을 한 번밖에 안 쓴다고 해도, 재사용을 위한 쿨타임이나 줄어든 MP 회복을 생각하면 여유를 주는 편이 좋을 것이다.

　"조금 이르지만 점심 먹지 않을래요? 오늘은 맛있는 고기와 야채를 잔뜩 넣은 샌드위치를 만들어 왔어요."

　"나도 배고파. 사쿠라코 도시락은 정말 맛있으니까 기대돼."

　"그럼 나랑 유우마가 세팅하지. 유우마, 접시 깔아 줘."

　"여기 마법 용기에 든 스프도 있어요. 나눠 담아 주실래요."

　넷이 앉아 점심시간. 이 야영지는 몬스터가 리젠되지 않는 안전한 곳이라서 누군가가 몬스터를 데려오지 않는 한 느긋하게 앉아있을 수 있다. 다른 모험가도 오는 경우가 있지만, 한 파티가 사냥할만한 공간밖에 없기 때문에 기본적으로 먼저 자리를 잡은 쪽이 우선권을 얻을 수 있다. 즉, 우리가 이곳을 독점하고 있는 것이다.

　사쿠라코가 가져온 큰 바구니 안에는 색색의 재료가 들어간 샌드위치가 빼곡하게 들어 있었다. 그리고 또 하나의 가방에는 보온 마법이 걸린 용기가. 안에 들어있는 것은 야채 스프인 것 같았다. 상태가 보존되어서, 분명 맛이 부드럽게 배어들어 있을 것이다. 좋은 냄새도 난다.

　"후우. 이 맛은 진정돼."

　"많이 있으니까 사양 말고 더 드세요."

소박하지만 많은 야채가 어우러져 깊은 맛이 났다. 지쳤을 때 먹는 샌드위치의 맛도 좋았다. 무심코 와구와구 먹어 버릴 것만 같지만, 되도록 천천히 먹도록 주의를 기울여야 할 것이다. 나도 나이 찬 소녀니까.

문득 주위의 시선이 신경 쓰여 옆을 보니 유우마가 어쩐 딱딱한 표정을 짓고 있었다. 카리야에게 패배한 후에는 허세를 부리며 겉으로 보이는 모습을 꾸며 냈지만, 지금은 그것조차 못할 정도로 정신 상태가 악화되어 있었다. 얼마 전에 제1검술부에 간 게 원인일까.

어제 한 검극 수업에서도 짝인 남학생을 겁먹게 했다. 그러면 제대로 된 연습이 안 되는데.

나오토도 유우마의 표정을 보고 내심 생각하는 바가 있었던 모양이다.

"우린 함께 고난을 극복하는 동료다. 그러니 유우마, 여기선 그렇게 기를 쓸 필요 없어."

"……."

무슨 일이 있었는가. 고민이 있다면 이야기를 해줘라. 궁지에 처한 E반의 상황을 타개하고 싶은 마음은 나와 카오루, 사쿠라코도 마찬가지. 홀로 떠안을 필요는 없다며 나오토가 부드럽게 이야기했다. 물론 나도 힘이 되고 싶고 사쿠라코도 고개를 크게 끄덕이며 동의했다.

체념했는지 한숨을 크게 한번 쉬고 더듬거리며 눈을 깔고 지금까지 있었던 일을 이야기하기 시작했다. 카리야에게 패배한 이후의 심경. 그리고 제1검술부에서 일어난 일.

이야기를 들어보니 카리야에게 패배한 것 자체는 그렇게까지 타격이 크지 않았다고 한다. 요란하게 당했다고는 해도 뛰는 놈 위에 나는 놈이 있다는 건 알고 있었고, 자신이 미숙하다는 것도 알고 있었다. 하지만 E반을 궁지에 빠드린 것이 괴로웠다고 한다.

제1검술부에서 일어난 일은…… 충격적이었다.

무슨 일이 있어도 들어오고 싶다면 가장 약한 부원과 1대1로 싸워서 이겨보라며 구경거리가 되었고, 일방적으로 지고 쫓겨났다고 한다. 게다가 상대는 한 발짝도 움직이지 않고 오른팔만 쓴다는 굴욕적인 핸디캡이 있는 상태로.

그때 부원 전원이 자신을, 그리고 E반도 매도했다고 한다. 최강이 된다는 그의 자존심은 짓밟혔고, 그 이후로 여유가 완전히 사라졌다며 눈물을 글썽이며 침울해하는 유우마.

고개를 숙이고 돌아가는 도중에 제4검술부 사람들에게 권유를 받았다. 대답은 보류했다. 거기에 들어가려고 해도 졌다는 기분이 들어 어떻게 하면 좋을지 모르겠다고 한다.

비통한 보고에 우리는 아무 말도 할 수 없게 되었다.

동정하고 싶은 마음은 있지만, 그건 나에게도 일어날 수 있었던 일이다. 같은 처지에 있는 사람이 불쌍히 여길 자격 따위는 없고, 그럴 상황도 아니다. 우리가 할 수 있는 일은 함께 맞서는 것뿐이니까.

"제4검술부……. 부활동 권유식 때 단상에서 이야기하던 하카마를 입은 사람이 부장이었나."

"그래. 말을 걸어 줬을 때는 부부장도 있었어."

E반에게는 꺼림칙한 부활동 권유식. 그 단상에 있었던 하카마를 입은 선배도 상위 반과 싸우고 있는 사람 중 한 명이다. 그녀의 말에서는 각오라고 해야 할까, 기백과 같은 것이 느껴졌다.

"제4검술부 사람들과 한 번 더 만나 보지 않을래?"

"이야기를 들어 보는 것도 좋을지도 모르겠네요."

"흠. 그 부에 들어갈지 말지는 제쳐 두더라도, 제4검술부에는 참고가 될 만한 게 있을지도 모르겠군."

제4검술부가 어떤 활동을 하며 단련을 하고 있는지, 내가 만나보고 싶다고 제안하자 사쿠라코도 바로 동의해 줬다. 나오토는 이후의 E반의 활동 방침을 정하는데 참고가 될지도 모른다며 생각에 잠겼다. 확실히 우리와 마찬가지로, 아니, 그 이상으로 고생하고 발버둥 쳐 온 선배들의 경험이 참고가 안 될 리가 없다.

"올해는 아마 상위 반에 가는 건 무리겠지. 하지만 할 수 있는 건 전부 해나간다. 착실하게 실력을 키워 강해지기 위해 뭐가 됐든 노력은 아끼지 않을 생각이다."

"네. 우선은 반 대항전이죠."

"다음 달에 있는 시험인가⋯⋯."

반 대항전. E반이 처음으로 다른 반과 경쟁하는 시험이다. 그렇다고 해서 모험가 학교에 들어온 지 얼마 안 된 우리가 상위 반과 제대로 싸울 수 있는가 하면, 무리라고 할 수 있다.

본격적인 던전 다이브를 한 지금이기에 아는 것인데, 5층 이후로는 만만치 않은 몬스터뿐이라 매 전투에 줄타기를 하듯이 목숨을 걸었다. 부상도 늘어나는 데다가 다음 레벨까지의 필요 경험치량도 맞물려서 앞으로의 성장은 소가 걷는 것처럼 느려질 것으로 예측됐다.

그럼에도 불구하고 상위 반— D반조차 전원이 이곳 6층보다 더 아래에 있는 층에서 사냥을 하고 있다. 우리 E반이 그 레벨에 도달하려면 결국 시간이 필요하다.

과연 1년 만에 D반, 또는 그 위에 있는 C반과 호각으로 맞붙을 수 있을까. 자신은 없지만 하는 수밖에 없다.

"E반의 전력을 올리는 방법으로 부활동을 만드는 것도 고려해 봤는데, 오오미야와 학생회의 이야기를 들은 뒤에 생각해 볼 거야. ……뭐, 설령 이야기가 잘 돼서 설립 허가를 받는다고 해도 절차를 마치는 데 한 달 정도는 걸리겠지만."

오오미야는 지금 학생회와 부활동 설립 교섭을 하고 있다고 한다. 귀족님이 많이 재적해 있는 학생회가 우리 E반의 이야기를 들어줄지, 솔직히 말해서 가능성은 희박하다.

게다가 허가를 받는다고 해도 예산이나 고문의 예정 관계상 한 달 정도 걸린다고 한다. 반 대항전은 벌써 보름 뒤로 다가왔다. 부활동 활용은 시간을 맞출 수 없다.

"그래서…… 독자적으로 레벨을 올리는 데 고생하는 반 친구들을 모아서 검술, 마술을 익히는 걸 돕는 연습회를 열 생각이다."

생각대로 레벨을 못 올리고 있는 레벨 3 이하의 반 친구들에게 휴일이나 방과 후를 이용해 연습을 하자고 어젯밤에 권유하는 메일을 보냈다고 한다. 이후, 참가 희망자가 늘면 그때그때 확대해 나갈 것이다. 그러니 괜찮으면 도와주지 않겠냐며 나오토는 머리를 숙였다.

"검도 경험이 있으니 검술은 내가 지도할 수 있겠지. 마술은 오히려 배우고 싶지만."

"궁술이라면 나도 조금은 공부했다. 뭐, 가르칠 수 있을 정도는 아닐지도 모르지만."

"회복 마법이라면, 그, 도울 수 있을 거예요."

나오토의 반 친구들을 생각하는 마음에 나도 모르게 기쁜 마음이 들었다. 나도, 그리고 유우마와 사쿠라코도 힘이 되어주고 싶다고 바로 답했다.

반 승격 판정은 학생마다 개별적으로 받지만, 반 대항전처럼 집단으로 성적을 부여받는 시험도 많다. 상위 반을 조금이라도 물고 늘어지기 위해서는 함께 협력하는 건 당연한 일이고, 반 친구들의 전력 상승에도 힘을 쏟고 싶다.

"전력 상승이라고 하면, 마지마 군도 독자적으로 움직이고 있었죠. 반 친구 몇 명과 함께 던전 다이브 지도를 하고 있는 것 같았어요."

"마지마 히로토인가. 그의 검술도 상당히 수준이 높았지. 카오루와 마찬가지로 검도 경험자일지도 몰라."

자기소개를 할 때 사족 가문이며 [사무라이]가 되겠다며 호언장담한 남학생이었다는 걸 기억하고 있다. 사쿠라코도 마지마의 권유를 받았지만 우리와 가게 되어서 거절했다고 한다. 그도 부활동 권유식에서 상당한 타격을 받았을 텐데, 빠르게 회복하고 노력하려는 자세에는 호감이 갔다.

"그러고 보니…… 그 소문은 들었나요."

"어떤?"

"나루미 군이 2학년 쿠스노키 씨한테 불려 나갔다던데."

"쿠스노키? ……설마 팔룡의 쿠스노키 키라라인가?"

팔룡이란 이 학교를 실질적으로 움직이는 8개의 큰 파벌을 가리킨다. 아까 전에 화제에 오른 제1검술부와 학생회도 그 팔룡 중 하나다. 쿠스노키라는 인물은 팔룡 중 하나인 '시프 연구부'의 차기 부장으로 내정되어 있는 모험가 학교의 초거물이라던가.

평소에는 많은 측근을 데리고 다니는 사람인데, 혼자 E반까지 와서 소타를 불러냈다고 한다.

"참고로 나루미와 쿠스노키 키라라는 이전부터 알고 있었나?"

"아니, 몰라. 나도 소타도 평범한 평민이야. 그 선배는 귀족님이지? 이 학교에 들어오기 전의 접점이 있을 것 같진 않아."

평민과 귀족님은 사는 세상이 전혀 다르다. 그럼에도 불구하고 접점이 생기는 이 모험가 학교가 상당히 특이한 곳이라 할 수 있다.

"무슨 일이 있으면 측근을 써서 부르면 되는데, 본인이 직접 왔다는 게 신경 쓰여. 혹시 괜찮으면…… 나루미한테서 알아낼 수 없을까? 이건 써먹을 수 있을지도 몰라."

"그건 괜찮은데 기대는 하지 말고 기다려 줘."

소타와 쿠스노키 키라라에게 연결점이 있다면 부활동 창설이나 학생회와의 대화에 써먹을 수 있을지도 모르지만, 소타가 그런 거물과 관계가 있을 것이라고는 생각하기 어렵다. E반까지 온 건 우연이고 용건이라는 것도 사소한 일에 불과할 것이다.

—그런데 소타라고 하면.

어제 처음 봤을 때는 놀랐다. 얼마 전까지 참을성 없이 계속 먹어 살이 뒤룩뒤룩 쪘었는데, 옛날 모습이 떠오를 정도로 감량에 성공해 있었다. 소타에게 '첫사랑을 했다'는 봉인된 기억을 떠올려 심장이 죄이는 듯한 느낌을 느꼈다.

하지만 지금은 그런 감정은 전혀 없을…… 것이다. 너무 엄청난 일이 일어나 놀라고 말았을 뿐.

그래도 그 정도의 다이어트는 보통이 아니다. 소타를 곁눈질로 관찰해 봤는데 단순히 살만 빠진 게 아니라 상반신에도 놀랄 정도로 근육이 붙어 있었다. 겉으로 보이는 전완과 목 주변이 부풀어 올라 있을 정도로. 뭔가 특별한 훈련을 하고 있는 걸까.

요즘 나를 추잡한 시선으로 바라보지 않게 되었고, 장소를 가리지 않고 다가오는 일도 없어졌다. 짧은 시간 동안에 소타가 크게 변했다는 건 틀림없다. 하지만 단말기의 데이터베이스를 봐도 레벨은 3인 그대로다.

쿠스노키 키라라와의 관계도 포함해서 통학할 때 넌지시 물어보자.

오늘은 오오미야 일행과 함께 던전에 가기로 약속했다. 3층을 돌며 오크 사냥을 할 계획인데, 여유가 있으면 4층 입구 주변까지 가자고 한다.

《간이감정》 평가에서 '상대가 안 될 정도로 약함' 표시가 뜨는 몬스터를 잡아도 나한테는 경험치가 전혀 안 들어오지만, 오오미야 일행에겐 지금까지 몇 번이나 도움을 받아 왔다. 여기서 조금이라도 힘이 되어 은혜를 갚고 싶다.

물론 그것만 목적인 게 아니다.

외톨이인 나는 학교와 반 친구들의 동향에 어두워서 실시간으로 무슨 일이 일어나고 있는지 파악하기 어렵다는 결점이 있다. 한편으로 오오미야와 닛타는 무슨 일이든 반의 중심에 있는 일이 많아서 그녀들 가까이에 있으면 반의 정보를 입수하기 쉬워지지 않을까 하는 계산도 있다.

게다가. 이러니저러니 해도 오오미야도, 그리고 내용물은 좀 그렇지만 닛타도 근처에서 걸어 다니면 눈길을 끌 정도로 예쁜 여자애다. 그런 두 사람이 '믿고 있어♪'라고 웃으면서 말하면 건전한 남자로서 분발할 수밖에 없다.

덕분에 아침 일찍부터 들떴다. 집 앞에서 꼼꼼하게 스트레칭을 해서 몸을 풀면서 마음을 가라앉히고 있는 중이다.

약속 시간까지 30분 정도 여유가 있으니 기분 전환 삼아 우리

집의 생명줄 '잡화점 나루미'의 상품 라인업을 보자.

'잡화점 나루미'는 초보자부터 중급 모험가를 대상으로 상품을 판매하는 소매점이다. 많은 상품은 모험가 조합의 도매업자로부터 들여오는데, 아버지가 항상 던전에 같이 가는 모험가 동료나 지인한테서도 상품을 들여오고 있다. 우리 집 밥의 등급이 어떻게 될지는 이 상품들이 얼마나 팔리는지에 달려 있다고 해도 과언이 아니다.

우선 눈에 띄는 것은 가죽 방어구의 재활용품. 마랑제가 아닌 평범한 소와 돼지의 가죽으로 만든 것이다. 방어구뿐만 아니라 가방과 의류까지 있다. 아버지가 다른 곳에서 싸게 사들인 중고품을 한가할 때 손질하고 수선해서 팔고 있다. 그다지 잘 팔리지는 않지만 그럭저럭 이익률이 좋아서 두고 있다고 한다.

방어구라고 하면. 내 마랑 방어구는 볼게무트와의 전투로 인해 못 쓸 정도로 크게 파손돼서 쓰레기가 되었는데, 지금은 썩을 시험관한테 받은 미스릴 합금제 경갑을 입고 있다. 미스릴 합금제 무구는 레벨 19가 입는 방어구치고는 약간 못 미덥기에, 더 강한 방어구로 갈아타기 좋은 시기다. 하지만 그럴 돈은 없으니 당분간은 이 방어구를 쓸 생각이다. 참고로 썩을 시험관은 지금쯤 콩밥을 먹고 있을 것이다.

다음으로 재활용 코너 옆으로 시선을 옮기면 '나루미 추천! 특가품!'이라 적힌 선반이 있다. 거기에는 빨간색과 초록색 등 조금 칙칙한 색을 가진 포션이 놓여있다.

이 포션들은 내가 10층에서 산 것과 같은 즉효성 포션이 아닌

용매로 희석한 열화 회복 포션이라 할 만한 것들이다. 그래도 찰과상이나 약간의 피로 회복 효과를 기대할 수 있어서 10층 미만에서 사냥하는 모험가에게는 인기 있는 상품이라고 한다. 길드 인정이 필요 없고 중개 수수료도 싼 대신 이익률도 낮다. 아무튼 많이 팔아서 돈을 버는 타입의 상품이다.

그리고 이전에 할머니의 가게에서 되파는 용도로 산 세 개의 회복 포션은 이미 전부 팔렸다. 손가락 하나 정도의 결손이라면 바로 회복해 버리는 즉효성 회복 포션은 모험가뿐만 아니라 의료 목적으로도 고가로 거래되기 때문이 사기 상품도 횡행하고 있다. 팔려면 진품임을 증명하는 길드 인증이 필요하며, 그 감정 인증료도 개당 10만 엔 가까이 해서 상당히 비싸다. 그래도 70만 엔이라는 가격으로 바로 팔렸으니 수요가 많다는 걸 짐작할 수 있다. 그 덕에 어젯밤 우리 집의 저녁이 브랜드 소고기 샤브샤브가 된 것이다.

회복 포션은 언데드에게 쓰면 상당한 대미지를 줄 수 있어서 게임을 할 때는 마구 던졌지만, 70만 엔에 팔리는 상품을 던지는 바보는 없다. 이미 추가로 6개를 들여놔서 아버지가 모험가 길드에 길드 인증 마크를 받기 위해 감정을 받고 있는 중이다. 앞으로도 할머니의 가게의 포션을 마구 되팔아서 일본 전국의 브랜드 소고기를 제패하자! ……그게 아니지. 무구를 갖출 예정이다. 그러니 현재 돈을 마련하는 건 순조롭다고 해도 될 것이다.

계산대 근처에는 휴대 식량과 캠핑용품도 있다. 이런 물건들은 슈퍼나 홈 센터*가 강력한 라이벌이라 그리 많이 들여놓지

---

*홈 센터: 목공, 원예, 자동차 수리 등의 생활용품을 광범위하게 갖춘 종합 점포.

않았다. 살 마음이 들면 다른 상품이랑 세트로 사주는 정도다.

앞으로는 내가 던전에서 가져온 아이템도 여기에 진열할 생각이다. 상품을 나름대로 잘 팔게 되면 더 안전한 모험가 길드 빌딩에서 자리를 빌려 가게를 여는 것도 좋을지도 모른다. 아버지가 열심히 해줬으면 한다.

자. 조금 이르지만 가게 탐색은 이쯤하고 갈 준비를 하자.

◢////////////////////////

약속 장소인 모험가 길드 앞 광장에 도착. 조금 빨리 와서인지 두 사람은 아직 안 온 듯했다. 뭘 하며 시간을 보낼까 생각하고 있으니 동생한테서 전화가 걸려왔다.

'오빠~ 역시 검 한 자루 더 빌려줘~. 이도류가 아니면 안 될 것 같아.'

동생도 지금부터 어머니를 버스 태우러 던전에 간다고 한다. 오늘은 시험 삼아 한 자루로 싸우겠다고 했지만 가기 직전에 불안해졌는지 적당한 무기가 없냐며 물었다.

"지금은 모험가 광장에 있는데, 어디야?"

'엄마랑 그쪽으로 갈 테니까 기다려~!'

내 허리에는 두 자루의 미스릴 합금제 곡검이 있으니, 그 중 하나를 주기로 했다. 이 검들은 어제 있었던 미스릴광석 횡령 사건 때 학생회 회원인 사가라가 지시를 내려 공짜로 받게 된 물건이다. 사실은 외날검을 갖고 싶었지만 공임 없이 받을 수 있다면 나쁘지 않다. 쿠마사와가 울상을 짓고 떨면서 곡검을 주는 걸 보고 속이 후련해졌으니 좋게 생각하자.

전화를 끊고 광장에 있는 가로등에 등을 기대고 멍하니 주위를 둘러봤다. 토요일인 것도 있어서 평소 이상으로 많은 모험가로 붐볐다.

대부분이 전업 모험가나 아버지처럼 취미로 하는 겸업 모험가인데, 학교 이름이 적힌 방어구를 입은 학생 같은 남녀도 드문드문 눈에 띄었다.

이 던전 주변에는 모험가 학교 외에도 모험가 육성을 목적으로 한 특별 클래스와 던전 다이브를 위한 부활동을 개설한 학교가 있고, 우리 학교 정도는 아니지만 유명 모험가를 몇 명이나 배출해서 전국에서 지망자가 올 정도로 인기가 많다던가. 화기애애하게 노력하는 모습에 미소가 절로 나온다.

그에 비해 우리 모험가 학교 놈들은 어쩌고 있나 하니 ―제1검술부와 제1마술부 합동 파티일까― 미스릴합금과 마결정이 박힌 비싼 무구를 장비한 집단이 언성을 높이며 안 좋은 의미로 눈에 띄고 있지 않은가. 게임에서도 이 학교에는 트러블메이커가 가득했는데, 그런 것들을 충실하게 재현하지 않았으면 한다.

진저리치면서도 멀리서 관찰해 봤다.

꽤 뜨거운 작전회의를 하고 있는 것 같았고 검사 집단과 마술사 집단이 서로를 잔뜩 째려보며 주위에 험악한 분위기를 흩뿌렸다. 상당히 큰 소리로 이야기하고 있어서 내용도 다 들린다.

서로의 주장은 이렇다.

검사 집단은 아군 오사가 무서우니, 마법을 쓰는 타이밍과 포진을 포함해서 검사 측이 판단하여 던전 다이브를 주도하고 싶다고 한다. 마술사 집단은 검사는 벽 역할만 해주면 된다. 마술사의 최대 화력을 유효하게 활용하려면 마법이라는 것을 잘 이해하고 있는 마술사 측이 정하는 편이 좋다. 당연히 전술 지시도 마술사 측이 하겠다고 한다.

(같이 가면 조정자 정도는 준비해 두라고…….)

합동으로 가려고 했을 때부터 그런 작전은 미리 정해 둬야 하는 것 아닌가 생각하면 어이가 없었다. 서로 고함을 치며 싸우다시피 큰 소리로 으르렁거렸고 몇 명은 《오라》를 개방. 주변이 조금 소란스러워졌다. 돌머리투성이잖아. 민폐의 극치다.

별로 좋은 상황이 아니라 생각하고 있으니, 한층 더 호화로운 꽃무늬 로브를 입은 여학생이 당당하게 나타나 도착하자마자 전체에 지시하기 시작했다. 그렇게 소란을 피우던 무리가 일제히 침묵. 검사 집단도 마술사 집단도 저 여학생에게는 설설 기는 모양인지 순순히 말을 들었다.

로브를 눌러쓰고 있어서 얼굴은 모르겠지만 길고 빨간 머리카락이 보였다. 몸집이 작고 날씬한 것에 비해 큰 지팡이를 짚어지고 있어서 그 언밸런스함이 조금 재밌었다.

(마술사 파벌의 리더는 빨간 머리 여학생이라 들었는데, 저 사

TIPS **아군 오사:** 흔히들 말하는 팀킬. 전장 등에서 후방에 위치한 아군의 공격을 맞는 것. 과실인지 고의인지는 따지지 않는다.

람인가.)

게임에서도 몇 번인가 나오는 캐릭터지만, 메인 스토리는 게임을 시작할 때 대충 한 번 했을 뿐이라 초반에만 나오고 중요 캐릭터도 아니라면 자세히는 기억 못한다.

이윽고 보급 요원도 도착. 짐수레의 끄는 부분에 마석 동력 엔진과 조종석을 설치한 듯한 운반차 세 대가 각각 짐을 산더미만큼 싣고 왔다. 저만한 인원이라도 열흘 정도는 편하게 있을 수 있는 양이다.

모험가 학교는 던전 다이브를 위한 기간을 만들어 둬서 그 기간에 학업을 쉬는 것도 허가하고 있다. 대신 던전 안에서 할 과제를 주며, 그 과제들을 클리어하면 성적에도 반영되는 구조다.

그리고 보너스도 준비되어 있어서 과제가 어려울수록, 깊은 층에 갈수록 성적에 가산된다. 고득점을 노리려면 우수한 멤버를 확보하여 더 강한 몬스터와 싸울 수 있는 강력한 파티를 짤 필요가 있다. 때문에 사이가 안 좋아도 실력을 우선해서 제1검술부와 제1마술부가 팀을 짜서 가는 것일 것이다. 이번에는 마술사 측의 리더가 지휘하는 것 같은데.

얼마나 강한지 감정하고 싶은 마음을 억누르면서 집단의 상황을 보고 있으니.

"찾았다~. 엄마~ 여기!"

날 발견한 동생이 큰 소리로 어머니를 불렀다. 동생에겐 볼게무트가 드랍한 펄션 타입의 검 [소드 오브 볼게무트]와 보물 상자에 들어 있던 [축복받은 펜던트]를 줬는데 제대로 장비하고 있는 것 같다.

집으로 돌아가 완드로 감정한 결과, [소드 오브 볼게무트]에는 HP 흡수, 한손검 공격력 상승, 내구 대폭 상승, 경량화 등 효과가 네 개나 부여되어 있어서 성능이 기대 이상이었다. 11층부터는 피탄당하는 일도 생길 것이라 예상되니 언데드 상대로도 HP 흡수를 쓸 수 있는 무기는 고마운 존재다. 칼집의 장식이 덕지덕지 붙어있어 눈에 띄어서 지금은 천으로 덮어 숨기고 있다.

그리고 [축복받은 펜던트]도 마찬가지로 7층의 확장 지역의 보물 상자에서만 얻을 수 있는 것으로 보이는 유니크 아이템이다. 효과는 MP 리제네, MP 최대치 상승, INT +20으로 이 아이템도 성능이 상당하다. MP 리제네는 회복량이 어느 정도인지 모르겠지만 장기전을 할 때는 요긴할 것이다. 하늘색 보석은 조금 화려하지만 옷 안에 숨겨두면 눈에 띨 일은 없을 것이다.

둘 다 초반에 얻는 아이템치고는 성능이 파격적이긴 하지만, 떨군 적도 초반이라 생각할 수 없을 정도로 강했다. 그렇게 생각하면 걸맞은 성능이라 할 수 있을지도 모르겠다.

"이 미스릴 합금제 곡검은 [소드 오브 볼게무트]와는 달라서 중심이 좀 다르고 아무런 효과도 부여되어 있지 않으니까 조심해서 다뤄."

미스릴합금제 곡검을 망가트리면 평범한 강철제 렌탈품으로 돌아가는 수밖에 없으니 소중히 다루라고 충고해 뒀다. 현재 레벨이라면 무기도 미스릴합금제보다 한 등급 더 높은 무기로 바꿔도 좋지만, 그런 무기를 사려면 엄청난 금액이 들어가니 착실하게 던전에 가서 재료를 모으는 수밖에 없다.

동생에게 이것저것 조언을 하고 있으니―.

"기다렸지~, 어라?"

시간에 맞춰 오오미야 일행도 도착. 던전 안에서는 긴 머리카락이 방해되는지 평소에는 사이드로 늘어뜨리는 트윈테일을 묶어서 포니테일이 되어 있었다. 닛타는 항상 쓰는 안경을 쓰지 않았다. 렌즈를 낀 걸까. 하지만 둘 다 신선하고 귀여웠다.

그리고 두 사람 다 똑같이 새 마랑 경갑을 입고 있었다. 나중을 생각하면 약간 더 좋은 방어구를 사두는 편이 오히려 가성비가 좋아지니 그 선택은 정답일 것이다.

"나루미의 어머님과…… 동생인가?"

"아아, 줄 물건이 있어서 이야기하고 있었어."

동생은 중학생이라 던전에 간다고 말할 수 없으니 여기선 얼버무리는 게 좋을 것이다…… 아니, 잠깐.

"어머나~, 예쁜 아가씨들이네. 소타도 여간이 아니네."

"안녕하세요~ 동생입니다~! 오빠가 신세 지고 있습니다~."

어째 신난 동생과 어머니. 부끄러워서 빨리 가달라고 재촉했지만 오오미야 일행과 이야기하고 싶은 듯이 뻔뻔하게 들러붙어 있으려고 했다. 그래서 등을 밀어 억지로 퇴장시켰다.

"그, 미안. 눈치가 없어서……."

"에, 근데 괜찮아?"

신경을 써준 것 같은데 아무 문제없다. 그대로 방치해 뒀으면 있는 얘기 없는 얘기 다 할 것 같았으니.

그럼 마음을 다잡고. 양손에 꽃을 들고 즐겁게 던전에 가보자고.

제19장 ✦ 비극의 히로인

　오늘은 토요일이라 던전 입구의 개찰구 앞에는 평소 이상으로 많은 모험가들로 긴 줄이 생겨나 있었다. 평소 같았으면 어디 놀이공원의 어트랙션이냐며 욕을 하고 싶어졌을 것이다.
──하지만.

　혼자라면 기다리는 시간이 지긋지긋하지만 지금 난 두 명의 예쁜 여자 아이와 같이 있으니 전혀 괴롭지 않았다. 3층에서 오크를 어떻게 잡을지에 대한 작전회의부터 반 친구들과 수업 이야기 등, 평소에 학교에서 할 만한 소소한 잡담을 하고 있었더니 순식간에 시간이 지나갔고 정신을 차리고 보니 던전에 돌입하고 있었다.

　던전 내부에 들어가도 많은 모험가가 왕래하고 있었고, 아래층으로 가기 위한 메인스트리트는 콩나물시루 같은 상태. 셋이서 옆으로 나란히 서서 걸을 수 없을 정도다. 그래서 오오미야가 약간 앞으로 나와 앞장서듯이 걷고, 나와 닛타는 그 뒤를 놓치지 않도록 따라가는 형태가 되었다.

　"(그래서. 나루미는~ 레벨이 어느 정도까지 올랐어~?)"

　몰래 귓속말로 질문하는 닛타. 그러고 보니 그녀는 레벨을 가르쳐 줬지만 난 가르쳐 주지 않았다. 앞으로 협력 관계를 구축해 나갈 것이라면 내 정보도 밝히는 편이 좋을 것이다.

"(뭐어?! 벌써 레벨 19야?)"

"(나한테도 이런저런 사정이 있었어.)"

입에 손을 대고 품위 있게 놀랐다. 게임에선 트레이드마크였던 칠흑의 풀 플레이트 아머에 [검은 집행자]라는 이명을 가지고 있어서 그녀의 모습을 보면 PK들이 벌벌 떨었는데……. 안에 든 사람이 이런 여자애라는 것을 알게 되어 아무래도 당황스러웠다. 뭐, 그건 제쳐 두고.

이 짧은 기간에 레벨이 19라는 건 게임에서도 상당한 페이스이니 놀랄 만도 하다. 게임이 현실이 되어서 난이도도 크게 뛰었고, 닛타도 스스로 던전에 가서 그걸 알아차렸다면 더더욱 그럴 것이다.

원래 계획대로 됐다면 지금쯤 레벨은 8~9에 할머니의 가게에 가기 위한 계획을 짜고 준비하고 있었을 것이다. 그런데 유니크 보스와 강제로 전투를 치러 큰 폭으로 레벨업을 하게 됐는데— 의문스러운 점도 있다.

내 게임 지식에 없는 '볼게무트'라는 몬스터다.

잡은 후에 레벨이 올라가는 양상을 보면 몬스터 레벨은 25 전후. 그런 몬스터가 극초반에 배치되는 건 너무 이상하다.

5층에 리젠되는 오크 로드처럼 통상 몬스터보다 확연히 강한 플로어 보스도 있지만, 그 플로어 보스도 그 층에서 리젠되는 몬스터보다 5 레벨 더 높은 정도다. 그 층의 적정 레벨 모험가가 10~20명 있으면 방법을 어떻게 짜는가에 따라 잡는 게 가능하다.

하지만 볼게무트는 7층의 적정 레벨 모험가가 떼로 달려들어
도 공격은 제대로 통하지 않고 일격에 썰리고 말 것이다. 잡는
것은…… 뭐, 보통은 무리다. 모르고 당하면 죽는 패턴이라도,
한 번 도망쳤다가 분석 후 다시 도전하면 되지만, 볼게무트로부
터는 도망치는 것도 불가능. 게임 밸런스적으로 심하게 붕괴되
어 있다. 뭐, 이 세계는 게임이 아니겠지만.

그 내용도 포함해서 말했더니.

"(7층의 확장 지역에 그런 게 있었나…… 기억에 없어.)"

닛타는 게임을 했을 때 7층 확장 지역에 한 번 가본 적이 있다
고 한다. 딱 한 번이라고 해도 성주의 방이라는 눈에 띄는 장소
에 그 정도의 존재가 있었다면 눈치 못 챌 리가 없다고 한다. 확
실히 그 지역에 가면 성채에 갈 것이고, 그 안에 들어간다면 가
장 안쪽에 있는 성주의 방에도 갈 것이다.

역시 그 몬스터는 이 세계 특유의 사양인 걸까. 확장 지역의
성채 외에 게임의 사양과 괴리된 장소는 현재로서는 발견하지
못했지만, 그런 차원이 다른 몬스터가 이 앞에도 기다리고 있으
면 목숨이 아무리 많아도 버틸 수가 없다.

"(그건 그렇고, 갑자기 레벨이 19까지 오를 만한 강적한테 용
케 이겼네~.)"

"(가볍게 죽을 뻔했지만.)"

육체 강화의 혜택을 충분히 못 받은 몸에 오버스펙 스킬을 많
이 써서 팔과 다리, 몸속이 엉망진창이 되었고 신경도 부분적으
로 타서 끊어졌다. 대량의 경험치와 유니크 아이템을 얻을 수

있었다고는 해도, 리스크와 리턴이 전혀 안 맞는다. 그런 무모한 짓은 이제 질색이다.

게임을 할 때 쓰던 스킬을 썼냐고 물어보길래 솔직하게 썼다고 대답했다. 그녀도 게임을 하던 때에 쓰던 캐릭터가 배운 스킬을 쓸 수 있다는 걸 알아차리고 있었던 모양이다.

닛타가 게임을 하던 때의 직업은 공격과 동시에 다양한 디버프 효과를 주는 무기 스킬이 특징인 [암흑기사]다. 높은 STR이 없으면 쓸모없는 스킬뿐인 [웨펀마스터]와는 달리 [암흑기사]는 스탯에 의존하지 않는 디버프 스킬이 많이 있다. 레벨이 낮아도 방어력이 높은 상대에게 경이로운 대미지를 줄 수 있는 것이다. 적대하지 않기를 기도하자.

그런 이야기를 하면서 터덜터덜 2층 입구 광장에 도착. 돌아가는 시간도 생각해야 하니 화장실 휴식을 끝내고 바로 출발했다.

볼일을 보면서 주말에는 겨우 2층에 가는 것만으로도 시간이 이렇게 걸리나 질색했다. 화장실 앞에서도 줄을 서서 기다려야 했다. 다음에 들어갈 때는 좀 더 일찍 나오거나 해서 시간을 앞당기는 편이 좋으려나.

화장실에서 나와서 다시 오오미야 일행과 합류하여 바로 3층을 향해 출발했다. 여기서부터는 혼잡이 조금 완화되어 공간에 여유가 생겨서 셋이 옆으로 나란히 걸었다.

몇 분 정도 잡담을 한 뒤에 오오미야가 '들어 줬으면 하는 이야기가 있어'라며 결의에 찬 얼굴로 말을 꺼냈다.

"있잖아…… 나, 부활동이 안 되면 서클을 만들 생각이야."

학생회에서의 사건 이후로 계속 생각하고 있었던 모양이다. 근데 서클이라.

부활동을 만들려고 해도 학생회를 설득해야 하고 학생회 회원인 사가라의 태도를 봐도, 아무런 실적도 연줄도 없는 지금 상황에 의견을 밀어붙이는 건 현실적이지 않다. 그 실적과 연줄을 준비하는 데도 많은 시간이 걸리니, 이대로 수수방관하고 있으면 쓸데없이 시간이 지나 E반의 제대로 된 성장을 기대할 수 없게 된다.

그러니 부활동 창설에 집착하지 않고 인가를 금방 받을 수 있는 서클을 먼저 창설하여 반 친구들이 강해질 수 있는 환경을 한시라도 빨리 마련하고 싶다고 한다. 서클이라면 세 명이 있으면 만들 수 있고 학생회의 인가도 훨씬 받기 쉽다. 원래부터 E반 구제가 목적이라 부활동 창설에 매달릴 필요는 없다.

또한 서클 가입 자체는 반 친구들이 임시방편으로 삼기도 좋고, 언젠가 부활동에 들어간다 하더라도 서클이라는 훈련의 장을 만들어 실력을 쌓은 후에 그 이후의 방침을 정하면 된다. 조금이라도 올라가려는 모두에게 도움이 됐으면 한다는 게 오오미야의 생각이다.

디메리트는 부활동과는 달리 서클 활동비는 거의 받을 수 없고, 투기장 등의 시설도 부활동이 우선되기 때문에 아마 빌릴 수 없을 것이다. 그리고 부활동 대항전과 같은 성적 보너스가 있는 경기나 대회에도 나갈 수 없다. 해결해야 하는 과제가 많다.

(견실하게 생각하고 있어. 하지만──.)

여기까지의 흐름은 게임과 똑같다. 문제는 이 뒤다.

메인 스토리에서 오오미야는 이후에 서클 창설 신청을 하고 무사히 허가를 받으며 E반을 위해 동분서주하게 되는데, 상급 생과 다른 반 녀석들이 그런 행동을 마음에 안 들어서 공격의 대상이 되고 만다.

매정한 매도, 폭력도 섞인 괴롭힘을 거듭 당하지만, 그녀는 홀로 이를 악물고 필사적으로 계속 저항한다. 그래도 차차 정신 이 마모되고…… 결국에는 퇴학에 내몰리는 그런 스토리가 있 었다는 걸 기억하고 있다.

"그래서 여기 있는 셋이서 하면 어떨까 싶어서."

나에게 손을 내밀고 순진하게 미소 짓는 오오미야. 아무래도 나에게도 권유해 주고 있는 것 같다. 룸메이트인 닛타에겐 서클 이야기는 이미 했는지 생글생글 웃으며 날 보고 있었다.

던익 경험자의 입장에서 보면 오오미야는 '비극의 히로인'이 다. 이대로 아무런 대책을 강구하지 않으면 게임과 같은 결말을 따라갈지도 모른다. 아니, 내가 보고 경험해 온 모험가 학교의 상황을 감안하면 틀림없이 그렇게 된다.

만약 오오미야를 도와준다면 서클 설립 후에 일어날 수많은 성가신 이벤트에 대처해야 한다. 공격을 가하는 학생뿐만 아니 라 움직이기 시작하는 파벌도 많이 있어서 자칫 잘못하면 폭력 사태에도 휘말리게 된다. 그 과정에 쓸데없이 정보가 새어 나가 거나 예상치 못한 위험한 상황에 빠질지도 모른다. 신변의 안전

만을 생각하면 여기선 완곡하게 거절해야 할 것이다.

　—하지만.

　누군가를 위해 이렇게 한결같이 노력하는 아이를, 차별하지 않고 생각해 주는 다정한 마음을 가진 아이가 그런 끔찍한 일을 겪게 해서는 안 될 것이다. 오리엔테이션 때 따돌림을 당해 외톨이였던 나에게 말을 걸고 도와준 은혜는 잊지 않았다. 이 은혜는 더 큰 은혜로 갚아야 한다. 그렇지 않은가, 나루미 소타여.

　"난 들어갈 거야~. 그야 사츠키는 소중한 친구니까. 나루미도 물·론 들어올 거지~?"

　빙긋 미소 지으면서 나에게 묻는 닛타. 무슨 생각을 하고 있는지 그 속을 알고 싶은데, 아무래도 할 생각인 모양이다. 게임에서는 최강의 적이자 라이벌이기도 했던 그녀가 같은 편이 된다면 정말 든든할 것이다.

　"—당연히 나도 들어갈 거야."

　고개를 살짝 기울이고 윙크하면서 엄지를 척 세우며 대답했는데 왠지 분위기가 어색해진 것 같았다.

제**20**장 ✦ 계약마법서

"좋은 사냥터가 있단 말이지~."

드디어 목적지인 던전 3층에 도착해서 어디서 사냥할지 이야기하고 있었는데. 닛타가 제안한 사냥터는 놀랍게도 5층. 그 '좋은 사냥터'라는 곳이 오크 로드를 다리 끊기로 잡는 곳을 말하는 것일까.

그 이전에 지금부터 5층에 갔다가 돌아오는 시간을 생각하면 사냥할 시간은 조금밖에 없다는 문제도 있다—. 게이트를 쓰지 않는다고 전제한다면.

혹시 말할 생각인 걸까. 말한다고 해도 게임 지식과 그 위험성에 대해 어떻게 생각하고 있는지 살짝 물어보는 편이 좋을 것 같군.

"(잠깐 괜찮을까.)"

손짓해서 닛타를 불러들였다.

"(그…… 닛타는 어느 부분까지 말하려는 거야?)"

"(사츠키는 믿을 수 있으니까~ 이것저것 이야기할 생각이야~. ……그리고 나는~ 리ㆍ사라고 부르라고 했잖아?)"

내 볼을 콕콕 찌르면서 정정을 요구했다. 방금 전에 함께 서클을 만드는 동지로서, 그리고 친구로서 서로 이름으로 부르며 친목을 다지자는 이야기가 나왔다. 소꿉친구인 카오루라면 몰라도 같은 반 여자애를 편하게 이름으로 부르는 건 좀…… 부끄러운데. 아니, 그건 됐다.

던전에 대한 지식이나 정보는 발신원을 추적당하면, 다른 플레이어가 우리의 정체를 알게 된다. 우리가 플레이어에 대해 알아내지 못한 상황에 그 플레이어가 악의를 가지고 행동하면 위험한 상황에 빠질지도 모른다.

기우로 끝나면 좋겠는데, 게임 정보가 학급 내에서만 퍼지면 다행일 것이다. 플레이어도 원래는 상식이 있는 저쪽 세계의 인간이다. 대화하면 서로 이해할 가능성은 충분히 있다. 그리고 적대한다고 해도 나와 리사가 함께한다면 방법은 있다.

하지만 외부에 새어 나가면 사태는 심각해진다. 새로운 던전 정보를 위해서라면 사람의 목숨 따위는 어떻게 되든 상관없다고 생각하는 조직과 국가가 썩어날 정도로 있는 이 세계에서, 정보를 가지고 있다는 기색을 내비치거나 의심을 사기만 해도 무슨 일이 일어날지 알 수 없다.

아직 시험해 보지 못했지만 상급 직업과 최상급 직업이 배우는 스킬 중에는 정신을 조작, 개조, 파괴하는 아주 위험한 마법도 있다. 혹은 정신 조작 스킬이 봉인된 매직 아이템도 이미 존재할지도 모른다. 그것들을 막을 방법도 있긴 하지만, 지금 쓰면 막을 방법이 없다.

더 최악을 생각하면.

정신 조작 마법이든 협박이든 고문이든 어떠한 수단으로 플레이어의 게임 지식을 끄집어내고 그 정보들이 세계에 퍼진 경우. 온 세상의 윤리가 상실되어 무법지대가 되고, 더 나아가서는 세상의 질서가 바뀌어 지옥문이 열릴 가능성마저 있다.

던익이라는 게임의 세계관을 그대로 적용시킨 이 세계의 모습은 그야말로 줄타기를 하고 있는 상태라 할 수 있지 않을까.

"(그래도 사츠키랑 게임 지식을 공유해서 빨리 치고 올라가는 건 나중을 생각하면 꼭 필요하다는 생각이 들어. 메인 스토리의 수라장을 극복하기 위해서라도.)"

닛타…… 리사가 말하는 메인 스토리의 수라장이란 던전 주변 일대가 초토화 되거나 많은 사람이 목숨을 잃는 암울한 이벤트를 말하는 것이다. 스토리를 고조시키는 요소로 몇 가지나 존재한다는 게 무섭다.

공략 캐릭터별 개별 시나리오라면 그 캐릭터를 공략하지만 않으면 되고, 퀘스트라면 받지 않으면 된다. 하지만 메인 스토리는 어떤 시나리오라도, 그리고 플레이어가 누구든 공통적으로 발생한다.

만약 이 세계가 던익의 스토리를 따라간다면 주인공이 어떤 루트를 선택하든 참극이 일어날 수 있다는 것을 의미한다.

물론 그런 일이 일어나지 않도록 저지할 생각이지만, 참극 시나리오라는 시간제한이 있는 가운데, 정보 확산을 막으면서 레벨을 올려 대처할 수 있는 힘을 획득하는 것은 쉬운 일이 아니다. 그래서 신뢰할 수 있는 동료와 파티를 맺는다는 생각에 이르는 것이다.

나 같은 경우에는 절대적으로 신뢰하고 있는 나루미 일가와 함께 던전을 공략하면서 지켜야 하는 대상도 강화해서 극복할 생각이었는데, 가족과 함께 있지 않는 리사는 그럴 수 없다. 그래서 오오미야…… 사츠키를 끌어들여서 던전을 공략할 계획이었던 모양이다.

사실은 던전 공략도 이 세계의 대외적인 문제도 게임 지식을 가진 플레이어들이 결속해서 대처하는 게 제일이지만, 그런 말은 무의미하다. 누군가가 자신이 플레이어라고 말해도 나라면 경계해서 자신이 플레이어라는 것을 밝히지 않을 것이고 다른 플레이어도 마찬가지로 어떻게 나올지 살필 것이다.

"(소타는 우릴 못 믿겠어?)"

"(……안 믿는 건 아니야. 하지만 공유할 정보는 잘 생각하는 게 좋을 거야.)"

"(그렇네~ 스토리, 이벤트 관련은 말하지 말고. 오늘은 게이트, 몬스터 정보, 다리 끊기를 알려주면 되려나.)"

정보도 필요최소한으로 알려주는 편이 좋을 것이다. 난 가족에게 거의 무제한으로 알려 주고 있지만, 가족과는 서로 목숨을 걸 수 있을 정도로 신뢰하고 있다. 한편 절친한 친구가 되었다고 해도 아직 만난 지 두 달도 지나지 않은 사람에게 특대급 정보를 공유하는 건 우리에게도 그녀에게도 리스크가 생긴다.

"(정보를 푼다고 해도 그 위험성을 충분히 인식시킨 후에 푸는 게 좋겠지.)"

"(물론. 구두 약속 외에도 구속할 것은 필요하다고 생각해. 그래서 이게 나올 차례지.)"

등에 메고 있던 배낭에서 작은 글자 같은 것이 잔뜩 그려진 종이를 천천히 꺼냈다. 이건…… 계약 마법서인가.

게임의 메인 스토리에서도 자주 나오는 마법서. 사용 대상자의 행동과 발언을 제한하는 마법이 봉인되어 있다.

던익에서는 [서머너]와 [엘리멘터러]라는 직업도 있는데 강력하고 개성 넘치는 소환수, 정령들과 계약을 할 수 있다. 다만 나쁘게 말하면 소환수나 정령은 제멋대로에 제어하기 어렵고 위험하기 짝이 없는 존재라서 그 직업을 갖고 싶다는 생각은 없다.

그리고 계약 마법이란 소환수, 정령이 계약할 때 해줬으면 하는 것이나 지켜 줬으면 하는 것을 계약자의 몸에 각인하는 저주의 일종이다. 계약 내용을 어기면 계약자는 칠흑의 화염에 몸이 불타 죽게 된다는 모양이다.

그 계약 마법 문양을 서면에 열화 카피한 것이 이 계약 마법서. 계약 목적과 의무를 말하면서 마력을 흘리면 발동하며 계약 내용을 어기면 계약서가 까맣게 타는 구조로 되어 있다.

계약을 어긴 자가 불타는 일은 없기 때문에 계약 마법 같은 구속력이 있는 건 아니다. 계약 마법서는 어디까지나 계약을 어겼는지 아닌지를 판별하기 위한 것. 인체에 직접 계약 마법을 쓰는 실험도 어떤 나라에서 하고 있지만, 인도적 관점에서 가하는 비판으로 인해 그 기술은 표면에 드러나지 않았다.

계약 내용도 막연하면 효과가 없어서 조건을 좁고 세세하고 명확하게 해서 계약자에게 인식시킬 필요가 있다. 예를 들어 '내가 알려 준 던전 정보를 다른 사람에게 말해서는 안 된다'는 내용이라면 내가 말한 전투지시나 지형, 공략에 관한 통상적인 회화도 말해도 되는지 안 되는지 명확하게 구분하는 게 어렵다.

그러니 '이날, 이곳에서 나와 리사가 가르쳐 준 게이트에 관한 지식을 다른 사람에게 말해서는 안 된다'와 같은 문구라면 계약자는 계약 내용을 어긴 것도 확인하기 쉽다. 아마 리사도 비슷한 방식으로 상세하게 지정해서 계약 마법서를 몇 장 정도 쓸 것이다.

게임 세계의 메인 스토리에서도 계약 내용이 중요한 상황에는 계약 마법서가 자주 쓰였다. 이 세계에는 이런 던전에서 유래한 몇몇 매직 아이템이 침투한 건 흥미로운 부분이다.

여담인데 나와 카오루가 만든 '결혼 계약 마법서'는 뚱땡이가 어릴 때 계약 마법서 이야기를 주워듣고 만든 것으로 아무런 효력도 없는 그냥 종잇조각이다. 어겼다고 해서 무슨 일이 일어나는 건 아니다.

이야기가 정리됐으니 다시 합류하여 계약 이야기를 하기 위해 인적이 드문 곳으로 이동했다.

"무슨 이야기를 한 거야? 리사랑 소타는 사이가 좋은 것 같은데, 혹시…… 그런 거야~?"

뭔가 이상한 착각을 하고 있는 것 같은데, 그런 흑심을 드러내 놓고 리사한테 접근하면 예쁘게 두 동강이 난다고. 그만해 줬으면 한다.

"비밀 사냥터에 대해 이야기하고 있었어. 그러니까~ 절대로 다른 사람한테 말 안한다고 맹세해 주면 가르쳐 줄 건데."

"그런 곳이 있어? 알고 싶은데."

정말로 그런 곳이 있는지 회의적으로 생각하면서도 기대와 흥미를 완전히 버리지 못해 알고 싶다고 바로 답하는 사츠키. 하지만 '그 전에~'라며 운을 떼고 지금부터 말하는 정보는 퍼뜨리지 않는다는 약속을 준수시키기 위해 계약 마법서에 서명을 받겠다고 전했다.

"이…… 이거, 진짜 계약 마법서지…… 그렇게 대단한 정보야?"

눈을 휘둥그레 뜨고 마른침을 꿀꺽 삼키는 사츠키. 그도 그럴게 계약 마법서는 상당히 고가다. 리사는 이걸 준비하는데 시간이 걸렸다고 했는데, 어떻게 준비했는지는 가르쳐 주지 않았다.

"그뿐만이 아니야. 이걸 통해 나눈 약속을 어기면~ ……목숨으로 죗값을 치러야 할 거야."

"?!"

"라는 건 반은 농담이고~."

사츠키를 똑바로 바라보며 '하지만 반은 진심'이라고 말해 다시 긴장감이 생겨났다. 우리가 던전에 관한 몇 가지 기밀 정보를 알고 있고, 그러한 정보를 무슨 일이 있어도 절대로 유포해서는 안 된다는 것을 이해해준 듯했다.

"지금부터 가르쳐 줄 정보를 퍼뜨리면 우리뿐만 아니라 주위에 있는 모두의 목숨이 위험해질 가능성이 있으니까."

"……어떻게 그렇게 엄청난 걸 알고 있는 거야?"

그야 당연히 의문이 들 것이다. 그 답은 원래 플레이어였으니까. 그런 걸 말할 생각은 없으니 대답할 수 없다고 전했다.

중요한 건 계약 마법서를 써야 하는 위험한 정보를 알면서까지 강해지고 싶냐는 것. 만약 거부한다면 그래도 상관없다. 게임 지식을 이용한 레벨업은 나랑 리사가 하면 되고, 사츠키의 레벨업은 따로 시간을 들여 협력할 생각이다.

사츠키는 망설이는 모습을 보였지만 금방 각오를 다졌다.

"저, 정말로 강해질 수 있다면…… 난 계약하고 싶어."

사츠키의 집안은 귀족을 모시는 사족의 분가다. 본가인 사족을 모시기 위해 고향에 있는 고등학교에 갈 예정이었지만 가족에게 떼를 써서 모험가 학교에 입학했다고 한다. 반드시 좋은 성적을 거둬서 가족의 기대에 부응해야 한다며 주먹을 꽉 쥐면서 말했다. E반의 대우에 낙담한 것도 동경하던 학교의 실정을 알고 소중한 가족의 기대를 배신하게 될지도 모른다며 한탄했기 때문이다.

그와 동시에 자신과 비슷한 처지에 있는 친구들이 많다는 것을 깨달았다. 자신이 구원받고 싶은 것과 마찬가지로 그들을 구원하고, 학교를 바꾸고 싶다는 마음이 나날이 강해져 갔다고 한다.

메인 스토리에서도 그녀는 E반을 위해 정신이 피폐해지면서도 동분서주했다. 그걸 알고 있는 우리라면 그 마음이 진실이라는 걸 이해할 수 있다.

"그럼! 계약할까."

"응!"

계약 마법서는 다리 끊기 관련 정보에 쓰지 않고 게이트 관련 정보에만 쓰기로 했다. 다리 끊기는 들킨다고 해도 1시간에 한 번밖에 못 하기 때문에 많은 모험가가 다리에 쇄도해서 자리 쟁

탈전이 벌어질 뿐이다. 그 혜택을 받을 수 있는 사람은 극히 일부뿐. 악용된다 하더라도 영향은 거의 없을 것이다. 그리고 우리가 레벨을 올려 필요 없게 되면 다리 끊기를 이용하지 못하게 돼도 지장은 없다.

한편, 게이트 관련 정보는 들켰을 때의 영향이 아주 크기 때문에 최상위 수준의 기밀로 취급하여 계약 마법서를 사용한다.

"그럼 마력을 통하게 해봐."

리사와 사츠키가 마주 보고 땅에 놓은 계약 마법서에 손을 올렸다.

리사도 처음 쓴다고 하는데, 인터넷에 사용법이 수두룩하게 게시되어 있어서 문제없이 발동할 수 있었다. 게이트의 구조와 게이트 방의 존재 등, 게이트와 관련된 모든 정보를 유출하는 걸 금지한다는 문구를 넣어 종이에 복사되어 있는 문양에 두 사람이 마력을 통하게 했다.

게이트가 무엇인지 모르는 그대로 진행한 계약이지만 검은 문양이 옅은 녹색으로 발광하여 지면의 계약 마법이 제대로 작동했다는 걸 알 수 있었다.

무사히 행사된 것 같으니, 다시 게이트의 존재와 구조에 대해 가르쳐 줬다. 리사는 학교 지하 1층으로 통한다는 사실이 예상 밖이었는지 작게 놀라는 소리를 냈다.

"그렇게 편리한 게 정말로……? 하지만 있으면 엄청나겠네! 사냥터를 왕복하는 시간을 줄일 수 있고."

"실제로 써본 다음에 믿어도 괜찮아. 그럼 5층으로 갈까요."

5층의 게이트를 쓸 수 있다면 사냥도 다리 끊기로 변경이다. 지금쯤 어머니와 동생이 하고 있을 것이다. 오전 중에만 한다고 하니 우리가 도착할 쯤에는 끝났을 테지만 계속 하고 있다면 끼워달라고 하면 된다.

"근데 오크 로드라면 모험가 길드에서 주의를 주고 있는 유명한 몬스터지……."

"소타가 지켜 줄 거지~?"

"그래, 괜찮아."

지금은 5층에 있는 몬스터 정도라면 한 방에 잡을 수 있으니 오크 로드에게 당하지는 않을 것이다. 하지만 나를 지켜야 하는 대상으로 보고 있던 사츠키는 의외라는 듯이, 그리고 의심하는 눈으로 나를 봤다.

서로를 신뢰하며 던전 다이브를 계속하면 나중에 알게 될 일이니, 지금은 레벨을 말할 생각은 없다.

각자 생각할 것이 있는지 말없이 5층으로 향하게 되었다.

낮 1시를 조금 넘겨서 5층에 도착.

눈 부신 조명 빛을 받는 입구 광장에는 돗자리가 빼곡하게 깔려 있었고 모험가들이 일제히 점심을 먹고 있었다. 이곳 5층은 복잡한 지형이 많아 시야가 좋지 않고 안전지대도 적어서 몬스터가 리젠되지 않는 입구 광장까지 돌아와 점심을 먹는 게 관례인 듯했다.

판매원은 이 기회를 놓칠세라 도시락과 마실 것을 팔며 돌아다녔고, 포장마차의 주인이 손님을 잡으려고 큰 소리로 파는 물건을 어필했다. 모험가도 맛있는 냄새에 이끌려 포장마차 앞에 나와 이런저런 잡담을 하면서 먹으면서 돌아다녔다.

우리도 슬슬 밥을 먹고 싶긴 하지만 다리 끊기 포인트에 도착하면 얼마든지 휴식할 수 있으니 거기서 밖에서 산 도시락을 느긋하게 먹을 생각이다.

그렇긴 하지만, 방금 전까지 다부지게 행동하던 여자 둘의 얼굴에는 피로한 빛이 역력했다.

"사츠키 괜찮아?"

"응, 그럭저럭. 하지만 이제는 따라가는 게 고작일지도……."

"조금만 더 가면 되니까 힘내자~."

두 사람의 레벨은 아직 5 이하. 육체 강화의 혜택을 받고 있긴 해도 아침부터 여기에 올 때까지 5시간을 내리 인파 속을 걸어 왔으니 지치는 건 어쩔 수 없는 일이라 할 수 있다.

한편 난 어떤가 하니, 아무래도 레벨이 19쯤 되니 이 정도로는 거의 지치지 않는 몸이 된 모양이다. 이 이상한 체력이 어디까지 이어질지는 아직 알 수 없다.

"그치만 점심시간은 이미 지났고, 5층은 돌아가는 시간을 생각하면 학교 가는 날에는 다닐 수 있는 거리가 아니네."

"우리처럼 게이트를 쓸 수 없으면 말이지~."

"⋯⋯응."

던전에 들어올 수단이 입구밖에 없는 반 친구들은 사냥터에 도착할 때까지 시간이 너무 많이 걸린다는 문제가 있다. 특히 D반 이상의 학생은 학업을 수행하는 와중에 당일치기 던전 다이브는 불가능할 것이다. 아침에 본 제1검술부와 마술부도 사냥터에 도착하는 것만으로도 며칠은 걸릴 것이다.

그렇다면 학업이 있는 날은 어떻게 하고 있는가 하니, 부활동으로 단련하고 경험치를 버는 방침을 취하고 있다. 던익을 할 때도 매직 필드 안에서 동격의 상대와 검극 단련을 하면 미미한 양이긴 해도 경험치를 벌 수 있었으니, 아마 이 세계에서도 그 수단은 유효할 것이다. 그렇기에 상위 반의 학생은 부활동에 들어가 연습을 열심히 하고, 반대로 부활동에 들어가지 못하는 E반에게는 사활 문제가 되는 것이다.

"서클을 만든다고 해도 우선은 우리가 강해져야지."

"그래 맞아. 우리가 강하지 않으면 반 친구들도 안 따라올 테니까~. 그럼 휴식도 했으니 갈까요~."

다리 스트레칭을 끝내고 이쪽을 돌아봤다.

"여기서부터는 내가 안내할 테니까 잘 따라와."

"응, 고마워…… 저기, 짐까지 들어 줘서 고마워."

"후훗. 믿음직하단 말이지~."

이 정도는 쉬운 일이다. 출발하기 전에 일시적인 위안이긴 하지만 《소회복》을 걸어 주자.

▰//////////////////////

가는 길에 있는 오크를 경계하면서 몇몇 언덕을 오르고 내리며 깊은 골짜기에 걸린 큰 다리를 건너자 오크 로드가 리젠되는 방이 보이기 시작했다.

"이 앞은…… 길드에서 주의를 주는 지역이지."

긴장해서인지 가슴에 양손을 대고 약간 움츠러들면서 이야기하는 사츠키. 레벨4에 오크 로드와 만나면 죽음을 각오해야 할 정도이니, 괜찮다고 해도 안심할 수 없을 것이다.

나도 처음 봤을 때는 식은땀이 나오고 지릴 뻔했던 걸 기억하고 있다. 지금은 봐도 아무렇지도 않은 걸 보면 《오라》에 위압당했던 것일지도 모른다.

일단 있는지 없는지 방 안을 살짝 확인해 보니…… 이미 유인해서 잡은 뒤인지 몬스터는 한 마리도 없이 텅 비어 있었다.

"역시 안에는 없었어. 다리 끊기는 지금 동생이 하고 있을 거니까."

"흐음…… 동생은 대단하네."

유인 자체는 발만 어느 정도 빠르면 어려울 것 없다. 길만 외우면 함정에 걸리지 않도록 조심하면서 달리기만 하면 된다. 다만 주력이 아슬아슬하면 내가 처음 했을 때처럼 죽을 고비를 넘기게 되겠지만.

"여기까지 왔으면 목적지까지는 금방이야~."

"그래. 하지만 지금은 다리가 끊어져 있을 테니까 건너편에 가려면 우회해야 해."

다리가 끊어져 있지 않다면 이대로 쭉 가서 목적지까지 최단거리로 갈 수 있지만, 현재 그 다리는 끊어져 있을 테니 그곳을 지나지 않고 조금 우회하는 루트로 갈 필요가 있다. 그래도 목적지까지 얼마 안 남았다는 건 변함없어서 리사가 '힘내자~'라며 밝은 척을 하며 사츠키를 격려했다.

거기서부터 1km 정도 더 걸어 드디어 목적지인 골짜기가 보이기 시작했다. 어디에 자리를 잡을까 주변을 보고 있으니, 조금 떨어진 곳에 돗자리를 펴고 느긋하게 과자를 먹고 있는 어머니와 동생이 있었다.

"아, 오빠~! ……랑, 언니들?"

"어머나, 여기 비어 있으니까 앉으렴."

돗자리의 빈자리에 앉으라며 손짓하면서 차를 권하는 어머니. 건강해 보여서 다행이다. 이야기를 들어 보니 어머니의 레벨도 순조롭게 오르고 있는 듯했고, 몸이 가벼워진 걸 봐달라며 빌려

온 검을 붕붕 휘둘렀다. 아버지와 만나기 전까지는 모험가를 해서 4층까지 간 경험은 있다고 해서 나름대로 검을 다루는 모양새가 났다.

다리 끊기를 하면서 비는 시간에 동생은 휴대용 게임기, 어머니는 가져온 소설을 보며 사냥했다고 한다. 아주 여유롭다……. 뭐, 리젠될 때까지는 할 일이 없으니 그런 건가.

그리고 리사와 사츠키는 여기까지 거의 휴식하지 않고 공복인 채로 계속 이동한 데다가 오크 로드 방에서 여기까지 고저차가 상당한 길을 지나왔기 때문에 이미 체면을 차릴 여유도 없을 정도로 녹초가 되었다. 느릿느릿 움직여 '감사합니다'라고 말하고 거리낌 없이 주저앉아 등을 쭈그리고 차를 홀짝였다.

"다음은 언제야?"

"음~, 앞으로 20분 정도? 나랑 엄마는 이거 먹으면 돌아가려고 했는데."

오늘은 어머니의 레벨이 7이 될 때까지 버스하는 게 목표였고, 이미 레벨 7을 달성했다. 지금은 가져온 과자를 먹으면서 티타임을 가지고 있는 모양으로, 곧 돌아가려고 했던 것 같다.

"그럼 우리가 밥을 먹으면 이어받을까."

"에엥~. 오빠가 하면 나도 여기서 좀 더 할까."

"넌 어머니를 집까지 무사히 데려다 줘. 여긴 레벨 7이라도 안전권이 아니니까."

레벨이 7이나 되면 주변을 배회하는 고블린 솔저나 오크 어썰트에게 질 것 같진 않지만, 다른 모험가의 몹몰이 때문에 집단과 맞닥뜨리는 경우도 있다. 길도 잘 모르는 어머니를 혼자 돌려보내는 건 걱정된다.

그렇게 설득하자 뭘 잘못 먹었는지 '오빠가 따돌리려고 해'라며 사츠키와 리사의 발치에 울면서 매달리며 이리저리 뒹굴기 시작했다. 집안 망신이니까 그만하라고 떼어 놓으려고 했지만 달라붙은 채로 떨어지려 하지 않았다.

"동생이 같이 해주면 나도 좋을 것 같은데."

"소타도 참 심술궂다니깐~."

우는 척이 효과 있었는지 순식간에 두 사람을 같은 편으로 만든 동생. 그 결과, 어째서인지 내가 나쁜 놈이 돼버렸다. ……뭐, 있어도 곤란할 건 없고 두 명이나 동생을 환영한다면 괜찮으려나. '어머니를 무사히 데려다주면 다시 올 것'으로 조건을 바꾸기로 했다.

"그럼 엄마 데려다주면 바로 올게~."

"분발해, 소타."

힘차게 손을 흔드는 동생과 사츠키와 리사를 보면서 의미심장한 말을 한 어머니가 총총 떠나갔다. 그 모습을 지켜보고 돗자리에 앉아 느릿느릿 도시락을 먹고 있는 두 사람에게 오크 로드와 다리 끊기를 하는 법을 대강 설명했다.

이번에는 두 사람이 버스를 받으니 둘 다 경험치를 받기 위해서는 호흡을 맞춰 동시에 흔들다리를 끊어야만 한다.

"레벨이 10인 몬스터를 상대하다니, 역시 좀 무섭네."

"경험치가 얼마나 들어올까."

드디어 왔다며 얼굴이 약간 파래지고 마음이 약해진 사츠키에 비해 리사는 게임에서도 익숙한 다리 끊기를 현실에서 체험할 수 있어서 설레는 것처럼 보였다. 실제로 할 일은 게임과 똑같고, 다른 점이라면 오크가 떨어질 때의 비명 정도일까.

"실패해도 여차하면 내가 잡을 테니까 안심해."

"소타가 얼마나 강한지 잘 모르니 불안하긴 하지만……."

사실은 길에 있는 오크를 잡아 힘을 보여 줄 생각이었지만 전투를 전혀 하지 않고 도착해 버렸다. 동생이 심심풀이로 이 주변을 뛰어다니면서 잡았다고 하는데 그 때문일까.

"와이어를 자를 타이밍은 내가 말할 테니까, 다 건너기 전에 조급하게 자르지 않도록 해."

"여길 자르기만 하면 되는 거지."

"그립네~."

아까 전까지 녹초가 되어 기운이 없었던 사츠키도 지금부터 할 일을 설명하니 긴장감이 생기기 시작했는지 의욕을 내준 것 같았다. 뭐, 와이어를 자르기만 하는 간단한 작업이라 딱히 체력을 쓰는 건 아니다. 다소 지쳤더라도 할 수 있을 것이다.

그런 이야기를 하고 있으니 갑자기 시간이 되돌아간 것처럼 끊어졌던 다리가 떠올라 큰 소리를 내며 수복되어 갔다. 뒤에서는 무슨 일인가 하고 놀란 듯이 작은 비명을 질렀다.

던전에는 강렬한 수복·복원 작용이 있어서 건축물이나 벽 등에 구멍을 뚫거나 파괴해도 일정 시간이 지나면 원래대로 돌아오는 성질이 있다. 게임을 할 때는 신경도 안 썼지만, 눈앞에서 물리 현상을 무시하는 듯한 광경을 처음 봤을 때는 나도 놀랐다.

그리고 이 다리가 수복되었다는 것은 오크 로드가 리젠됐다는 사인이기도 하다.

"그럼 유인해서 올 건데, 잔뜩 올 거니까 놀라면 안 돼."

"응. 그…… 조심해야 해?"

"힘내~."

작게 손을 흔들며 웃는 얼굴로 배웅해 주는 두 사람을 봤더니 의욕도 샘솟았다. 그럼 한 번 해볼까.

제22장 ✦ 오오미야 사츠키①

—— 오오미야 사츠키 시점 ——

이쪽에 등을 돌리고 시원스럽게 달려가는 소타. 던전에 들어와서 여기까지 멀리 오기도 했고, 나와 리사의 짐을 전부 들어줬는데도 호흡 한 번 흐트러지지 않았다.

지금부터 많은 모험가에게 피해를 준 악명 높은 오크 로드와 대면하는데 산들바람을 맞는 듯한 평정심을 유지하고 있었다. 대체 어떤 사람인 걸까.

처음 나루미 소타라는 인물을 의식한 건 분명—.

///////////////////////////

휴식시간이 되자 E반 친구들은 기숙사의 룸메이트나 중학교 시절부터 알던 친구를 중심으로 교우관계를 넓히기 위해 커뮤니케이션에 열을 올렸다.

그러는 건 단순히 친구를 원하기 때문만은 아니다. 인맥을 활용하여 조금이라도 좋은 동료를 모아 강한 파티에 소속되는 것이 자신의 성적을 좌우한다는 것을 모두가 알고 있기 때문이다.

홈룸이 끝나도 학교에서 일어난 일과 학생에 대한 정보를 수집하는 데 여념이 없었다. 누구누구가 강하고 누구와 팀을 맺고 있는지, 누가 어떤 스킬을 가지고 있는지, 시험과 대회는 어떤 것이 있으며 어떻게 임하는지. 그런 정보를 모아 호시탐탐 조금이라도 조건이 좋은 곳을 찾아 나간다.

그러면 결국 어떻게 될까. 아카기나 마지마처럼 강한 사람이 있는 그룹에 접근하려고 획책하게 된다. 이렇게 말하는 나도 리사와 함께 아카기의 그룹에 접촉한 적이 있지만, 고정 파티를 맺고 있는 것 같아 생각대로 들어가지 못했다. 마지마가 말을 한 번 걸어 줬지만 아직 관계는 진전되지 않았다.

반 친구들은 그런 느낌으로 필사적으로 연줄을 만들기 위해 각축전을 벌이며 애쓰고 있는데 제일 뒷자리에서 멍하니 창밖만 보고 있는 뚱뚱한 남학생이 있었다. 그게 소타였다.

항상 조용하고 누군가와 이야기하는 일도 거의 없지만, 존재감이 없다거나 눈에 띄지 않는 건 아니었다. 오히려 반에서는 상당한 유명인이었다. 나쁜 의미로.

안 그래도 최하위로 입학했는데 누구와도 친해지려 하지도 않고 방과 후가 되면 바로 돌아가 버렸다. 게다가 던전에 들어갔나 싶었더니 초등학생도 이길 수 있다고 하는 슬라임에게 져서 E반뿐만 아니라 전교 학생들에게 '모험가 학교 사상 가장 약한 남자'라는 악평을 받게 된 사연 있는 학생.

그런 그를 보고 험담하기 좋아하는 반 친구들은 저열한 별명으로 부르고 눈살을 찌푸리고 욕하기를 주저하지 않았다. 뛰어난 스킬을 가지고 있는 것도 아니고 비만 체형이라 던전 다이브도 제대로 할 수 없다고 멸시당하는 그에게는 누구도 말을 걸지 않아 반에서 점점 더 고립되어 갔다. 동료와의 친분이 중시되는 모험가 학교생활에서 그렇게 되는 건 치명적이다.

누구도 파티를 맺어 주지 않으면 솔로로 던전에 갈 수밖에 없고, 그게 가능한 건 기껏해야 3층 정도까지. 반 친구들 사이에서는 그의 학교생활은 반쯤 망했다. 걸림돌과는 엮이고 싶지 않다는 평판이 자자했다.

하지만 모두의 생각은 얕다. 앞으로 반 대항전과 투기 대회를 위해 상위 반과 치열하게 싸워야 하는데, 따돌리고 있을 여유 같은 건 없는데. 알고 있는 걸까.

전투력도 앞으로 충분히 만회할 기회가 있는데 아직 입학한 지 얼마 안 된 시기에 평가를 단정해서 어쩌자는 걸까. 게다가 그는 수업 태도도 좋고 학력도 높은 것을 고려하면 악평을 받을 만한 사람이 아니라고 생각한다.

그런 것들을 확인하고 싶어서 난 용기를 내서 오리엔테이션 때 파티에 불러본 적이 있었다. 주변 사람들은 '손을 내밀어 줬다'거나 '상냥하다'고 했지만, 그런 게 아니다.

룸메이트인 리사도 그의 파티 가입에 그렇게 반대하지 않고, 오히려 받아들여 줘서 조금 놀랐다. 그녀는 성격은 느긋해 보이지만 묘하게 날카롭고 냉정한 일면이 있다는 것도 알고 있다. 뭔가 생각이 있을지도 모른다.

그래서 그와 이야기해 보고 안 것은 생각 이상으로 이지적이고 사려 깊다는 것. 그런데도 소통을 하지 않는 건 그럴 능력이 없어서가 아니라 반 친구와 자신의 악평에 관심이 없어서일 뿐이라는 것. 다른 사람이 어떻게 하는지는 상관없이 확고한 자신 감을 가지고 움직이고 있는 듯했다.

그렇다고 하더라도 솔로로 하는 던전 다이브에 한계가 있다는 사실은 변함없다. 그 한계가 빠르게 오는 것도. 그래서 내가 불러준 것이 반에 녹아들 수 있는 계기가 되면 좋겠다고 생각했다.

오리엔테이션으로 친해졌으니 다음 날부터 우리에게 끼어들어 말을 걸어 주지 않을까 기대하고 있었지만, 그는 그런 기색은 보이지 않고 학교를 마치면 언제나처럼 금방 돌아가 버렸다.

정말로 혼자서도 문제없는가. 단말기로 그의 레벨을 봐도 레벨 3에서 조금도 오르지 않았다. 그 사실로도 3층 부근에서 고전하고 있다는 것을 알 수 있었다.

혹시 나한테서 동료로 삼을 정도의 매력을 느끼지 못한 걸까. 아니면 달리 팀을 짤 상대가 있는 걸까.

—하지만 더는 그를 걱정할 상황이 아니게 되었다. E반의 비참한 실태가 드러났기 때문이다.

우선은 부활동 권유식에서 일어난 일. 상위 반의 전체 학생에게 매도를 당해서, 우리 E반이 멸시당하고 있다는 것을 알게 되었다. 동경하던 부활동에 들어가도 허드렛일밖에 못 한다고 한다. 그 사실에 반 친구들은 절망했고 암운이 교실을 지배했다.

그 후에 있었던 D반과의 결투 소동은 더 심각했다. 같은 반인 아카기는 무자비한 폭력을 당했고 우리는 E반 선배들이 만든 부활동에 들어가는 것을 금지당했다. 그 이후로는 망설임이 없어졌는지 E반 교실에 들어와서는 반 친구들을 놀리고 폄하하는 일도 늘어났다.

같은 학교의 학생인데 어떻게 이렇게 심한 짓을 할 수 있는 거지. 모험가 학교에서는 힘이 곧 절대적 가치라는 건 알고 있었지만, 강해지려고 노력하는 사람의 싹을 잘라서 어쩌자는 것인가. 학교도 보고도 못 본 척을 하고 있다. 입학할 때 부상이나 사망 위험에 대한 계약서도 썼다. 물론 그런 거친 학풍에 대해서도 알고 있었지만, 이 정도일 줄은……. 역시 납득이 안 된다. 한치 앞도 안 보이는 어두운 나날이 이어졌다.

모든 것을 포기해 버리고 싶은 기분이 드는 때도 있었다. 하지만 모험가 학교에 입학시켜 준 부모님의 기대를 절대로 배신하고 싶지 않다. 반 친구들의 마음도 노력도 미래도 헛되이 하고 싶지 않다.

같은 생각을 하는 동료와 밤늦게까지 이야기하고, 울고 의논하고 갈등하고, 또 울고. 그렇게 도달한 결론이 우리를 위한 부활동을 만든다는 것이었다. 바로 신청해 봤지만 E반에 대한 뿌리 깊은 차별 의식이 있는 학생회가 그렇게 쉽게 이야기를 들어줄 리가 없었다.

그 대책을 짜는 과정에 또 '그'와 함께 하게 되었는데.

입학식 때와 비교해서 살을 꽤 많이 빼서인지 왠지 믿음직해 보였다. 갈등하고 괴로워하는 반 친구들의 모습과는 달리 표표하고 종잡을 수 없는 분위기는 그대로. 리사도 그런 느낌이지만, 소타는 엄청나게라는 수식어가 붙을 정도로 생각이 긍정적일지도 모른다.

그리고 스트레스 해소로 같이 던전에 가게 되었는데— 그렇다. 여기까지는 이상할 것 없다.

그런데 언제부턴가 좋은 사냥터 이야기가 나오고. 계약 마법서 이야기를 하게 되고. 급기야는 게이트라고 하는 수상한 것에 대해 이야기하게 되었다. 리사와 소타, 둘이서 날 놀리는 게 아닌지 의심했지만, 아마 이야기는 사실일지도 모른다.

▼//////////////////////

멀리 흙먼지를 일으키면서 달리는 오크 로드. 그 뒤로는 어쩌면 세 자릿수는 되지 않을까 싶은 숫자의 오크들. 선두에는 천천히 뛰는 자세인데, 비정상적인 수준의 속도를 내는 소타가 있었다. 그런 속도로 다리를 건너면 크게 흔들릴 텐데, 거의 흔들지 않고 미끄러지듯이 건너는 건 무슨 마법인 걸까.

"내가 신호를 줄 테니까 타이밍 맞춰!"

얼마 지나지 않아 길이 50m 정도의 큰 흔들다리에 오크 집단이 시끄러운 울음소리를 내며 앞다투어 난폭하게 밀어닥쳤다. 다리가 가로세로로 크게 흔들려 몇 마리가 튕겨 나가며 떨어졌지만, 그래도 다리 위에 수십 마리는 있었다.

선두에는 어떻게든 소타에게 일격을 가하려는 흉악한 얼굴의 오크 로드가 눈에 핏발을 세우고 있었다. 상급 모험가만 상대할 수 있다는 말도 납득이 가는 풍격. 그것이 벌써 눈앞에 육박해 있었다. 숨쉬는 소리가 들리기 시작한 그때—

"지금이야! 끊어!"

공포 때문에 몸이 움츠러들 것 같았지만 와이어를 끊었다. 로프의 장력이 무너지고 단말마와 함께 다리와 통째로 낙하해 가는 오크들. 10초 정도 지나자 강렬한 레벨업 증상이 나타나 가슴속이 불타는 듯이 뜨거워져 숨이 막힐 것만 같았다.

"으으…… 지금 걸로 레벨이 오른 거야……?"

"나도 레벨이 오른 것 같아~."

한 번에 방대한 양의 경험치가 흘러 들어와서 괴로워져 나도 모르게 몸을 앞으로 숙였다. 리사를 보니 승리의 포즈를 취하고 빙긋 웃으며 기뻐하고 있었다.

"흠. 레벨 5가 된 것 같네."

소타가 《간이감정》을 썼는지 누군가가 마음속을 들여다보는 듯한 느낌이 들었다. 나도 그 《간이감정》을 배웠다는 것은 적어도 레벨 5 이상이 되었다는 뜻이다.

로프를 자르기만 해도 레벨이 오르다니, 너무 대단해! 그만한 수의 오크를 잡으면 오른다는 건 알지만…… 오크 로드의 성질을 이용해서 다리와 함께 떨어뜨리는 건 대체 누가 생각했을까.

소타는 우리에게 경험치가 제대로 들어온 것을 확인하자 기지개를 한 번 켜고는 '시끄러우니까 청소하고 올게'라며 어딘가로 힘차게 달려갔다. 골짜기 건너편에는 다리 위에 오르지 못한 수십 마리의 오크가 꾸르륵거리는 울음소리로 우리를 위협하고 메아리를 일으켰다.

저만한 수의 오크를 '청소한다' 하니 뭔가 또 특별한 방법이라도 쓰는지 보고 있으니 멀리 돌아서 넘어간 소타는 그대로 똑바로 오크 집단 속으로 돌진해 버렸다!

그때 소타가 얼마나 강한지 엿보였는데. 솔직히 말해서 난 무슨 일이 일어나고 있는지 이해가 잘 안 됐다.

사방팔방에서 내려치는 오크의 참격을 피하는 움직임이 너무 빨라서 어떻게 피하는지 보이지도 않고, 무기를 휘두르는 공격 속도도 너무 빨라 팔꿈치 아래로는 흐릿해서 알 수가 없었다.

전투 방식도 검극 수업에서 배운 '기본적인 전술'과는 동떨어져 있었다.

일반적인 다대일 전술은 어떻게 포위당하지 않도록, 그리고 사각을 보이지 않도록 항상 움직이면서 싸우는 것이 중요하다고 들었는데. 소타는 오크 집단의 중심에 자리 잡고 사방에서 공격이 쏟아지는 위치에서 거의 움직이지 않고 싸웠다.

그런데도 오크들의 공격은 한 대도 명중하지 않고, 오히려 소타가 휘두르는 검의 궤적에 빨려 들어가듯이 차례차례 베였다. 오크의 움직임을 유도하고 있나? 어떤 고유 무술인 걸까. 어쨌든 아무런 망설임도 없이 저런 전술을 실행할 수 있는 건 레벨 차이가 크기 때문일 것이다.

그 증거로 살찐 오크의 거구를 딱히 힘을 들인 것처럼 보이지 않는 휘두르기로 베어 버리고 있었다. 상당한 STR이 없으면 할 수 없는 곡예다. 저 검도 결코 가볍지는 않을 텐데 마치 나무토막을 다루는 것처럼 휘둘렀다.

결투 소동 때 본 아카기보다도, 그때 상대였던 카리야와 비교해도 골짜기 건너편에서 싸우고 있는 소타의 전투력은 차원이 달랐다. 저 정도의 실력이라면 무리하게 드러낼 필요가 없는 것도 납득이 간다.

그 후에는 소타의 동생—카노라고 하는데 소타에게 뒤지지 않을 정도로 강했다!—이 합류하여 다리 끊기라는 방식으로 몇 번이나 대량의 오크를 잡았다. 로프를 자르는 것만으로 수십 마리의 오크들이 소리를 지르며 일제히 떨어지는 모습은 몇 번을 봐도 심장에 좋지 않았다.

언제부턴가 카노와 소타 중 누가 더 많은 오크를 데리고 오는지 승부를 겨루게 되었다. 소타가 150마리 정도를 데려오는데 성공하자 다음 차례인 카노가 질세라 오크 200마리 정도를 소환시켰을 때 오크 로드의 MP가 다 떨어져 도중에 쓰러져 버리는 해프닝도 일어났다.

그 덕에 겨우 몇 시간 만에 내 레벨은 6까지 상승. 레벨 6은 내가 여름방학을 전부 써서 열심히 던전에 가야 겨우 도달할까 말까 한 목표 레벨이었는데, 이렇게 간단하게……. 그것도 대부분의 시간을 담소를 나누면서 도달할 줄은 생각지도 못했다.

오늘의 다이브는 놀랄 일이 너무 많아서, 그리고 우스워서 학교에서 느낀 암울한 기분이 어딘가로 날아가 버렸다. 오랜만에 진심으로 웃은 것 같다. 소타도 이렇게 재밌는 사람이었을 줄이야.

당분간은 같이 갈 약속을 했는데 그들을 따라가면 더 재밌는 것을 볼 수 있다는 느낌이 들었다. 그렇게 생각하자 내 안에 있던 낡고 색이 바랜 세상에 색이 들고 점점 빛나는 것을 느꼈다.

아버지, 어머니, 기다려 줘. 반드시 강해져서 돌아갈 테니까.

다음 오크 로드가 리젠될 때까지는 담소를 나누는 시간이다. 가져온 과자를 먹으면서 실없는 이야기를 하고 있으니―.

"나도 서클에 들어가고 싶어!"

카노가 학교 이야기를 듣고 싶다고 해서 서클을 만든 이야기를 했더니, 자기도 넣어 달라며 떼를 쓰기 시작했다. 완곡하게 거부하자 드러누워서 '던전에 더 가고 싶은데'라는 둥 '오빠는 날 방치할 생각이다'라는 둥 창피하게 이리저리 뒹구는 꼴을 보여 줬다.

모험가 학교의 서클에 외부자, 그것도 던전에 들어갈 수 없는 중학생을 서클에 들여서 어떻게 할 거냐며 설득했지만 마이동풍이었다. 결국에는 1시간 정도 전에 본 사츠키와 리사의 발치에 울면서 매달려 같은 편으로 만드는 재주를 다시 피로하여 또다시 내가 나쁜 놈이 돼버렸다…….

"연습만 하는 거니까 괜찮지 않을까."

"카노한테는 앞으로도 던전에서 신세를 지게 될 테니까. 나도 찬성이려나~?"

"아자~!"

카노는 나와 레벨이 같고 던전에 관한 기밀정보도 많이 공유하고 있다. 앞으로도 던전에 가고 심층을 노린다면 파티를 맺게 될 것이다. 그렇다면 서클의 연습을 통해 친분을 쌓는 편이 안전하고 효율도 좋다는 이론으로 오히려 설득당하고 말았다.

눈물을 글썽이며 두 사람에게 안겨 기뻐하는 내 동생. 응석을 부리게 하면 또 울면서 매달려 억지를 부릴 것 같아 좋을 게 없을 것 같은데. 근데 유난히 사이가 좋네……. 사준 단말기로 연락처를 교환하고 있잖아. 나도 나도~!

동생한테는 눈에 띄지 않게 학교에 들어올 수 있도록 더미 교복과 운동복도 사줬으니, 서클에 참가하는 정도라면 들킬 일도 없을 것이다. 뭐, 가족이 서클 연습에 참가한다고 해도 별 문제는 없겠지.

"서클 이름은 뭐야?"

"그런 건 없어. 반 친구들의 연습의 장으로서 일시적으로 만들 뿐이니까."

"에~ 그럼 이름 붙여 줄게. 샤이닝 컬러즈 같은 건 어때?"

동생이 바로 표절한 것 같은 이름을 제안했다. 기존 클랜명을 비트는 건 좀. 그보다 난 컬러즈에 좋은 이미지가 없단 말이지.

"백화요란 같은 것도 좋을지도~?"

"냥냥 패밀리라던가."

남자인 내가 참가하는데 백화요란이 뭐야…… 참가해도 되는 거지? 그리고 냥냥 패밀리라니. 그런 어정쩡한 이름을 붙이려는 사츠키가 흐름을 가져가는 건 좋지 않으니 나도 제안해두자.

"E반을 위해 있는 서클이니까 E로 시작하는 단어…… Evolve 같은 건 어때."

"E? 음~…… End라던가?"

"E반을 탈출한다는 의미로 Exodus라던가."

"수수께끼의 집단을 의미하는 Enigma는 어떨까~?"

그 후에도 E가 들어간 단어를 늘어놓았지만 느낌이 오는 단어가 나오지 않았다. 일단 임시로 이름을 붙여 'EEE(쓰리이)'가 되었다. 무슨 비밀결사 같지만 서클 신청에도 이름이 필요하니 임시 이름이 있는 것만으로도 잘 된 일이라 생각하자.

"어라? 그러고 보니…… 카노는 몇 살이야?"

몸집이 작은 여중생의 동안을 물끄러미 바라보면서 사츠키가 당연한 의문을 던졌다. 원래라면 모험가 중학교의 학생을 제외하면 고등학생 이상만 던전에 들어가는 허가를 받을 수 있기 때문이다.

이 멤버에게 비밀로 해도 좋을 것이 없으니, 사실은 게이트를 써서 몰래 들어온다고 솔직히 말했다. 내 던전 다이브 계획의 중심은 반 친구가 아니라 가족과 함께 레벨을 올리는 것이다. 그걸 들은 사츠키는 생각하는 바가 있는지 묘하게 순순히 납득해줬다.

"그럼 당분간은 우리끼리 열심히 해야 하려나."

"이 넷이라면 방과 후에 학교에서 훈련하는 것보다 던전에 가는 편이 빠르겠지."

"그래 맞아. 학교 관련 트러블에 대응해 나가기 위해서라도~ 빨리 레벨 20 정도는 되고 싶어~."

"2…… 20?!"

나중에 반 친구들을 불러 멤버를 늘릴 예정이긴 하지만 서클 신청이 접수돼도 실제로 활동할 수 있게 될 때까지 한 달 정도는 걸린다. 그 사이에는 지금 있는 멤버만으로 게이트를 이용한 레벨업에 전념하는 편이 좋을 것이다.

그리고 게임에서는 서클을 만들고 시간이 조금 지나면 상위반과 상급생이 다양한 방해공작을 펼치게 된다. 이쪽 세계에서도 같은 방해가 들어올지 어떨지는 모르겠지만, 대처할 수 있도록 일찌감치 레벨을 올려 두는 게 제일이다.

단말기의 데이터베이스를 보면 학생회나 다른 큰 파벌 녀석들도 레벨 25에는 도달하지 않았으니, 레벨 20 정도면 일단 대항할 수 있을 것이다. 한편 사츠키는 레벨 20이라는 말을 듣고 깜짝 놀랐다. 눈앞에 있는 땅꼬마 동생도 이미 19이니 사츠키도 열심히 하면 금방 따라잡을 수 있을 것이다.

다만 현시점에는 네 사람의 레벨 차이가 크니 사츠키와 리사를 버스로 레벨 15 정도까지 올리면서 나와 카노는 따로 움직여 장비를 맞추는 시간을 가지는 편이 좋을 것이다. 카노도 빨리 새로운 층을 공략하고 싶어 하는 것 같으니 조만간 던전 통화를 벌 수 있는 사냥터에 데려갈까.

"훈련이라 하니 생각났는데. 타치기가 보낸 메일은 봤어?"

"봤어~. 아직 답은 안 했지만."

과자를 베어먹으면서 단말기의 메일을 보여 줬다. 타치기의 제안으로 반 대항전을 위해 몇 번인가 연습회를 연다는 취지가 적혀있었다.

레벨이 생각대로 올라가지 않는 반 친구들을 우선적으로 부르고 있는 듯했고, 데이터베이스에서는 레벨이 3인 채로 표시되고 있는 나와 리사에게 출석 요청 메일이 온 것이다. 사츠키는 레벨이 4로 표시되어 대상자는 아니지만 연락사항으로 메일이 왔다고 한다.

타치기도 반을 위해 움직이고 있다는 걸 알고 기뻐하는 사츠키. 게임의 메인 스토리에서도 사츠키가 퇴학에 내몰렸을 때 가장 슬퍼한 사람이 그였으니 이쪽 세계에서도 서로 믿고 힘을 합치는 미래는 있을 것이다.

"음~ 소타는…… 어떻게 봐도 레벨 3이 아니지."

"나도 사실은 레벨 5였는데~ 갱신 안 했을 뿐이야~."

보통 모험가 학교의 학생은 레벨이 오르면 감정을 받고 학교의 데이터베이스를 갱신하지만, 내 레벨은 귀찮은 일을 불러올 가능성이 있어서 갱신은 하지 않았다. 마찬가지로 앞으로 사츠키도 이렇게 될 것이다.

"앞으로 한동안은 감정은 안 하는 편이 좋을 거야. 레벨이 이상하게 오른다고 추궁당할 거니까."

"하, 하지만 계속 안 하면 안 되지?"

데이터베이스를 갱신하지 않는다는 건 레벨 표시가 계속 4인 그대로라는 뜻이다. 문제가 그뿐이라면 몰라도 정기시험에는 계측을 필요로 하는 과목도 있어서 언젠가 들키게 될 것이라며 사츠키가 걱정했다.

"[시프]로 전직하면 《페이크》라는 스탯 위장 스킬을 배울 수 있으니까 일단은 괜찮아."

"페…… 이크? 그런 스킬이 [시프]한테 있었나."

사츠키는 고개를 갸웃거리면서 단말기의 데이터베이스를 바라봤다. 《페이크》는 [시프]의 직업 레벨을 1 올리기만 해도 배울수 있으니 [캐스터]가 된다고 해도 먼저 배우기를 권해 두자.

(근데 연습회인가. 귀찮네.)

바로 내일부터 한다고 하는데, 레벨은 충분하니 출석하고 싶진 않다. 땡땡이 칠 생각도 했지만 그걸 예상한 카오루가 추가로 '데리러 갈 테니 반드시 오도록'이라며 당부하는 메일이 방금왔다. 도망칠 수 있을 것 같지도 않다.

"난 내일 안 가면 영 좋지 않을 것 같아. 카오루가 집까지 데리러 온다는데."

"흠~. 소타가 가면~ 나도 갈까~?"

"나도 가고 싶어."

연습은 2시간 정도 하고 끝낸다고 하니 깔끔하게 끝내고 오자. 우리를 생각해서 불러 줬으니 일단 얼굴 정도는 내밀자.

그리고 카노, 넌 안 돼.

그 후에도 동생이 생떼를 부리는 걸 몇 번인가 달래면서 다리끊기를 계속했고, 저녁 시간이 되어서 끝내기로 했다. 다음부터는 게이트를 쓸 테니 더 오래 할 수 있을 것이다.

짐을 정리하고 5층의 게이트 방이 있는 곳으로 안내했다. 역시 언제 와도 아무도 없다. 신경 쓰지 않고 게이트에 관한 설명을 대강 하고 마력 등록을 요구하자 계속 단말기를 보고 있던 사츠키가 이상한 말을 했다.

"이 주변은 맵에 안 그려져 있는데, 왜일까."

"어라~? 정말이네~."

나도 단말기로 맵을 열어 확인해 봤다. 확실히 게이트 방 일대가 매핑되어 있지 않았다. 이 단말기에 탑재된 지도는 모험가 길드의 계측 스태프가 작성하여 배포하고 있는 것이다. 5층 입구에서 별로 안 떨어져 있는 이런 곳을 못 보고 넘어가는 일이 있을 수 있을까.

"뭔가 이유가…… 사람이 오지 않도록 무언가 장치되어 있다거나?"

"자자. 오늘은 피곤하니까~ 어려운 얘기는 나중에라도 하자."

문득 생각의 바다에 빠질 뻔했지만, 리사가 한마디 해서 그 자리를 뒤로 하게 되었다. 확실히 여기서 생각할 일도 아닌가.

◢/////////////////////////

"사츠키 언니. 리사 언니. 또 놀아 줘!"

"나야말로!"

"또 보자~ 카노."

서로를 안고, 그 뒤에도 오랫동안 손을 흔들며 헤어지는 것을 아쉬워하는 여성진. 사츠키와 리사 둘 다 기숙사에서 살아서 금방 갈 수 있는 거리에 있다. 시간이 맞으면 마음껏 같이 놀면 된다.

석양을 받아 붉게 물든 교내의 가로수길을 왠지 모르게 힘이 넘치는 동생을 데리고 걸었다.

(그건 그렇고. 오늘은 큰 진전이 있었어.)

그녀들과 파티를 짤 수 있다면 학교의 이벤트도, 던전 공략도 아주 쉬워진다. 동생과도 마음이 잘 맞는 것 같으니 이쯤에서 레벨업을 가속할 계획이라도 세워 둘까.

뜻깊은 던전 다이브에서 돌아와 밥을 먹고 목욕을 하고 앞으로에 대해 생각하며 졸면서 뒹굴거리고 있으니 단말기에 전화가 걸려왔다. 리사한테서 온 전화다.

카노가 전화번호를 교환하고 있을 때 혼란한 틈을 타서 교환을 제안해 무사히 여자 두 명의 번호를 얻는다는 쾌거를 이루었다. 이야, 오빠는 좋은 동생을 둬서 자랑스럽다. 굿잡.

이렇게 나의 쓸쓸한 전화번호부에 가족 이외의 이름이 처음으로 추가되었는데, 언제까지고 감개에 젖어있을 때가 아니니 바로 전화를 받아봤다. 무슨 일일까.

'일어나 있었어~? 미안해~ 밤늦게. 시간 괜찮아~?'

"일어나 있었어. 뒹굴거리고만 있었으니 문제없어."

밤 10시를 넘은 시각. 그럼에도 불구하고 전화 너머에서는 차가 달리는 소리가 들려왔다. 어딘가에서 걸으면서 통화하고 있는 모양이다.

'이런저런 생각을 했더니 신경이 쓰여서. 이 세계의 구조라던가, 던익과의 관련성이라던가, 그런 건 누구와도 이야기한 적 없었지~?'

"……그렇네. 이쪽에 와서 여러 가지를 알아차렸지만, 누군가와 고찰한 것을 맞춰 보고 싶긴 했어."

리사는 느리고 늘어지는 말투로 이야기해서 얼핏 보면 느긋하고 천진난만한 여자처럼 보이지만, 주위를 잘 살피고 날카로운 관찰안을 지닌 굴지의 던익 플레이어이기도 하다. 나는 알아차리지 못한 것을 그녀가 알지도 모른다.

'모처럼 전화번호 교환했으니까~. 이렇게 이야기하는 것도 괜찮지 않을까 싶어서.'

"그래. 말할 내용도 좀 그러니까 그쪽에 가는 편이 좋은가?"

현재 우리가 이미 누군가에게 감시당하고 있을 것 같진 않지만, 전화로 이야기할 내용도 아니다.

'그렇네~ 그럼…… 학교 뒷산에 있는 공원에서 만날까.'

"알았어. 준비하고 바로 갈게."

전화를 끊고 천천히 일어섰다.

(뒷산에 있는 공원이라. 지금 시간에 그곳은…….)

학교의 뒷산은 경치를 구경할 수 있는 공원이 조성되어 있어 밤에는 모험가 학교와 그 주변의 거리를 한눈에 바라볼 수 있는 데이트 장소로도 유명하다. 그런 곳에서 예쁜 여자아이—내용물은 좀 그렇지만—와 단둘. 나 좀 두근거리기 시작했다고.

묘하게 들뜨면서 서둘러 옷을 갈아입었다. 리사랑 만나니까 혹시 모르니 **그것**도 가지고 갈까.

삐걱이는 계단을 내려와 현관으로 가니 잠옷을 입은 어머니가 마스크팩을 한 채 걷고 있었다.

"어머, 나가는 거야?"

"잠깐 밖에. 열쇠는 가지고 갈게."

손을 팔랑팔랑 흔들고 '조심해~'라고 말하고는 냉장고를 뒤지기 시작했다. 오늘도 우리집은 평화롭다.

자 그럼. 이런 시간이니 리사를 너무 기다리게 하고 싶진 않다. 빨리 걸어서 가자.

▰//////////////////////

원래는 높이가 200m 가까이 됐던 산도 산기슭에 던전이 나타나 80m 정도까지 깎여 작아지고 말았다. 그래도 정상은 나름대로 전망이 좋아 전망대와 레스토랑도 있어서 낮에는 가족 동반객, 밤에는 커플들의 쉼터로서 꾸준히 사랑받고 있다.

정상까지는 하이킹 코스 같은 언덕길이 정비되어 있었고, 나는 밤의 장막 속에서 열심히 올라갔다. 도중에 꽁냥거리듯이 손을 잡고 걷는 커플과 엇갈렸는데, 오늘밤은 기분이 좋으니 폭발하라고 소원을 빌지는 않겠다.

이래저래 해서 오르기 시작한 지 10분 정도. 밤은 이미 깊어져 심야라 해도 좋은 시간. 평소에는 많은 사람이 방문하는 이 공원 역시 인적이 드물어 이야기를 하기에는 적당하게 조용했다.

"공원 벤치에 있다고 했는데…… 아, 찾았다."

멋진 볼라드 조명에 아련하게 비치는 밤의 공원을 둘러보니, 바로 나를 찾은 리사가 조심스럽게 손을 흔들고 있었다. 셔링이 예쁜 갈색 블라우스에 캐주얼한 베이지색 와이드팬츠. 원래부터 외모가 어른스러워서인지 차분한 분위기를 자아냈다. 평소에는 사복을 못 보니 다소 허둥거리게 되는 건 어쩔 수 없는 일이다.

"일찍 왔네~. 좀 더 걸릴 줄 알았는데."

"운동 삼아서 빠른 걸음으로 왔으니까."

기분이 좋은지 리사는 생글생글 웃으면서 벤치에 앉으라고 권했다. 이곳은 매직 필드 범위 밖이라 육체 강화는 적용되지 않아서 자신의 근육으로만 올라서 적당한 피로감이 느껴졌다. 마침 앉고 싶었으니 사양하지 않고 앉기로 했다.

"미안해~ 이런 시간에. 좀 신경 쓰이는 일이 있어서 잠이 안 들어서."

"신경 쓰이는 일이라면 나도 있었어. 그리고 이야기하려면 장소랑 타이밍을 정하기 어려우니까 딱 좋아."

나도 리사도 '이세계'에서 온 몇 안 되는 플레이어라는 입장에 있다. 원래 세계나 던익 이야기는 믿을 수 있는 가족에게도 할 수 없지만 리사와는 할 수 있다. 만약 같은 처지인 사람이 있다면 여러 이야기를 해보고 싶다고 생각하고 있었다.

"후훗. 학교에서는 시시한 이야기는 했지만~ 서로의 정체를 안 뒤에는 제대로 이야기한 적이 없었으니까. 게임 속에서는 그런 관계였는데…… 이상해."

별이 깔린 밤하늘을 보면서 리사가 게임에서의 관계를 떠올리고 차분하게 말했다. '눈만 맞으면 사생결단'을 벌이는 극도의 적대관계였던 두 사람이, 이런 특이한 상황에 휘말려 벤치에 앉

아 서로 의논하는 것도 확실히 이상한 상황이고 뭔가 웃기기도 했다.

나도 밤하늘을 올려다봤지만 거리의 불빛 때문에 일등성조차 거의 보이지 않았다. 여긴 야경이라면 몰라도 별이 깔린 하늘을 보기에는 그다지 좋은 곳이 아닌 것 같다.

한숨 돌린 것을 본 리사는 하고 싶은 이야기는 있냐며 물어봤다. 뭐, 지금은 레이디 퍼스트로 시작은 리사에게 양보하자.

"고마워. 그럼 일단은~ 역시 오늘 게이트에서 일어난 일에 대해서라도 이야기할까."

"게이트 방이 지도에 안 실려 있었다는 얘기 말이지."

모험가 길드가 많은 인원을 투입해 제작하고 배포하고 있는 던전의 지도. 그 지도에는 게이트 방이 있는 곳이 안 실려 있었다. 언뜻 보기에 그렇게까지 신경 쓸 일도 아닌 것처럼 느껴지지만, 역시 리사도 신경 쓰였던 모양이다.

5층의 게이트 방은 모험가가 많이 있는 입구에서 그리 멀지 않으며 사냥을 하고 있어도 이상할 것 없는 곳에 있다. 그런데도 언제 가도 사람의 모습이 보이지 않을 뿐만 아니라 배포된 지도에도 실려 있지 않았다. 그렇다면―.

"게이트 방 일대에 사람이 다가오지 못하게 하는 뭔가가 있다거나?"

"나도 그렇게 생각했는데~. 그렇다면 왜 우리 플레이어와 게이트의 비밀을 안 사츠키와 카노에겐 효과가 없는 걸까."

"……게이트를 인식했는지 안 했는지가 관계되어 있을지도."

게이트라는 현상을 인식하고 있는 것이 접근 방지를 돌파하는 열쇠일 가능성. 그런 경우라면 걸려있는 마법은 인식저해 계열인 걸까.

"게이트만 그렇다면 접근 방지 같은 걸 생각하게 되지~. 하지만 아직 인식에 대해 이상한 것이 있어."

그게 뭐냐고 물어보니, 사츠키가 《페이크》의 존재를 몰랐다는 것이었다. 《페이크》는 [시프]로 전직하고 맨 처음 배우는 스킬인데 모험가 학교의 학생, 그것도 학문을 좋아하는 사츠키가 모른다는 건 있을 수 없는 일이다.

혹시 《페이크》라는 스킬은 보편적이지 않은 것이 아닐까 싶어서 모험가 길드의 도서실에서 조사해 보니, 역시 어디에도 그에 대한 설명은 없었다고 한다. 그리고 일반적인 [시프] 직업을 가지고 있는 모험가도 《페이크》를 획득하지 않았다고 한다.

그러한 사실들로 생각할 수 있는 것은 스킬을 습득할 때, 그 스킬이 존재한다는 인식이 필요한 것이 아닐까. 존재한다고 생각하지 않으면 없는 것이 되는, 그런 시스템이 이 세계에 있는 것이 아닐까 하고 리사는 추측했다.

"그렇군, 반대로 인식만 하면 카노처럼 《스킬 칸+3》을 습득하거나 혼자서 게이트 방에 갈 수 있게 되는 것도 그 추측이라면 설명이 돼."

"《페이크》에 《스킬 칸+3》, 게이트. 인식이 필요한 것은 그 외에도 많이 있을 것 같네~."

보편적으로 알려져 있는 것과 알려져 있지 않은 것. 대체 어떤 차이가 있는 것인가. 하지만 이는 대충 예상이 된다.

"서비스를 시작할 때 있었던 것은 인식이 필요하지 않고, 업데이트 된 것은 인식이 필요한 패턴인가."

"응. 그럴 가능성이 높겠지~."

이 세계 사람들의 던전에 관한 상식과 지식은 던익 서비스 시작 시점에 구현되어 있던 것에 가깝다. 초창기부터 있었던 직업과 스킬은 이 세계에서도 널리 알려진 것과 대체로 일치한다.

한편 《페이크》, 《스킬 칸+3》, 게이트 방과 슬라임 방 등은 서비스 시작 이후로 시간이 조금 지나고 추가된 컨텐츠다. 이 세계의 주민들은 그러한 정보를 모르거나 인식하고 있어도 정보가 제한되어 일부 사람만이 알거나, 독점당해 일반 사회에는 숨겨져 있다.

서비스 시작 때의 던익도, 우리가 이쪽 세계에 오기 직전의 업데이트가 많이 된 던익도 이쪽에서는 똑같은 하나의 세계. 어느 쪽을 내포해도 앞뒤가 맞듯이, 이런 **인식**이라는 수단으로 차별화 됐을지도 모른다.

"후훗. 어떤 정보를 보여 줘도 되고, 안 되는지. 이제 조금은 판단하기 쉬워졌으려나~?"

"전 플레이어의 무기가 무엇인지도 판단하기 쉬워지겠네."

우리 던익 플레이어에겐 매뉴얼 발동과 게임을 할 때 쓰던 캐릭터의 스킬을 쓸 수 있는 등, 다양한 치트가 있다는 건 알고 있었다. 하지만 업데이트된 모든 것이 플레이어의 무기가 될 수 있다는 사실은 이후에 행동할 때 새로운 지침이 될 수 있다. 하지만—.

"……《페이크》에 관해서는 좀 곤란한 문제가 있어."

"무슨 일이야~?"

요전에 모험가 랭크 승격 시험 때 만난 '쿠노이치 레드'의 가슴 씨…… 쿠노이치 씨다. 이름은 아직 모른다. 그녀는 거의 틀림없이 《페이크》를 쓰고 있었다. 동시에 내가 《페이크》를 사용하고 있는 것에 큰 관심을 보였다.

아마 《페이크》는 아까 이야기한 예측대로 일반적으로는 알려지지 않았으며 쿠노이치 레드 같은 특수한 입장에 있는 자만이 정보를 독점하고 있는 스킬일 것이다. 그건 굉장히 좋은 특권일 것이다.

힘이나 능력을 위장할 수 있다면, 그리고 위장을 의심하는 자가 없는 상황이라면 상대의 방심을 유도하고 싶은 대로 유도할 수 있다. 전투나 공작 활동을 할 때도 큰 이점이 될 것이다.

그런 특별한 스킬을 아주 평범한 남고생이 소지하고 있다면 어떻게 생각할까.

다음날에는 클랜 파티 초대장이 쿠스노키 키라라—이하 키라라—를 통해서 왔는데, 그 이유가 조금은 이해된 듯한 느낌이 들었다.

"그 클랜 파티는 언제 있어?"

"반 대항전이 끝났을 때쯤이야. 참가할 예정이었는데, 역시 신상에 안 좋겠지."

자기들만이 알고 있을 터인 극비정보가 알려져 있다. 어쩌면 날 위험하다고 생각하고 있을지도 모른다. 쿠노이치 레드의 움직임은 경계해야 하나.

"이미 소타랑 가족에 대해 철저하게 조사하고 있을 거야."

"그렇게 조사한 후에 나랑 직접 면담하고 싶은 건가."

"애초에 소타는 쿠노이치 레드라는 클랜을 어느 정도까지 알고 있어?"

표면상으로는 화려하고 색기가 가득한 [시프] 클랜이라는 것. 클랜 리더인 미카미 하루카는 연예계에서도 자주 화제에 오르는 유명인. 하지만 뒤에서는 모험가 길드나 정부의 의뢰를 받을 정도의 상급 클랜. 그 쿠노이치 씨도 그렇게 말했었다.

"던익에서는 산죠의 메인 스토리에도 등장해. 적으로 말이지."

"……적인가. BL모드로 해본 적 없어서 몰랐는데."

키라라가 산죠와 같은 편이 되어 도와주는 캐릭터라는 건 알고 있어서 그녀가 소속된 쿠노이치 레드에도 왠지 모르게 좋은 이미지를 가지고 있었다. 초대장의 내용이나 키라라의 대응을 봐도 그렇게 위험한 느낌이 들지 않았다는 이유도 있다.

하지만 리사의 말에 의하면 쿠노이치 레드는 국가와 전통을 중시하는 아주 보수적인 클랜이며 국가와 전통을 위협한다고 판단하면 가차 없이 공격을 가한다고 한다. 그런 클랜의 본거지에 정말로 혼자서 갈 거냐고 물어도…….

"정식 초대장을 무시하고 언제까지고 도망치는 것도 좀 그렇고. 어떻게 해야 할까……."

"갑자기 위해를 가하는 일은 없을 것 같은데~. 그럴 거면 이미 습격했을 거고."

게임에서의 쿠노이치 레드를 생각하면, 나한테서 억지로라도 정보를 빼내거나 봉쇄하고 싶다면 주저 없이 신속하게 행동을 했을 것이다. 느긋하게 초대장을 보내 환영하는 방식을 취했으니 공격한다는 생각은 없다는 뜻이다.

아마 맨 처음에 내 뒤에 어떤 조직이 있는지 조사라도 했을 것이다. 하지만 그런 건 없으니 나올 리가 없다. 그래서 쿠노이치 레드는 신중하게 대화할 기회를 마련해 슬쩍 떠보고 싶다고 생각했을지도 모른다.

"일단 얼굴은 내밀 거지만, 적당히 준비는 하고 갈까."

전투가 벌어질 가능성은…… 낮겠지만 부정도 할 수 없다. 혹시 모르니 클랜 파티 날에는 가족을 던전에라도 보내는 편이 좋으려나.

"그럼~. 나를 버스 태워 줬으니, 답례로 **좋은 걸** 가르쳐 줄까. 어쩌면 도움이 될지도?"

후훗 하고 작게 웃더니 팔을 앞으로 내밀고 뭔가를 그리기 시작했다. 무엇을 하는가 싶었는데, 매직 필드 바깥임에도 불구하고 갑자기 스킬을 해방하기 시작했다.

제25장 ✦ 한밤중의 밀회 ②

날을 넘겨 고요한 공원에서 리사가 매직 필드 바깥임에도 불구하고 《오라》를 발동했다.

"그 반응을 보니 이미 알고 있었던 것 같네~."

"게임에서도 됐던 건, 이쪽 세계에서도 우선 시험했으니까."

보통 육체 강화와 스킬은 던전 안이나 입구에서 150m 이내의 매직 필드 안이 아니면 효과가 나타나지 않으며 발동도 하지 않는다. 인위적으로 만들어진 매직 필드 —AMF(Artificial Magic Field)— 생성 기능이 있는 마도구를 사용하면 어디서든 매직 필드를 만들어 낼 수 있지만 AMF마도구의 소지 · 사용은 정부에 의해 엄격하게 제한되어 있어 우리도 그리 쉽게 쓸 수는 없다.

하지만 《오라》만은 매뉴얼 발동 한정으로 매직 필드 밖에서도 사용이 가능하다. 게다가 《오라》를 계속 발동하면 자기 주변에 마소가 차올라 짧은 시간이지만 육체 강화가 되고 스킬을 쓸 수 있는 유사 매직 필드가 된다. 이 AMF는 던익의 숨겨진 기술 같은 것인데 플레이어라면 대부분은 알고 있는 것이다.

"그럼…… 이건 알고 있을까~?"

리사가 천천히 눈을 감자 주위에 녹아들어 갑자기 사라진—듯한 착각에 빠졌다. 바로 눈앞에 소녀가 분명히 있음에도 불구하고 집중해서 잘 보려고 하지 않으면 존재를 알아차릴 수 없게 되는 이상한 사태. 이건 기척을 저하시키는 《하이드》가 아니라 주위에서 존재감도 시인성도 크게 저하시키는 《인비저블》인가.

스크롤이나 매직 아이템을 쓴 흔적은 없다. 그런데도 상급직의 스킬을 발동하고 있다는 것은 게임을 할 때 쓴 캐릭터가 배운 것인가.

"이 스킬은 게임을 할 때는 안 배웠다~?"

"그럼 어떻게 배운 거야."

게임을 할 때 배우지 않았다면, 이 세계에서 새로 습득했다는 것이다. 상급직으로 전직하려면 레벨 20 이상이라는 조건이 있는데도 말이다.

"게임을 할 때는 《오라》의 양 같은 건 조절 못 했지만~, 이 세계에서라면 가능하다는 걸 깨달았어. 《인비저블》은 몸 전체에서 흘러나오는 《오라》를 주위와 완전히 동조시키면……."

다시 눈앞에 있는 소녀의 존재가 희박해졌다. 참고로 게임과 마찬가지로 말하거나 움직이거나 하면 풀리는 모양이다.

리사의 말에 따르면 《오라》는 부딪치듯이 한 번에 방출하면 위압이 되고, 방출량을 일정하게 맞추고 주위의 마소와 융화시키면 《인비저블》이, 완전히 닫아서 마력이 새는 것을 막으면 《하이드》가 된다고 한다. 새로운 방식의 매뉴얼 발동 스킬인 걸까. 하지만—.

"그 정도라면 이쪽 세계의 모험가라도 시험해 본 적이 있을 텐데…… 아아, 그런가. 이것도 스킬로서 발동시키려면 **인식**이 필요한가."

"《인비저블》이라는 것을 모르면 《오라》의 양이나 흐름을 어떻게 조절한다고 해도 존재감을 지운다는 효력은 발휘되지 않는 것 같아~. 스킬로 습득하는 것도 불가능할걸?"

스킬의 움직임이나 마력의 흐름을 단순히 흉내 내기만 해서는 효력은 발생하지 않는다. 예를 들어 단순한 횡베기와 [사무라이]의 《거합》의 모션이 설령 같다고 하더라도 스킬이냐 아니냐에 따라 공격력 보정과 절단력이 현격히 달라진다. 《인비저블》도 흉내 내기만 해서는 스킬의 효력이 생기지 않을 것이라는 게 리사의 예측이다.

참고로 이 스킬 발동법은 상당한 집중력이 필요해서 전투를 할 때는 추천하지 않는다고 한다. 쓸 것이라면 안전지대에서 쓰거나 스킬 칸에 한 번 넣어서 오토 발동하는 편이 좋을 것 같다.

그래도 이 방식으로 《오라》 계열 스킬이 발동되고 터득까지 할 수 있다는 건 큰 정보라 할 수 있다. 나도 시험 삼아 해볼까.

우선은 《오라》인데, 매뉴얼 발동은 모션 스킬이 아니라 마법진 입력이다. 먼저 전면을 손바닥으로 훑고 그 후에 마력을 소량 방출하면서 천천히 원을 그렸다. 그러자 《오라》가 몸속에서 솟아났다. 이대로 방출을 계속하면 내 주위가 일정 시간 매직 필드가 된다. 리사가 이미 이곳을 유사 매직 필드로 만들어 놔서 내가 발동해도 의미는 없지만.

다음으로 방출량을 조절해 봤다. 《인비저블》은 주위의 마소에 《오라》를 융화시켜야 한다는데…… 몸에서 흘러나오는 《오라》를 균일하게 방출하는 건 고사하고 조절하는 것조차 잘 안 됐다. 어떻게 하는 거지.

"뭔가 요령이 있는가?"

"방출량 조절은 꽤 어렵지~. 몇 번이나 연습해야 해~."

잠깐 한 것만으로는 방출량을 자유자재로 조절하는 곡예를 부리는 건 간단하지 않다는 것을 깨달았다. 그렇다고 해서 오래 연습하려고 하면 MP 고갈을 일으킬 것만 같다.

"먼저 《메디테이션》부터 연습하는 편이 좋으려나~?"

"확실히 그게 되면 계속 할 수 있을지도 모르지만……."

《메디테이션》은 스킬 사용 중에 MP를 지속적으로 회복하는 우수한 스킬이다. 고렙 플레이어가 일부러 스킬 칸에 넣을 정도의 스킬은 아니지만 MP량이 적고 고갈되기 쉬운 저렙 구간에서는 유용하게 쓰인다. [캐스터]의 직업 레벨을 최대까지 올리면 배울 수 있는데, 그걸 금방 배울 수 있다는 건 낭보다.

눈을 감고 단전 주변에서 《오라》를 빙글빙글 순환시키면 《메디테이션》이 된다……고 쉽게 말하지만 역시 어렵다. 《오라》라는 지금까지 없었던 것을 이런 단시간에 자유자재로 다루고 많은 스킬을 터득한 리사가 놀라울 따름이다. 혹시 재능 차이 같은 게 있는 걸까.

그런 그녀는 천천히 숨을 내쉬고 자조하듯이 웃음을 흘렸다.

"내가 오라 계열 스킬을 열심히 연습한 데는 이유가 있는데~. 어쩌면 소타도 똑같지 않을까~ 싶어서."

"똑같다니?"

"안 좋은 초기 스킬을 가지고 있었어."

안 좋은…… 역시 리사도 가지고 있었나.

"감정 아이템으로 봐도 돼?"

"응. **지금이라면** 괜찮아."

어쩌면 나의 《대식가》처럼 리사도 특수한 스킬이 있을지도 모른다고 생각해서 감정 아이템을 준비해 왔다. 바로 스킬 칸을 보니—.

"《간이감정》에…… 《발정기》인가. 정말 위험해 보이는 스킬명이네."

내 《대식가》에 리사의 《발정기》. 이 스킬들은 플레이어에 대한 저주가 아닐까 하고 의심했다. 나 같은 경우에는 STR과 AGI가 대폭 떨어져서 운동능력 저하와 상시 식욕 증대라는 디버프가 걸려있다. 리사는…… 일단 스킬의 내용을 보자.

"레벨업 시에 MP와 AGI 상승치에 플러스 보정, 성욕 증대, HP −30%, VIT −50% 《색욕》으로 업그레이드 가능…… 이거 심하네."

레벨업 시의 보정은 좋다. 하지만 가장 중요한 항목인 HP와 VIT 저하에 더해 '성욕 증대'……. 어느 정도의 성욕 증대인지는 모르겠지만, 만약 내 식욕 증대와 동등한 수준으로 강렬하게 작용한다면 아주 좋지 못할 것 같다는 느낌이 들었다.

"성욕 증대는 한마디로 말하자면 24시간 계~속 발정이 난 것과 같은 상태였어. 이 스킬 때문에 입학 초기의 난 제대로 생활할 수 없을 정도로 정신적으로 몰려 있었다구~?"

지금이니까 말할 수 있다며 빙긋 웃으며 말했다. 확실히 이런 스킬이 상시 발동하고 있으면 미쳐버릴 것 같다. 특히 여자가 성욕 증대로 고통 받는다는 건 여러 의미에서 위험을 동반할지도 모른다.

　나도 그렇지만 이 초기 스킬은 매직 필드 밖에서도 묻지도 따지도 않고 작용한다. 도망칠 곳이 어디에도 없는 것이다.

　한시라도 빨리 《발정기》를 지우고 싶다. 그 수단으로 가장 먼저 떠오른 것이 전직해서 새 스킬을 배워 덮어쓰는 것. 하지만 정신적으로 몰려있는 상황에 몇 주나 한가하게 던전 다이브 할 여유 따위는 없다. 막막해서 의욕을 잃었다고 한다.

　"그래서 있지~ 조금이라도 정신을 진정시키려고 시간이 있을 때는 던전에 들어가서 명상을 하고 있었어~."

　원래 세계에서도, 그리고 이쪽 세계에서도 뭔가 걱정거리나 고민거리가 있을 때는 명상을 했다고 한다. 그러던 와중에 《오라》를 가지고 놀다보니 배 부근에 뭔가가 걸리는 느낌을 받았고, 우연히 《메디테이션》을 습득. 그 후로 《오라》의 흐름으로 뭔가를 하는 스킬이라면 다른 것도 배울 수 있을지도 모른다고 생각하여 이것저것 시험해봤다고 한다.

　"그렇게 해서 배운 게 《인비저블》이랑 《하이드》, 《메디테이션》인데~."

　연습해도 안 되는 스킬이 대부분이라 오라 계열 스킬이라면 《드래곤 오라》, 《세이크리드 오라》, 《마투술》 등도 전부 실패로 끝났다고 한다. 이런 스킬들은 단순히 《오라》의 흐름이나 방출량을 바꾸면 되는 게 아닌 모양이라 자세한 습득 조건은 아직 수수께끼가 많다고 한다.

"그렇게 배웠는데 초기 스킬은 덮어쓸 수 없었어?"

"응, 덮어쓰기 불가인 것 같아. 소타도 아마 덮어쓸 수 없을 거야."

뭐, 왠지 모르게 그런 느낌은 들었다. 게임 지식에 해당하지 않는 데다가 원래 플레이어였던 사람에게만 있는 디메리트가 큰 초기 스킬. 여러 가지 비밀이 있을 것 같다.

"그래도~ 마지막 희망이었던 《플렉시블 오라》는 배울 수 있었어."

《플렉시블 오라》는 상태이상을 경감, 또는 걸리기 어렵게 하는 대 디버프 스킬이다. 이 스킬로 발정이라는 디버프 효과를 약하게 만들어 겨우 평온한 일상을 보낼 수 있게 되었다며 깊은 한숨을 쉬면서 말했다.

하지만 발정은 의외로 강력한 디버프인지 하루에 몇 번 걸지 않으면 억누를 수 없다고 한다. 그래도 조금이라도 억제됐다면 나의 《대식가》의 식욕 증대에도 효과가 있을지도 모른다.

그리고 신경 쓰이는 문제는 아직도 있다. 이 초기 스킬은 상위 스킬로 **승격이 가능**하다는 점이다.

"우리가 가지고 있는 초기 스킬은 '자격자'라는 걸 쓰러뜨려서 상위 스킬로 승격이 가능한데…… 어떻게 생각해?"

"감정했을 때 승격 조건이 보였지. 그 자격자라는 건 잘 모르겠지만, 상위 스킬로 승격시키면 디메리트도 더 커질지도 몰라."

감정 완드로도 승격한 후의 스킬 효과까지는 알 수 없었다. 현재 상태로도 위험할 정도의 디버프 효과가 붙어있는데, 이 이상으로 심해지면 감당할 수 없을 것이다. 더 상위의 감정 마법으로 스킬 효과를 확인하거나 강력한 대 디버프 장비를 얻을 때까지는 승격을 안 하는 것이 현명하다.

그리고 자격자란 무엇인지―.

"난 어째 승격 조건을 만족한 것 같은데."

"어? 자격자라는 걸 쓰러뜨렸어?"

"아마 그 녀석을 쓰러뜨렸을 때였을 거야. 그 외에는 생각할 수 없어."

칠흑의 《오라》와 심상치 않은 살의를 내뿜는 유니크 보스, 볼게무트. 그 녀석과의 사투는 지금도 선명하게 기억하고 있다.

"엄청 강했나 보네~. 근데 자격자라는 건 우리 같은 전 플레이어일 줄 알았는데 아닌 걸까."

"그 부분 말인데, 그 녀석과 싸웠을 때를 지금 다시 생각해 보면……."

언데드 몬스터답지 않은 감정 기복. 상대와의 간격과 스킬 특성을 숙지하고 있었고, 다양한 방법으로 페인트를 거는 데다가 내 공격을 유도해서 카운터까지 노렸다. 마치 던익 세계의 실전 경험이 풍부한 PKK, 혹은 투기장의 랭커와 싸운 듯한 감각. 그렇게 영리하고 교활한 몬스터라는 존재도 냉정하게 생각해 보면 이상하다는 걸 알 수 있다.

"소타가 그런 말을 하게 만들 정도구나~. 하지만 그런 몬스터가 있다면."

"싸우는 방식만 보면 꼭 던익 플레이어 같았어."

볼게무트는 플레이어였는가.

단정할 수 있는 재료는 없지만, 감이 그렇게 속삭였다. 하지만 그렇다면 플레이어의 전이는 학교의 학생뿐만 아니라 몬스터 측에도 적용된다는 무시무시한 가능성이 떠오른다.

게임이었던 세계에 우리가 존재하고 있을 정도다. 무슨 일이 일어나도 이상할 것 없다. 하지만 만약 '정신을 차리고 보니 언데드였습니다' 라는 상황이 벌어지면 나는 과연 제정신을 유지할 수 있을까.

"던전에서 그런 거랑 만나고 전투가 벌어지면 성가시지~. 최후의 수단을 쓴다고 해도 사투는 피할 수 없어."

"게임 지식에 없는 몬스터를 만나면 주의해야 해. 신종 몬스터보다는 자격자일 가능성을 의심하는 편이 좋아."

볼게무트는 막 깨어나서인지 움직임에 느릿한 부분이 있었고 플레이어 시절의 스킬도 쓰지 않았다. 그래도 충분히 대인전에 익숙했고, 돌발적으로 전투가 벌어졌다면 더할 나위 없이 골치 아팠을 것이다.

"초기 스킬 승격을 노리고 플레이어끼리 싸우지 않으면 좋겠는데……."

"그건 우려할 만한 일이야."

자격자라는 것이 특정 몬스터를 말하는 것이면 상관없다. 하지만 전 플레이어를 의미한다면, 스킬 승격을 두고 서로를 죽일 이유가 생겨나고 만다. 그걸 저지할 어떤 대책을 마련해 두고 싶다.

예를 들면 구속력이 있는 계약 마법으로 싸움을 막는다거나,

빨리 레벨업을 해서 다른 플레이어보다 강해져 우리가 억지력이 된다거나, 서로 공격하지 않도록 감시하는 규칙을 만든다거나. 어떤 방법이든 시간이 걸리고, 애초에 플레이어가 누구이며 어느 정도로 강한지를 모르면 의미가 없다.

"근데 몇 명의 플레이어가 이쪽에 와 있을까. 생각보다 많은려나?"

"테스터 모집 이벤트의 난이도를 생각하면 클리어한 사람은 그리 많지 않을 것 같지만…… 그래도."

입술에 검지를 대고 장난스럽게 씨익 웃는 리사.

"……딱 한 명은 알고 있는데~?"

"지각이다~ 지각~."

지각이라 해도 오늘은 휴일. 휴일이라 해도 타치기가 주도하는 연습회에 불린 날이다.

거울을 보면서 까치집이 잔뜩 생긴 머리카락을 누르며 서둘러 학교 지정 운동복으로 갈아입었다. 어젯밤에는 이런저런 생각을 하다 보니 어느 샌가 새벽이 되었고, 예상대로 늦잠을 자버린 것이다.

"그건 그렇고 이 운동복……."

이것도 다시 사야 할지도 모르겠다. 살이 빠져 허리가 헐렁헐렁해져서 허리끈을 세게 조여 임시로 조치를 취했다. 세상에 있는 다이어트 성공자들은 지금까지 입었던 옷을 어떻게 했을까.

"소타~ 카오루한테 미안하니까 안에 들일게~."

계단 아래에는 이미 카오루가 데리러 와서 기다리게 하고 있는 상태다. 서둘러 옷을 갈아입고 1층으로 내려가니 카오루는 조용히 차를 마시며 편하게 쉬고 있었다.

"왔구나……. 차가 맛있네. 다 마실 때까지 조금 기다려 줘."

허리를 꼿꼿이 펴고 예의 바르게 양손으로 찻잔을 들고 차를 마시는 소꿉친구. 던익의 히로인에 걸맞게 세련된 일본도 같은 아름다움. 내면의 뚱땡이 마음도 크게 기뻐했다.

나도 한숨 돌리기 위해 같은 테이블의 반대편에 앉아 차를 따라서 마시기로 했다. 흠, 올해의 햇차인가. 확실히 맛있군.

"……."

"……."

마주 보고 앉아 얼굴을 맞대도 대화는 없었다. 그래도 입학 초기의 혐오감 넘치는 시선은 조금 부드러워졌다는 느낌이 들었다. 내가 이 몸에 들어온 뒤로는 성희롱을 하거나 억지로 다가가 기분을 상하게 하지 않았기 때문일 것이다.

지금까지 한 짓을 완전히 용서받은 건 아니겠지만, 조금이라도 안심해 주면 기쁠 따름이다. 언젠가는 카오루와 서로 진심으로 웃고 여러 이야기를 하면서 통학해 보고 싶다. 마음이 이렇게 들뜨는 걸 보니 풍땡이도 그걸 바라고 있을 것이다.

그런 생각을 하고 있으니 어느새 다 마신 듯했고, 빨리 집에서 나와 연습 장소로 이동하게 되었다.

언제나처럼 카오루가 몇 걸음 앞에서 걷고 내가 그 뒤를 따라서 가나— 싶었더니.

"그러고 보니. 오늘은 물어보고 싶은 게 있는데."

이상하게도 내 옆까지 와서 나란히 걸으며 이야기하는 카오루. 여자치고는 키가 커서 그런지, 문득 보니 소꿉친구의 아름다운 얼굴이 내 바로 옆에 있었다. 좀 당황스럽잖아.

"크흠. 뭘 물어보고 싶은 겐가?"

"그 말투는 뭐야……. 전에 쿠스노키 선배랑 이야기하고 있었다는 말을 들었는데…… 정말이야?"

키라라 말인가. 초대장을 주러 온 게 반에서 소문이 났을지도 모르겠다.

"잠깐 이야기를 했을 뿐이야."

"……이야기? 그녀는 귀족님이고 학교에서도 큰 파벌을 이끄는 입장. 무슨 접점이 있었던 거야."

카오루도 알고 있을 정도의 유명인. 게다가 화려하고 귀여운 여자애가 학급 계층 최하위인 날 만나러 온다는 일은 보통 있을 수 없다. 끝까지 모르는 척을 하는 것도 무리가 있겠네.

클랜 파티에 불렸다는 설명은 말하면 안 되겠지. 던전에서 키라라의 지인과 약간의 인연이 생겨 그 후의 보고를 하기 위해 왔다고 말해 두자.

"그럼 딱히 지인인 건 아니네."

"그래. 왜 그렇게 신경 쓰는 거야?"

잠시 생각에 잠기는 카오루. 말을 할지 망설이고 있는 걸까.

"……지금 우리 반이 궁지에 몰렸다는 건 알고 있지. 만약 쿠스노키 선배와 친하다면 도와줄 수는 없는지 물어볼 생각이었어."

"그건 아마 힘들겠지. 한 번 얘기했을 뿐이니까. 나 같은 건 이미 잊어버렸을걸."

E반의 처지가 아주 좋지 않다는 건 알고 있다. 하지만 아직 시작에 불과하다. 게임 스토리대로 진행된다면 앞으로는 더 심각한 상황에 내몰리게 된다. 도발과 괴롭힘으로 여겨지는 행위, 그리고 폭력이 섞인 박해. 반 친구 중에는 몇 명이나 좌절하고 학교에서 떠나갈지도 모른다. 그렇게 되면 눈앞에 있는 소꿉친

구도 눈물을 흘리며 갈등하는 나날이 이어지게 될 것이다.

그런 화가 치미는 이벤트 같은 건 솔직히 실제로 경험하고 싶지도 않고 보고 싶지도 않다. 그럼 전부 저지해 버릴까…… 하는 생각이 머리를 스쳤지만, 그런 이벤트가 주인공의 심신을 강하게 성장시킬 것이다. 그 기회를 내가 멋대로 빼앗아도 될까.

주인공에겐 주인공만이 해결할 수 있는 이벤트가 있고, 내가 E반과 주인공 일행을 끊임없이 감시하고 지키는 게 가능할 리가 없다. 이후를 생각하면 그들 스스로 강해지지 않으면 곤란하다. 어느 정도는 굴욕을 당해도 그걸 발판으로 삼아 성장을 촉진하는 계기로 삼았으면 한다.

물론 사츠키나 카오루에게 위기가 다가오면 움직일 생각이고, 괴멸적인 실패나 피해를 야기하는 일에는 사전에 개입할 생각이다. 그러기 위해서라도 카오루에게 접근해서 아카기 일행의 동향을 파악해 둬야 하나.

"……그 대신이라고 하기엔 그렇지만, 내가 협력할 수 있는 일이라면 도울게."

"그럼 오늘의 특훈을 기대할게."

카오루는 그렇게 말하더니 다시 걸음을 재촉해 평소와 같은 위치에서 통학하게 되었다. 뭐, 카오루는 지금의 날 믿지 않으니 어쩔 수 없나.

지금 게임 지식을 자랑해서 신뢰를 얻으려고 해도 카오루는 제대로 상대해 주지 않을 것이다. 지금은 적절한 거리를 유지하면서 시간을 두고 조금씩 신뢰를 되찾는 걸 우선하자. 언젠가 동료로 봐주기를 꿈꾸면서.

그리고 지금은 그쪽에 머리를 쓰고 있을 때가 아니다. 지금부터 가는 목적지에 고민스러운 문제가 기다리고 있으니까.

사건의 발단은 어젯밤의 밀회다―.

▼//////////////////////

거리의 불빛 때문에 별이 전혀 보이지 않는 한밤중의 공원. 볼라드 조명의 은은한 빛에 비치는 리사는 입술에 검지를 대고 장난스럽게 웃고는.

"……딱 한 명은 알고 있는데~?"

갑자기 엄청난 사실을 폭로하기 시작했다. 이미 나 이외의 플레이어와 접촉했을 줄이야.

"내일 연습회에 올 걸? 우리 반 츠키지마인데."

"츠키지마…… 그 좀 경박한 느낌이 드는."

엘리트 학교에는 어울리지 않는 금발 긴 머리. 교복을 흐트려 입고 바지 주머니에 손을 찔러 넣고 나른하다는 듯이 이야기하는 경박한 남자, 츠키지마 타쿠야를 뇌리에 떠올렸다. 놀랍게도 그가 먼저 리사가 전 플레이어라는 것을 알아보고 협력하지 않겠냐고 권유했다고 한다.

"왠지 말이지~? 게임에서 등장하는 E반 학생 전원을 기억하고 있었대. 대단하지~?"

그의 말에 따르면 '정체불명'인 반 친구는 츠키지마 자신 외에는 리사밖에 없다고 한다. 정체불명이란 '커스텀 캐릭터'를 말하는 걸까.

던익에서는 보통 '주인공'—즉 아카기, 핑크—과 스스로 커스터마이즈해서 캐릭터를 만드는 '커스텀 캐릭터'로 시작할 수 있다.

주인공을 선택하면 캐릭터 특성은 고정이지만 메인 스토리를 체험할 수 있고, 커스텀 캐릭터를 선택하면 자기 취향의 외모와 캐릭터 특성을 만들 수 있다는 메리트는 있지만 스토리는 서브 스토리와 공략 캐릭터의 개별 시나리오만 할 수 있다.

하지만 이 게임 세계에 오는 계기가 된 테스터 모드는 성질이 다르다. 선택지가 '랜덤 캐릭터'와 '커스텀 캐릭터' 두 개 뿐이다.

'랜덤 캐릭터'를 선택하면 나—즉 뚱땡이—같이 던익에 등장하는 기존 캐릭터 중 하나에 들어가게 되고, 한편 '커스텀 캐릭터'를 선택하면 리사처럼 원래 세계의 자신이 아바타가 돼버린다.

다시 말해서 츠키지마가 게임에 등장하지 않는 정체불명의 캐릭터를 알아낸다고 해도 '커스텀 캐릭터'라면 몰라도 '랜덤 캐릭터'를 선택한 나 같은 플레이어는 알아볼 수 없을 것이다.

"혹시 츠키지마는 랜덤 캐릭터의 사양을 못 알아챘나?"

"아마도. 그는 착각한 채로 지내게 둘까~?"

그러는 편이 편하다면서 조용히 웃으며 말했다.

츠키지마는 처음에 주인공인 아카기와 핑크, 그리고 정체불명인 리사 세 사람을 플레이어라고 의심하고 있었다고 한다. 하지만 원래 주인공인 둘은 아무래도 플레이어가 아니라는 것을 알게 되었고, 이 세계에 있는 플레이어는 자기 외에는 리사밖에 없다고 단정한 모양이다.

　자신이 아담이고 리사는 이브. 그는 그런 말을 하며 협력하자고 권했다고 한다. 그건 그거대로 좀 그렇지 않나 싶은 생각이 안 드는 것도 아니었다.

◢//////////////////////////

　—어젯밤에는 그런 느낌으로 이야기하고 리사와 헤어졌는데, 마지막에 화제가 된 츠키지마도 지금부터 가는 연습회에 참가할 예정이라고 한다.

　그와는 한 번도 이야기한 적이 없어서 어떤 인물인지는 모른다. 교실에서 본 기억으로는 다소 경박하긴 하지만 특별히 나쁜 사람이라 느껴질 만한 언동은 하지 않았을 것이다. 평범하고 쾌활한 남고생이라고만 생각했다.

　하지만 전 플레이어라면 세계에 큰 영향을 주는 지식을 가지고 있으니, 그가 앞으로 어떻게 행동하느냐에 따라 우리도 말려들 가능성이 있다. 그러니 어떤 생각을 가지고 있는지 다가가서 확인하기 위해서라도 리사가 말했듯이 착각한 상태 그대로 두는 편이 편리하다는 건 분명하다.

　(좋은 사람이면 좋겠는데…….)

　그런 걱정을 하면서 터벅터벅 카오루의 뒤를 따라서 걸었다.

학교의 운동장과 체육관 사이에는 조금 좁긴 해도, 매직 필드도 깔려 있고 자유롭게 쓸 수 있는 공간이 있다. 오늘은 거기서 연습을 한다고 한다. 이미 몇 명의 반 친구가 도착해 담소를 나누고 있었다.

오늘의 연습회를 지도하는 사람은 아카기, 핑크, 타치기. 거기에 카오루도 끼어서 회의가 시작되었다. 저 네 사람은 던전 다이브도 잘 하고 있는지 E반에선 레벨이 높고 큰 기대를 받고 있다. 이대로 다른 반의 방해에도 굴하지 않고 열심히 해줬으면 한다.

웃차 소리를 내며 적당한 곳에 가방을 내려놓고 하품을 하면서 아카기 일행을 바라보고 있으니 뒤에서 발랄한 여자의 목소리가 들렸다.

"야호~."

뒤돌아보니 운동복을 입은 리사가 작게 손을 흔들며 미소 짓고 있었다. 느슨하게 고정한 머리칼이 어른스러워서 정말 잘 어울렸다. 느긋한 움직임으로 짐을 두더니 '영차'라고 말하면서 옆에 앉았다.

나도 혼자 있으면 허전하니 말상대가 되어준다면 고맙지.

"검극 수업 같은 걸 하려나~?"

"카오루한테 들은 바로는 꼼꼼하게 지도한대."

"그건 귀찮네~ 의욕이 별로 안 나는데."

오늘은 정보 수집이 주목적이니 연습은 형식적으로만 제대로 하면 된다. 그러고 보니 어제는 잘 잤냐는 이야기를 하고 있으니 다른 멤버도 하나둘씩 왔다.

그 속에 조용히 눈에 띄지 않도록 걷는 쿠가 코토네의 모습이 보였다. 짧은 보브컷 스타일 머리카락의 한쪽을 살살 튕기며 졸린 듯이 웅얼거리며 걷고 있었다. 그녀는 미국의 정보 수집 부대 출신이며 이 학교에 잠입한 공작원이다. 실제로는 레벨이 20이 넘지만 단말기 상에는 레벨 2라서 그녀도 반강제적으로 연습회에 불린 모양이다. 연습 같은 건 하고 싶지 않은지 하품을 하면서 언짢은 듯한 표정을 숨기지 않았다.

그 뒤로는 큼직한 운동복에 손을 찔러 넣고 걷고 있는 긴 금발 남자가 보였다. 리사가 플레이어라고 한 츠키지마다. 그대로 이쪽으로 걸어왔다.

"여어, 리사도 온 건가. 이런 연습회에선 배울 건 아무것도 없을 텐데."

리사 옆에 '웃차' 소리를 내며 앉는 츠키지마. 교실에서 항상 같이 다니는 멤버는 없는 모양이다. 오늘은 혼자 참가한 걸까.

"안녕~. 너야말로 용케 참가할 생각을 했네~."

"타치기가 참가하라고 시끄러워서 말이지. 아~ 귀찮아……."

그의 레벨도 단말기 상에선 3이었는데 실제로는 어느 정도일까. 뭐, 플레이어라면 레벨을 올릴 방법은 얼마든지 있으니 참가하는 데서 의미를 못 찾는 것도 이해가 된다.

"……근데. 요즘 뚱땡이랑 자주 얘기하고 있는 것 같은데 무슨 관계야?"

"아, 안녕~."

나를 의아하다는 표정으로 뚫어져라 보는 츠키지마. 이런 염치없는 느낌이 인싸라는 것인가. 나도 불화를 일으키고 싶지 않으니 억지로 웃으면서 인사했다.

하지만 같은 플레이어인 리사 근처에 있으면 뭔가 있는 게 아닐까 의심하고 싶어지기도 할 것이다. 적당한 이유라도 대서 경계를 푸는 편이 나을까.

"같이 던전 다이브 하고 있어. 던전 친구라는 느낌이려나."

어떻게 말해야 할지 생각하고 있으니, 리사가 눈치 빠르게 그럴듯한 이유를 말해 줬다. 일단 내가 플레이어라는 사실은 말하지 않기로 되어 있다.

"진짜 이 녀석이랑? 나중에 그렇게 되는데? 그래도 뭐, 던익에서도 고만고만한 레벨은 찍었으니까 일단은 쓸모가 있나……?"

게임에서의 뚱땡이를 알고 있다면 거리를 둬야 하는 인물이라 여겨지는 것도 이상하지 않다. 카오루 루트로 시나리오를 진행하면 나중에 다양한 불상사를 일으키고 마지막에는 퇴학당하는 악역 캐릭터니까. 나도 처음엔 비탄에 잠겼지만 지금은 따뜻한 가족 덕분에 아주 나쁘지만은 않다고 생각하고 있다.

"얘기해 보니까 의외로 좋은 사람이야~. 그치~ 소타♪"

"어? 어, 어어."

"왜 이 녀석은 편하게 이름을 부르는 거냐고. 나는 '츠키지마'

라고 부르면서."

느낌을 보니 리사한테 마음이라도 있는 걸까. 확실히 외모가 예쁘긴 하지만, 그 속은 이름을 날린 흉악한 PKK 클랜의 리더. 게임에서 리사의 정체가 무엇인지 알아차리지 못했을 가능성이 있겠군.

"그러고 보니, 물어보고 싶었는데 아카기한테 검에 대해 가르쳐 준 건 리사야?"

"……그 얘길 지금 하는 거야~?"

"상관없겠지. 뚱땡이는 뭔 말인지 모를걸. 그래서 어떻게 된 거야?"

아카기한테 검에 대해 가르쳐 줬다……. 카리야 이벤트 때 아카기는 카리야를 상대하는 비장의 수단으로 [스태틱 소드]를 이용한 전술을 썼는데, 그 전술을 전수해 준 사람이 리사가 아닐까 하고 생각하고 있는 것이리라.

"반대로 물어보겠는데~. 그 전술에 대한 대책을 카리야한테 가르쳐 준 건 츠키지마려나~?"

"그럼. 아카기가 지는 모습은 그럭저럭 웃기지 않았냐?"

"……하지만 그가 노력해 주면 우리에게도 메리트가 있는데~?"

조용히 크크크 하고 웃는 츠키지마. 아카기가 져서 E반의 분위기와 입지가 나빠진 원흉은 이 자식인가. 카리야는 어째서인지 [스태틱 소드] 전술을 알고 있었고 대책도 세워 놓고 있었다. 그 때문에 아카기가 졌다고 해도 과언이 아니다.

하지만 왜일까. 아카기가 성장해서 강해져야 다량의 귀찮은 이벤트를 클리어해 주고, 걱정거리가 줄어드는데. 반대로 성장이 좌절되어 스토리가 잘 진행되지 않으면 여러 이벤트의 미래도 예측이 불가능해진다. 그렇게 되면 불이익을 당하는 건 우리다.

"뭐, 이벤트를 열심히 깨줬으면 하는 마음은 간절하지만, 아카기는 하렘을 만들 것 같았으니까. 살짝 방해하고 싶어져서 말이야."

게임을 하던 때에는 카오루를 정말 좋아했는지 카오루와 사이좋게 이야기하는 모습을 봤더니 방해하고 싶어진 것 같다. 카리야 이벤트 공략에 실패하면 히로인의 호감도가 내려간다는 걸 이용했을 것이다.

근데 설마 했는데 카오루가 최애냐! 그보다 눈앞에 소꿉친구이자 약혼자인 내가 있는데 진짜 거리낌 없네. 근데 이거 뚱땡이한테는 만만치 않은 라이벌이 될까?

게임 히로인은 대체로 쉽게 넘어오는 사람이 많다. 카오루도 그 예에서 벗어나지 않으며 의외로 밀어붙이는 것에 약한 데다가 플레이어라면 필연적으로 손에 넣을 수 있는 '힘'을 동경하고 연모하는 면이 있다. 츠키지마가 그걸 알고 있다면, 적극적으로 카오루에게 다가가 강한 모습(레벨)을 보여주면 간단하게 공략에 성공할 가능성이 없는 것도 아니다.

나 같은 경우에는 이미 신나게 성희롱을 해서 성대하게 미움받고 있으니 강한 모습을 보여줘도 밀어붙여도 소용없을 것이다. 밀어서 안 된다면 한 번 당겨서 쿨 다운을 하고…… 이봐, 초조함이 넘쳐흐르기 시작했다고. 진정해라, 뚱땡이 마음!

"그럼 앞으로는 아카기한테 협력적으로 해줄 거야~?"

평정심을 유지하려고 마음속에서 필사적으로 격투를 벌이고 있으니 리사가 자연스럽게 츠키지마의 동향을 물었다. 그의 생각을 알 수 있는 중요한 질문이다.

"내키면. 그리고…… 어떤 이벤트가 온다고 해도 나라면 어떻게든 돼."

설령 주인공 파티가 이벤트에 실패해서 괴멸적인 피해를 입어도 자신이라면 극복할 수 있다고 호언장담하는 츠키지마.

그 이유는 메인 스토리에서 일어나는 이벤트는 전부 레벨 30 이상이면 클리어 가능한 난이도에 불과하기 때문. 츠키지마라면 그 레벨에는 그렇게 시간을 들이지 않고 도달할 수 있다고 한다. 레벨업이 그렇게까지 순조로운 건가.

"그러니까 아카기가 어쩌고 말고는 상관없어. 결국 스스로 살아남을 힘이 있으면 그만이란 말이지."

"……그건 이 마을, 아니, 이 세계에 사는 사람들을 경시하는 발언인데~?"

던익에는 무서운 이벤트가 준비되어 있다. 그러한 이벤트들을 우리가 극복한다 하더라도 이 세계에 사는 사람들은 피하지 못하고 막대한 피해를 입을 것이다.

혹시 이 세계를 던익의 설정을 이어받은 게임 세계에 지나지 않는다고 보고 있는 걸까. 내 가족과 카오루는 게임 캐릭터가 아니다. 활발한 동생과 느긋한 아버지, 차분한 어머니가 있는 식탁의 활기참. 애착까지 생기진 않았지만, 어느 샌가 그러한 것들이 매일의 즐거움이 되었다. 카오루도 반이 말썽에 휘말리는 가운데, 갈등하면서도 필사적으로 앞을 보고 노력하고 있다는 것을 알고 있다.

모두가 착실하게 고민하고, 웃고, 눈물을 흘리며 살아가고 있다.

"그런 세계에 온 거라고. 우린 선택받은 자야. 마음만 먹으면 세상을 다시 만들 힘도 얻을 수 있지. 앞으로도 마음대로 할 생각이야."

"……선택받은 자라~. 정말로 그럴까."

"이렇게 재밌는 곳에 AKK의 '섬광'이나 라운즈의 '귀신', 그 '재악'조차 다다르지 못했어. 이게 하늘이 우리를 선택한 게 아니면 뭐라 해야 하지?"

난 여기에 있는데. 뭐, 하늘의 선택을 받았는지 아닌지는 모르겠지만 상당히 꿈이 많은 소년인 것 같다.

이 세계에 대한 생각은 좀 걸리지만, 츠키지마가 딱히 나쁜 사람이라고는 생각하지 않는다. 스스로 악의를 뿌리고 다니거나 명확하게 파멸을 불러일으킬 생각은 없는 것 같고, 특별한 힘이 있는데 쓰는 게 뭐가 잘못됐냐는 생각도 싫진 않다.

나도 처음에는 게임 세계라고 생각하고 있었다. 모든 사람이 NPC로 보였다. 나루미가에 대한 따뜻한 애정과 카오루를 애타게 그리는 순정이 없었다면 지금도 츠키지마와 똑같은 생각을 하고 있었을지도 모른다. 하지만 지금 내게는 소중한 정이 확실하게 깃들어 있다.

츠키지마가 생각을 바꾸지 않는 한, 서로 상충하는 관계가 될 것 같다.

"근데 그렇게 레벨업에 자신이 있다는 건~ 뭔가 비밀이 있는 걸까~?"

"나랑 한패가 되면 가르쳐 줄 수도 있는데. 마법 계약서는 필수지만."

사악하게 입가를 일그러뜨리고 씨익 웃는 츠키지마. 역시 비장의 수단이 있는 것 같은데, 그게 뭔지 리사가 알아봐줬으면 한다.

"어이쿠 미안하다, 뚱땡아. 아까 한 이야기는 잊어 달라고."

"……어어."

난폭하게 어깨를 팡팡 치면서 말하는 츠키지마. 그보다 설령 내가 뚱땡이라고 해도 아까 전에 이야기한 내용을 잊으라는 건 어려울 것 같은데, 어떨는지.

츠키지마와의 관계에 대해 고민하고 있으니 타치기가 이쪽으로 걸어와 용지를 보면서 설명하기 시작했다.

"그럼 연습회를 시작하지. 우선은 우리가 지정한 대로 짝을 지었으면 한다."

검극 수업과 마찬가지로 우선은 짝을 지어 고무제 검으로 연습한다고 한다. 누구와 짝을 지을지는 이미 정해둔 모양이다. 그 조합에 따르면 내 상대는…… 하필이면 그녀라니.

눈앞에는 졸린 듯이 계속 하품을 해서 의욕이 눈곱만큼도 느껴지지 않는 쿠가가 있었다.

그녀는 《간이감정》의 상위호환 스킬인 《감정》을 가지고 있기 때문에 내 《페이크》를 돌파하고 진짜 스탯을 꿰뚫어 볼 수 있다. 이 상황에는 귀찮은 일을 피하기 위해서라도 얌전히 당하는 역할을 철저하게 수행해야 할 것이다.

"아, 안녕~ 잘 해보자~……."

"……."

마주 보고 검을 쥐어도 쿠가는 검을 든 손을 축 늘어뜨린 채로 계속해서 하품만 할 뿐이었다. 날 보려고 하지도 않았다.

(어떡해야 하냐고!)

제28장 ✦ 하야세 카오루③

── 하야세 카오루 시점 ──

"나오토~, 이런 느낌이려나? 조금만 더 가르쳐 줬으면 좋겠는데."

"역시 유우마야~. 검을 다루는 실력이라면 상위 반이랑 겨룰 수 있지 않을까."

레벨 3 이하의 반 친구를 대상으로 한 첫 연습회. 참가한 여자들은 아양 떠는 목소리를 내며 나오토와 유우마에게 응석을 부리면서 착 달라붙어 있었다. 그러는 한편으로 나와 사쿠라코에게는 싸늘한 시선을 보냈다.

분명 우리와 고정 파티를 맺고 싶어서 접근하는 줄 알았는데, 그뿐만이 아니라 저 둘과 파티를 맺은 덕분에 나와 사쿠라코의 레벨이 6이 된 것으로 여겨지고 있다는 것을 알아차렸다.

확실히 나오토와 유우마는 우수하고 소질도 재능도 있으며 던전에서의 공헌도는 헤아릴 수 없다. 그래도 나와 사쿠라코가 해온 노력에 아무런 경의도 표하지 않으니 안타까운 마음이 들지 않는가.

그렇긴 하지만 그런 말을 한다 하더라도 어쩔 도리가 없으니 그녀들에 대한 대응은 맡기고 다른 참가자를 지도하러 가자.

먼저 눈에 띈 것은 닛타와 츠키지마 페어.

닛타의 칼 쓰는 솜씨는 얼마 안 되는 시간이긴 하지만 검극 수업에서 본 적이 있다. 그때는 특이한 형식이라 생각했는데, 딱히 나쁘지는 않았을 것이다. 그럼에도 불구하고 아직 레벨이 3이라는 것은 던전 다이브에 시간을 그다지 들이지 못했을 것이다. 선불리 지도하기보다는 스케줄 조정이나 사냥터 정보 등을 제공해야 할까.

그리고 최근에 이래저래 나에게 접근하게 된 츠키지마. 전에도 계속 데이트를 하러 가자고 날 부른 적이 있었다. 뒤에서 남자 같다는 험담을 듣는 이런 나에게 호의를 보여 주니 나쁜 기분은 안 들지만 너무 태도가 가벼워서 좀 곤란하다. 애초에 연습회에 불려 나올 정도의 레벨인데 태도가 묘하게 건방진 것도 신경 쓰였고…….

그런 두 사람은 아까부터 대화에 열중해서 좀처럼 연습을 시작하지 않았다. 즐겁……다기보다는 진지한 표정으로 뭔가 이야기하고 있었다. 츠키지마는 엄청 서슬 퍼런 얼굴로 손짓 발짓을 하면서 닛타에게 뭔가 말하고 있지 않은가. 던전에 관한 단어가 들렸으니 단순히 잡담을 하는 건 아닌 것 같지만, 모처럼의 연습회이니 오래 걸릴 것 같으면 주의를 주자.

그런 식으로 마음속에 메모하고 다음 참가자를 봤다.

시야 한구석에는 소타와 쿠가가 의욕이 없는 것처럼 마주 보고 있었다.

쿠가는 여느 때와 같이 졸린 듯한 표정을 지은 채로 우두커니 서있을 뿐이었고, 소타는 일단 검을 쥐고 자세를 잡고 있긴 했지만 왠지 차분하지 못했다. 이 둘은 나오토와 이야기한 'E반 강화 계획'의 의제로 몇 번이나 오른 요주의 인물들이다.

쿠가는 반에서도 최하위인 레벨 2로 던전 다이브가 잘 안 되고 있다는 것은 확실했다. 기본적으로 혼자 있는 경우가 많아 누구와도 파티를 맺지 못했을지도 모른다.

소타는 레벨이 3이라 해도 버스를 받아 레벨을 올렸다는 의혹이 있으며 기술적인 문제를 안고 있을 가능성이 높다. 입학 전의 소타를 보면 그런 생각을 하게 되지만, 어쩌면 정말로 노력해서 올렸을 가능성도 있다.

그러니 오늘은 두 사람의 검술 수준을 똑똑히 확인하고 적절한 지도를 하고 싶다.

그런 생각을 하며 잠시 지켜보고 있었지만, 서로 마주 보기만 하면서 전혀 시작하지 않아 의욕이 조금도 느껴지지 않았다. 참지 못하고 말을 걸어봤다.

"모처럼의 연습회니까 부담 갖지 말고 겨뤘으면 하는데."

"……."

"……."

소타도 쿠가도 아무 말 하지 않았다. 한마디 정도 더 하려고 하니.

"왜 내가 참가하지 않으면 안 되는 거야."

그렇게 불평하기 시작했다. 그건 쿠가의 레벨이 2니까. 머지 않아 반 대항전도 있어. 우린 네가 레벨을 잘 올릴 수 있도록 도와주고 싶어. 라고 하니 터무니없는 말을 했다.

"그럼 다음 연습회까지 너랑 비슷한 수준까지 레벨을 올려 둘게. 오늘은 갈게."

"가더라도 날 납득시킬 때까지는 안 돼."

우리가 상위 반과 싸워나가기 위해서는 낙오자를 낼 수는 없다. 게다가 이 연습회는 쿠가를 위한 것이기도 하다고 타이르듯이 말하자, 다르게 말할 수도 있을 텐데 자기도 똑같이 레벨 6까지 올려 둘 테니 더는 상관하지 말라며 거칠게 대답했다. 여기까지 올린다고 얼마나 힘들었는데…….

하지만 나도 그 말을 듣고만 있을 수는 없었다. 그렇게 금방 올릴 수 있다면 왜 아직도 레벨이 2냐며 바로 반격했다.

"그럼 눈앞에 있는 이 녀석을 때려눕히고 갈래."

"꾸익."

점점 더 기분이 안 좋아지는 쿠가를 보고 움찔하는 소타.

무기는 고무검이고 프로텍터도 차고 있다. 오히려 사양하지 말고 힘껏 해줬으면 한다. 그런 생각을 하고 있으니 쿠가는 중심을 살짝 낮추고 가지고 있던 연습용 검을 휙 돌려 거꾸로 잡고 복싱을 하듯이 리듬을 타기 시작했다.

(뭘까. 검술과는 거리가 먼 스타일로 보이는데. 굳이 말하자면 격투기 같은—.)

단검이나 나이프라면 몰라도 연습용 검은 길이가 1m 가까이 된다. 그런 무기를 거꾸로 쥐면 무기에 힘이 들어가지 않아 공격력이 대폭 저하되고 만다.

소타와의 거리는 4m 정도. 그 거리를 단 한 걸음에 좁히고 검을 쥔 손으로 소타의 측두부를 후리는 듯한 펀치를 날렸다. 복싱으로 치면 훅이라 해야 할까.

(빨라! 베는 게 아니라 때리러 갔어!)

예상 이상으로 빠른 속도로 코앞까지 접근당한 데다가 시각 바깥에서 날아온 고속 훅. 소타가 대응할 수 있을 리도 없었고, 앞을 보는 채로 아연실색해서 움직이지 못했다. 관자놀이에 빨려 들어가듯이 명중—할 줄 알았는데 쿠가는 때리기 직전에 멈춰 준 것 같았다.

"여, 역시 대단하네, 쿠가. 전혀 반응하지 못했어."

"……."

식은땀을 흘리면서 놀라는 소타. 그럴 만도 하다. 지금 공격은 레벨 6인 나도 피하지 못했을지도 모른다. 그 정도로 빠르고 예리한 공격이었다. 반원을 그리듯이 원심력을 이용해 체중도 실었으니 상당한 힘이 실려 있었을 것이다.

소타는 헤드기어를 쓰고 있었다고는 해도 그 정도의 훅이 측두부에 들어갔다면 어느 정도의 대미지를 받는 일은 피하지 못했을지도 모른다. 소타가 너무 무방비하게 펀치를 맞을 것 같았기 때문에 쿠가가 멈춰 줘서 나도 모르게 안도의 한숨을 내쉬고 말았다. 그런 자신이 조금 의외라고 느끼면서, 그 공격에는 후속타가 더 있다는 사실에 한 번 더 놀랐다.

설령 뒤로 피한다고 해도 거꾸로 쥐고 있는 검에 베이고 만다. 웅크려서 피한다고 해도 쿠가는 다음 수로 왼손을 빼서 바디 블로우를 노렸을 것이다. 품에 들어온 시점부터 끝나 있었던 것이다.

격투 경험이 없는 초보자는 절대로 흉내 낼 수 없는 일련의 움직임. 타격하기 직전에 멈추긴 했어도 단 한 방의 펀치로 높은 전투 기술 수준을 보여줬다.

그런데―.

"있잖아, 지금 거, 혹시 보였어?"

"⋯⋯아니, 전혀 안 보였어! 나 같은 건 상대가 안 되니까 파트너를 바꾸는 편이 좋을 것 같은데. 어떻게 생각하나, 카오루 양."

쿠가는 어째서인지 방금 날린 고속 훅이 간파당했다고 말하며 허둥거리는 소타의 얼굴을 들여다보려고 했다. 그럴 리가 없는데. 그리고 카오루 '양' 이라니. 하다못해 그냥 이름을 불렀으면 하는데.

"그래. 그럼 처음부터 다시."

"자, 잠깐만. 좀 더 평화롭게 가자. 아, 배가 아파 오니까 저기서 쉬어도 될까."

뒤를 가리키면서 배가 아프다며 꾀병을 부리려고 하는 소타에게 '이번에는 안 멈춰'라고 작은 소리로 말하는 쿠가. 지금까지 의욕이 없었던 모습이 거짓말이었던 것처럼 다시 복싱을 하는 듯한 자세로 리듬을 탔다.

기술이 부족하다고 해도 소타가 레벨이 1 더 높으니까 괜찮을 거라 생각했지만, 아까 전의 공격을 보면 그녀를 상대하는 건 부담이 클지도 모른다. 짝을 바꾸는 게 좋을지 생각하며 다른 참가자를 둘러보니― 교사 쪽에서 은빛 금속광택을 발하는 전신 갑옷이 여러 검은 옷을 입은 사람을 거느리고 걷는 모습이 보였다.

(저 사람은…… 특이한 소문을 자주 듣는데, 정말 언제나 풀 플레이트 메일을 입고 있구나.)

이곳 모험가 고등학교 1학년 A반의 차석이며 근접 전투능력으로 따지면 수석도 능가한다고 할 정도의 걸물. 텐마 아키라.

뒤를 따르는 검은 정장을 입은 남자들의 가슴에는 동그라미 안에 '天'*이라 적힌 마크가 보였다. 전원이 텐마의 전속 집사이며 학교 안인데도 불구하고 항상 그녀를 따르며 시중을 든다. 그들은 단순한 집사가 아닌 던전 안까지 따라가 전투 서포트까지 하는 무투파 집사들. 한 사람 한 사람이 공략 클랜 수준의 전투력을 가지고 있다는 소문이 있다.

그런 이색적인 일행이 급한 걸음으로 이쪽을 향해 오고 있었다. 무거워 보이는 풀 플레이트 메일에는 무슨 마법이 걸려 있는지 금속 소리가 전혀 들리지 않았다.

숨을 죽이고 그대로 지나가기를 기다리고 있으니, 텐마는 눈앞에서 갑자기 발걸음을 멈추고 소타의 얼굴을 뚫어져라 보기 시작했다.

『잠깐, 거기 너. 깜짝 놀랄 정도로 살이 빠졌는데 어떻게 된 거야?』

얼굴 전체를 덮고 있는 헬름 때문에 흐릿한 목소리가 들릴 줄

*텐마 아키라의 일본어 표기는 天摩晶이며 天은 텐마라는 성에서 따온 것이다.

알았는데 굉장히 듣기 편한 전화 같은 목소리가 들렸다. 발성 마도구를 써서 이야기하는 듯했다.

"예에? 저 말임까?"

『그래, 나루미 소타. 너 말이야.』

텐마는 소타를 보고 풀네임으로 이름을 부르며 '살이 빠졌다' 라고 했다. 어떻게 소타에 대해 알고 있는 걸까. 소타도 똑같은 생각을 했는지 멍한 표정으로 되물었다.

"저기, 어떻게 제 이름을?"

『이 학교에서 엄청 뚱뚱한 사람은 너 정도였으니까~. 나도 뚱뚱하니까 동질감을 느껴서. 그래서, 어떻게 이렇게 단기간에 살을 뺐을까?』

횡설수설하는 소타. 텐마 가문은 상인 출신이긴 하지만 던전 관련 기술에 대한 공헌을 인정받아 일본 정부로부터 남작 작위를 받은 훌륭한 귀족님이다. 그런 인물이 말을 걸면 긴장하는 것도 당연할 것이다.

그렇다고는 해도 나도 듣고 싶었다. 입학 전에는 그렇게나 다이어트에 소극적……일 뿐만 아니라 끊임없이 폭음폭식을 반복하고 나태하고 건강에 좋지 않은 생활을 했는데. 지금은 극도의 비만에서는 벗어나 근육마저 붙기 시작한 것처럼 보였다. 오늘도 불평하지 않고 연습회에 참가했는데, 뭔가 마음이 바뀌는 일이라도 있었던 걸까.

『여기선 얘기하기 어려워? 그럼 저기에 가자.』

텐마가 검은색의 큰 차를 가리켰다. 교문 부근에서 자주 보는 이상하리만치 긴 리무진은 어째 텐마의 집에서 쓰는 차인 모양이다.

하지만 지금은 한창 연습회를 하는 중이라서 소타를 데려가면 곤란하다. 대체 어떻게 해야…… 말을 걸어서 설명하는 편이 좋을까.

"……잠깐. 이 녀석이랑은 내가 먼저 약속했는데. 넌 방해돼."

『응~? 넌 누구일까?』

쿠가가 한 걸음 앞으로 나와서 연습용 검으로 텐마를 난폭하게 떨쳐 내려고 했다. 그 너무나도 무례한 행동에 뒤에 있는 남자들의 표정이 험악해지며 단숨에 분위기가 긴장됐다. 한편 텐마는 팔에 찬 단말기를 쿠가 쪽으로 향하고 화면을 조작하기 시작했다.

『데이터베이스에 따르며언…… 넌 1학년 E반, 쿠가 코토네. 레벨 2…… 겨우 2? 그 레벨로 나한테 싸움을 건 거야?』

"그래서 뭐."

쿠가의 레벨이 2라는 걸 알자 호들갑스러운 몸짓으로 놀라움을 표하는 포즈를 잡았다. 헬름을 쓰고 있어서 정말로 놀라고 있는지는 모르겠지만, 이게 텐마 나름의 커뮤니케이션 방법일 것이다.

한편 그녀의 레벨은 데이터베이스에 실려 있지 않아 알 수 없지만, A반의 차석인 이상 레벨이 상당할 것이라는 건 틀림없다. 쿠가에게 다소의 격투기 경험이 있다 하더라도 큰 레벨 차 앞에서는 의미가 없을 것이다.

그뿐만이 아니다. 상대는 귀족님이라 섣불리 말대꾸 하면 어떻게 나올지 예측할 수 없다.

모험가 학교는 귀족, 서민 같은 신분은 상관없이 입학할 수 있는 학교라서 신분에 따른 차별과 대우의 차이를 없애는 교칙도 존재한다. 하지만 그런 건 허울에 불과하다는 걸 모두가 알고 있다. 실제로 텐마에게 하는 말을 듣고 뒤에 있는 남자들도 목과 손에서 관절 소리를 내면서 화난 기색을 보이고 있지 않은가.

쿠가는 어쩐지 흥분한 상태고 소타는 허둥거려서 못 미더웠다. 역시 이 상황에는 내가 용기를 내서 지킬 수밖에 없다.

"죄, 죄송합니다. 지금 E반은 연습회를 하고 있는데, 그, 여기 있는 쿠가도 악의는 없습니다. 부디 원만하게……."

"비켜라." "꺅."

텐마의 수행원 중 한 명에게 어깨를 밀쳐져 튕겨 나가고 말았다. 여긴 매직 필드 안. 높은 레벨의 육체 강화 앞에서는 레벨이 6인 나 같은 건 손바닥으로 밀쳐지기만 해도 쉽게 나가떨어져 버린다.

유우마와 나오토도 분위기가 험악한 걸 알아차리고 무슨 일이냐며 다가왔다. 그래도 쿠가는 눈썹 하나 까딱하지 않고 전신갑옷을 입은 텐마를 계속 노려봤다.

"아가씨, 어떻게 할까요?"

『음~…… 오늘은 그 배짱을 봐서 용서해 줄까. 원래라면 박살을 내겠지만. 그럼 또 봐~ 나루미 군.』

그런 말을 남기고는 눈 깜짝할 사이에 떠나가는 텐마. 화난 기색을 보이던 남자들도 우리에게서 흥미를 잃었는지 곧장 이곳에서 떠나갔다. 난 위기가 지나갔다는 탈력감에 무릎을 꿇을 뻔했다.

"야 야, 쿠가. 이런 곳에서 싸우면 우리도 피해를 입잖아."

"후훗. 그래도 어떻게 될지 한 번 보고 싶었을지도~."

방금 전의 언쟁을 보고 있던 츠키지마와 닛타가 웃으면서 우려를 표했다. 싸움이고 뭐고 간에 레벨 차이가 너무 많이 나서 싸움도 안 될 텐데 참 태평하다.

"흥. 뜻밖의 방해를 받았군. 그럼…… 어라?"

쿠가는 연습을 계속 하려고 주위를 둘러봤지만, 가장 중요한 소타의 모습이 보이지 않았다. 보아하니 도망쳤구나.

제29장 ✦ 쏟아지는 기억

'그럼 하야세한테는 책임지고 소타의 레벨업을 돕는다고 전해 두면 되는 거지?'

"맞아. 같이 상의해 줘서 살았어. 레벨업도 열심히 해줘."

'열심히 하고 올게. 그럼 또 봐.'

연습회에 참가한 건 좋았지만 날 시험하려고 하는 쿠가와 뒤에서 감시하는 카오루 사이에 끼어 꼼짝 못하는데, 거기에 텐마까지 더해져서 더는 버틸 수가 없어 도망. 사후 처리를 위해 사츠키에게 애원…… 함께 상의하고 있었다.

팔에 찬 단말기를 닫고 터덜터덜 걸어서 집에 가면서 나도 모르게 한숨을 쉬었다.

"……하아. 설마 그 둘이 얽힐 줄은 생각지도 못했는데."

나와 어깨를 나란히 할 정도로 외톨이이며 낙오자 취급도 받고 있는 쿠가 코토네. 하지만 사실은 레벨은 20이 넘으며 다양한 첩보 스킬을 가지고 있는, 한창 현역인 첩보원이다. 그런 그녀의 고속 펀치를 무심코 눈으로 쫓고 반응하는 실태를 저질러 버린 건 실수였다.

연습회에 가면 또 얽힐 것 같으니 거리를 두기 위해 앞으로는 불참하고 싶지만, 내가 그렇게 말해도 카오루는 목덜미를 잡고 끌고 갈 것이다.

신용도 발언력도 없다는 건 자각하고 있다. 그래서 반 친구에게 인기가 있고 지지도 받고 있는 사츠키와 리사에게 협력을 부탁한 것이다. 두 사람이 내 편을 들어 준다면 카오루도 한번 생각해 보지 않을 수 없을 것이다. 하지만 의지하기만 하면 빚이 커지기만 할 뿐이다. 특히 리사는 무슨 요구를 할지 알 수 없으니 가급적 빠르게 은혜를 갚고 싶다.

한편, 우연히 지나가다가 나한테 말을 걸어온 텐마한테는 깜짝 놀랐다. 1학년 중에서도 굴지의 실력을 자랑하는 초엘리트이자 귀족이기도 한 유명인. 그런 그녀가 설마 내 이름을 기억하고 있을 줄은. 현재는 **저주** 때문에 항상 풀 플레이트 메일을 입고 있지만 훌륭한 던익의 히로인 중 한 명이기도 하다. 그러고 보니 다이어트에 관심이 있다는 설정이 있었던 것 같은데…….

시나리오 상에서는 초반에 거의 등장하지 않는 캐릭터라 경계하지 않았는데, 날 알고 있는 건 예상 밖이었다. 텐마 뒤에서 위압하던 집사들도 상대하면 이래저래 귀찮을 것 같으니 그녀와도 거리를 두고 싶다.

다음엔 어떻게 도망칠까, 그런 생각을 하면서 마지막 모퉁이를 돌아 집 앞까지 가니 마침 소형 트럭에서 짐을 내리고 있는 '하야세 철물점'의 주인인 하야세 타츠 아저씨가 있었다. 카오루의 아버지다. 날 보자 싱긋 웃으며 인사를 해줬다.

"어라, 소타 군. 안녕."

"안녕하세요…… 어이쿠."

무거워 보이는 짐을 안고 있어서 몸이 휘청거리길래 받쳐 주었다. 그렇게 큰 상자는 아니지만 안에 금속이 들었는지 상당히 무거웠다. 트럭의 짐칸에 아직 대량의 상자가 남아있으니 나서서 도와주자.

평소부터 타츠 아저씨한테는 '잡화점 나루미'의 철물 매입과 관련해서 신세를 지고 있고, 나 자신—뚱땡이를 말하는 것이지만—도 어릴 때부터 폐를 많이 끼쳐온 사람이라 조금은 은혜를 갚고 싶다.

"이게 다야, 고마워 소타 군. 그건 그렇고 힘이 꽤 세졌네. 몸도 요 몇 달 사이에 몰라보게 변했고. 역시 모험가 학교의 학생이야."

"뭐, 조금 단련했으니까요."

"⋯⋯맛있는 차랑 과자를 얻었는데, 괜찮으면 먹고 갈래?"

단련했다고 말하며 포즈를 취하는 것과 동시에 배도 꼬르륵거리고 말았다. 그 소리를 들은 타츠 아저씨가 차와 과자를 대접하겠다며 웃으면서 말했다. 출출하니 조금만 먹을까.

어릴 때는 자주 왔다고 하는 하야세가. 꽤 오래 전에 세워진 오래된 집이라 몇 번이고 수복·증축해서 다소 뒤틀린 형태를 가지고 있다. 구석진 곳에 있는 미닫이 현관을 통해 안으로 들어가 툇마루 복도를 지나 밥상이 있는 거실로 안내받았다. 타츠 아저씨는 준비해 오겠다고 말하고 부엌 쪽으로 가버렸으니 난 얌전히 앉아서 기다리자.

"근데 **기억**이 새록새록 되살아나네⋯⋯. 어릴 때는 사이가 꽤 좋았나."

여기에는 어릴 때부터 자주 왔던 것 같으며, 주위를 둘러보니 그리운 기억이 흘러넘치듯이 되살아났다. 가장 먼저 떠오른 기억은 나에게 즐거운 듯이 미소 짓는 어린 카오루의 모습이었다. 하지만 평소에는 조금 소심하고 얌전한 아이였던 것 같은데, 지금의 씩씩하고 굳센 그녀의 이미지와는 많이 달랐다. 옛날의 기억은 그다지 떠올리지 않으려 했지만, 하야세가에 온 탓에 뇌리에 자동으로 떠오른 듯했다.

키 작은 옷장 위에는 약간 오래된 액자에 속에 든 가족사진. 웃고 있는 타츠 아저씨와 작은 여자아이. 그리고 카오루와 똑닮은 아름다운 여자가 꼭 붙어서 찍혀 있었다. 이 사람은 카오루의 어머니다. 지금은 돌아가셔서 타츠 아저씨와 카오루가 둘이서 살고 있다.

툇마루 바깥으로 시선을 돌리니 수초가 떠있는 연못과 깔끔하게 정돈된 나무들이 있었다. 타츠 아저씨의 취미인지 일본식 정원 같은 정원을 평소부터 시간과 노력을 들여 만들고 있다. 저 연못에 축제 때 잡아온 금붕어를 카오루와 함께 풀어준 것을 떠올렸다. 옛날엔 그렇게 사이가 좋았는데 왜 이렇게 사이가 틀어졌을까……. 그건 네가 성희롱을 했으니까 그렇지, 뚱땡아.

"기다렸지. 이건 아는 사람한테 받은 건데. 맛있어."

"감사합니다. 그럼 바로…… 합…… 아아, 이거 확실히 맛있네요."

아저씨가 차와 2cm 정도 두께로 잘린 양갱을 가져다줬다. 하나를 입에 넣어 보니, 안에 든 콩 같은 것이 혀에 녹아 내려 식감이 절묘했다. 단맛도 적당히 좋은 느낌이다. 꽤 유명한 가게의 양갱일지도 모르겠다.

내 반응에 기분이 좋아져 테이블 반대편에 천천히 앉아 같이 양갱을 집어먹는 타츠 아저씨. 이렇게 둘이 마주 보고 앉아서 이야기하는 것도 내가 이 몸에 들어온 후로는 처음일지도 모르겠다.

"어떻게 지내냐? 모험가 학교는 다니기 힘든 곳이라던데."

모험가 학교라. 생각해 보면 아주 특수한 학교지. 힘들긴 하지만 힘든 이유는 수업 내용이 아니라 주로 인간관계의 굴레 때문이지만.

"뭐, 그럭저럭 잘 지내고 있어요."

"요즘 소타 군은 뭐랄까…… 자유롭게 훨훨 날아다니고 있는 것 같아. 즐겁게 잘 지내서 다행이야."

나를 보면서 고등학생이 되고 몰라보게 늠름해졌다고 한다. 그건 안에 '나'라는 이물질이 들어와 매일 다이어트에 매진하면서 던전 다이브로 열심히 단련했기 때문이다. 반대로 말하면 입학 전에는 너무 무절제했다며 내 안의 뚱땡이를 꾸짖었다. 하지만 이렇게 자유롭게 행동하게 해주는 것도 가족의 뚱땡이에 대한 높은 신뢰가 있기에 가능한 것이라 생각하니 조금은 감사하고 싶지만.

"그에 비하면 요즘 카오루는…… 어째 힘들어 보여서."

정원을 보면서 천천히 숨을 내쉬듯이 말했다. 카오루는 늦게까지 던전에 틀어박혀 아주 피곤한 매일을 보내고 있다. 열심히만 하는 것이라면 몰라도 고민도 하고 있는 것 같아 고등학교에 들어가고 나서부터는 말수도 많이 줄었다고 한다.

게임에서도 입학하고 몇 달은 상위 반과 귀족의 괴롭힘이라는 이름의 세례를 당하는 시기. 주인공과 히로인들이 그런 괴롭힘을 어떻게 극복하거나 이겨 나가는지가 메인 스토리의 중심이 된다. 현실화된 이 세계에서도 주인공 팀의 일원인 카오루에게는 게임과 똑같이 온갖 방면에서 난제가 날아들고 있을 것이다.

"그래서 걱정이 돼서 말이야. 네가 괜찮다면 조금이라도 카오루 좀 돌봐 줄 수 없을까."

"예."

내 쪽으로 몸을 돌리고 머리를 숙이며 부탁하는 타츠 아저씨.

게임에서의 카오루는 고난을 극복해 나갈 때마다 심신 모두 크게 성장하고, 이윽고 꿈이었던 일류 모험가가 되는 길이 열리게 된다. 내가 보기에 이쪽 세계의 카오루도 게임과 마찬가지로 심지가 곧고, 전투나 공부에 관한 잠재력도 아주 높으며 검술 재능도 있어서 뛰어난 모험가의 소질이 있다고 봐도 좋다. 이대로 아카기와 함께 열심히 나아가면 분명 대성할 것이 틀림없다.

하지만 그건 어디까지나 게임의 결말을 알고 있고, 카오루라는 존재를 객관적으로 봤을 때의 이야기. 소중한 외동딸이 낙담하고 고민하는 모습을 눈앞에서 보면 부모로서 걱정이 되는 것도 당연하다. 이런 나에게 머리 숙여 부탁할 정도로 절실하다는 뜻일 것이다.

(하지만 돌봐 준다고 해도 말이지…… 난 반에서 낙오자 취급을 받고 있는데.)

지금도 연습에서 도망쳐 왔으니 다음에 카오루를 만나면 혼날지도 모른다. 그렇게 생각하면 나라는 존재는 그저 카오루의 고민을 더 크게 만들고 있을 뿐이라는 생각이 안 드는 것도 아니지……만, 그건 제쳐 두고.

이 오래되고 낡은 다다미. 손질된 정원. 액자 속에 든 여자와 작은 여자아이의 사진. 그것들을 천천히 바라보고 있으면 과거에 뚱땡이가 봤던 '하야세가의 풍경'이 앨범을 넘기듯이 뇌리에 흘러들어 왔다. 그 중에서도 인상적인 것은 아름다운 어머니에게 딱 붙어 어리광을 부리는 작은 여자아이의 모습이다.

당시의 카오루와는 집이 가깝고 나이도 같았지만, 얼굴만 아는 정도에 이야기는 조금 하는 정도의 사이에 불과했다. 그런 관계가 변한 것은 아름다운 어머니가 돌아가신 뒤다. 카오루는 심하게 침울해하고 당장이라도 사라져 버릴 것만 같아서…… 뚱땡이는 무슨 일이 있어도 그녀를 지키자고 생각했었다.

◢//////////////////////

"왜 그래……?"

눈앞에서 작게 어깨를 떨며 울고 있는 여자아이에게 용기를 내서 말을 걸었다. 그러자 천천히 이쪽을 돌아보며 눈물에 젖은 얼굴을 들었다.

"엄마, 가…….."

아아, 알고 있다. 이 아이의 어머니는 아주 먼 곳으로 가버린 것을. 내가 어떻게 할 방법이 없다. 그러니…….

"이, 이거."

주머니에서 좋아하는 과자를 꺼내 무뚝뚝하게 건넸다. 그렇게 즐거운 듯이 웃던 여자아이가 이렇게나 슬퍼하는 표정을 지으면 가슴이 아프다. 무슨 일이 있어도 기운을 차리게 해주고 싶었다.

"뭐야?"

"과자. 이거, 내가 제일 좋아하는 거."

"……필요 없어."

"어, 왜? 맛있는데? 자."

이걸 먹으면 언제든 누구든 웃었다. 그래서 이 아이도 분명 웃게 될 줄 알았는데.

"……엄마랑, 항상 같이 먹었는데…… 이젠 없어."

그렇게 말하더니 다시 웅크리고 둑이 터진 것처럼 굵은 눈물을 흘렸다. 이 아이를 가만히 두면 위험하다. 이대로 가면 어머니와 똑같이 어딘가 먼 곳으로 가버릴지도 모른다. 바로 앞에서 풀이 죽은 모습을 보고 있으니, 초조해서 안절부절 견딜 수가 없었다.

▰//////////////////////

그때부터 매일 말을 걸어 같이 놀자고 부르고, 카노도 끌어들여 기운을 차리게 하는 나날이 이어졌다. 그렇게 공을 들인 효과가 있었는지 당시의 카오루는 뚱땡이를 꽤 좋아하게 되었고, 뚱땡이도 정말 자랑스러워하고 기뻐했다. '결혼 계약 마법서'라는 것을 만든 것도 그때였을지도 모른다.

시간이 흐르고, 카오루가 성장하며 아름다움은 더욱 빛을 발해 놀라우리만치 예뻐졌다. 지키고 싶다는 보호 욕구도 있었겠지만, 독점욕도 커지고 거기에 불행하게도 흑심이 더해졌다. 가슴이나 엉덩이 등을 뚫어져라 봤다가 끝장났다. 경계하는 카오루를 따라다녔다가 더 미움을 받는 악순환을 일으켜 사랑받던 때의 호감도는 이미 전부 사라져 버렸다. 그것이 입학 시점……이라기보다는 현재의 나다.

하지만 가슴속에서 솟아나는 '카오루를 지키고 싶다'라는 목소리에서 상스러운 마음은 섞여 있지 않았고, 순수하게 진심으로 지키고 싶다는 바람이 느껴졌다. 아까부터 '지켜라, 지켜라'라고 몇 번이나 호소해 왔다.

(진정하라고.)

지금은 거리를 좀 두고 있지만, 카오루는 나에게도 바운더리 안쪽에 있는 사람이다. 버린다는 선택지는 애초부터 없고, 무슨 일이 있으면 가족과 마찬가지로 지킬 생각이다. 하지만 지금은 섣불리 돕지 않고 상황을 봐야 한다. 그야 카오루는 고난을 극복하며 성장하는 던익의 히로인이니까.

"저도 가까이에서 봤는데 그렇게까지 걱정할 필요는 없을 거예요. 지금은 입학한 지 얼마 안 돼서 학교의 높은 수준을 따라잡느라 필사적으로 노력하고 있어요. 조금이라도 차이를 좁히려고 매일 발버둥치고 있어요."

"흠. 모험가 학교는 대단한 학생만 있다고 하니……. 그야말로 신문에 실릴 만한 학생이."

모험가 학교는 일본 굴지의 재능을 가진 사람이 모이는 곳이다. 이미 모험가 업계를 떠들썩하게 만들고 있는 학생도 있고, 장래의 탑 모험가도 이 모험가 학교에서 몇 명이나 배출될 것이다. 그런 유망한 학생들 사이에 끼어드는 것이니 고생하는 건 당연하다.

그리고 게임을 할 때처럼 인간관계 트러블, 성가신 이벤트까지 닥칠 가능성도 있다. 그런 상황에서 평범한 학생이라면 A반입성을 노리기는커녕 D반에조차 올라가지 못할 것이다.

"─하지만. 카오루는 노력가에, 재능도 있고 동료 복도 있어요. 어떤 어려움이 와도 분명 극복할 수 있을 거라 믿어요."

"하하핫. 그렇군. 나도 딸바보스러운 짓을 좀 한 건가."

카오루는 강한 여자아이다. 주위에 있는 아카기나 핑크도 폼으로 주인공이 아니며 재능 면에서는 경이로운 수준이고, 타치기도 지략과 서포트라면 최고 수준의 소질을 갖추고 있다. 그들이 있다면 괜찮겠지─ 다만, 그렇게 생각하니 가슴이 쿡쿡 쑤시네. 사실은 자신이야말로 카오루가 믿을 수 있는 동료이며, 옆에 있어야 하는 남자라고 생각하고 있을 것이다. 첫사랑이기도 하니…… 그래도 좋은 모습을 보일 타이밍은 있을 것이다.

"물론 꺾일 것 같을 때는 반드시 도와주러 갈게요. 그러기 위해서라도 저도 매일 단련하고 있으니까요."

카오루도 곤경에 빠져 좌절하거나 꺾일 것만 같은 순간은 있을 것이다. 그때는 아카기와 다른 사람들도 감당할 수 없게 되었을 가능성이 높다. 그때가 내가 나설 차례, 라고 하고 싶지만 그들 대신 문제를 해결하기에는 아직 레벨이 부족하다. 메인 스토리에서는 지금의 나 이상으로 레벨이 높은 녀석은 얼마든지 있기 때문이다. 돕는다고 하더라도 레벨을 좀 더 올려 강해질 필요가 있다.

"그런가…… 멀리 내다보고 있구나. 소타 군은 외면뿐만 아니라 마음도 강해진 것 같네."

"과대평가예요. 그렇게 되면 좋겠다고 생각하고 있을 뿐이죠."

나도 결코 여유가 있는 건 아니다. 앞으로 시작될 반 대항전, 그 후에도 모험가 학교에서는 성가신 이벤트가 줄줄이 기다리고 있다. 학교 밖에서는 소렐이나 쿠노이치 레드 같은 조직이 암약하고 있고, 게임에서는 세상이 확 변할 만한 이벤트도 준비되어 있었다. 과연 난 가족과 카오루를 끝까지 지켜낼 수 있을까—.

당연히 지킬 거고, 그럴 방법도 있다. 난 몬스터와 던전 구역 정보를 숙지하고 있고 미래에 일어날지도 모르는 이벤트도 알고 있다. 게임 지식이라는 더할 나위 없는 최강 치트를 가지고 있으니. 설령 상대가 탑 모험가라 해도 어떤 조직에 속한 놈들이라 해도 질 생각은 없다.

문제가 있다면 츠키지마나 미지의 플레이어가 앞으로 얼마나 있고 어떻게 움직일지 예측이 안 되는 것인가. 그 때문에 미래가 게임 스토리대로 진행되지 않게 되어 지식 치트를 쓸 수 없게 될 가능성도 배제할 수 없다. 하지만 내가 한발 빠르게 강해져 버리면 어떻게든 되는 문제다.

다음엔 거기서 사냥이라도 할까. 빨리 레벨을 올려서 두둑하게 벌자고.

"다녀왔습니다~…… 이 신발. 손님인가."

그런 생각을 하면서 세 개째의 양갱에 손을 뻗었을 때, 현관에서 카오루의 목소리가 들렸다. 연습이 끝날 때까지 아직 시간이 있을 거라 생각했는데 예상보다 빨리 돌아왔다. 큰일이다, 어떡하지.

"크흠…… 타츠 아저씨. 전 할 일이 생각났으니 이만 가겠습니다. 그럼 또 뵐게요."

"그래. 또 맛있는 과자를 준비해 둘 테니까 언제든지 오거라."

부드럽게 싱긋 웃는 타츠 아저씨에게 인사하고 서둘러 툇마루로 도망치기로— 했지만, 툇마루의 바닥재가 오래돼서인지, 아니면 내 체중이 너무 무거워서인지 삐걱삐걱 하고 큰 소리가 울려버렸다. 허둥거리며 초조해하고 있으니.

"……소타."

뒤돌아보니 카오루가 **싸늘한** 눈으로 날 째려보면서 서있는 것이 아닌가. 들켰다면 어쩔 수 없다. **뻔뻔하게** 나가자.

"어, 어어. 우연이네, 이런 곳에서 보고.

"……우연이고 뭐고, 여긴 내 집인데."

그 말대로다. 여긴 카오루의 집이었다.

"다음부터는 연습회에 제대로 참가해……. 오오미야한테 이야기는 들었어."

"그, 그래. 그러니 난 신경 쓰지 마. 그럼 할 일이 있으니까―."

"기다려."

서둘러 나가려고 하자 카오루는 다시 날 제지했다. 그리고 한순간 생각한 뒤에 머뭇거리며 어색한 태도를 취하기 시작했다. 요즘엔 볼 수 없는 이상한 몸짓인데, 뭔가 안 좋은 거라도 먹은 건가.

"요즘 소타가 변한 것처럼……, 보이는데."

뭔가 너무 추상적인 질문이지만 무슨 말을 하고 싶은 건지 이해는 된다. 아마 고등학교 입학 이전과 이후로 나에게 뭔가 변화가 생기지 않았는가, 그런 말을 하고 있는 것이리라. 구체적으로 뭐가 어떻게 변했는지 카오루 스스로도 확신하지 못하는 말투지만.

(뭐, 확실히 변했지.)

난 다시 태어났다. 성희롱은 그만두고, 식사를 제한해서 다이어트도 순조롭다. 레벨도 올라 던전 다이브도 괜찮은 느낌이다. 이대로 끝까지 달려 나갈 생각이다. 앞으로의 활약을 지켜봐 줘―같은 대답을 이 자리에서 할 생각은 없다. 인상 나빠 보이는 웃음을 지으면서 단적인 대답으로 그쳤다.

"딱히 변한 건 없는데? 그럼 안녕."

내가 아무것도 이야기해 주지 않는다는 것을 알자 눈을 내리깔고 아주 약간 서운한 표정을 지었다. 하지만 이걸로 된 거다. 카오루도 학교 일로 꽤나 고민하고 있다. 지금은 학교 일에 집중하고 마음껏 고민하고 갈등하는 편이 좋다. 그게 바로 널 높은 곳으로 이끌어 줄 테니까.

(만일의 일이 벌어지면 반드시 지켜 줄게. 그러기 위해 난 누구보다도 강해질 거야.)

그렇게 마음속으로 맹세하면서 등을 돌리고 툇마루에서 나가기로 했다.

그런 목소리가 카오루에게 들렸을 리도 없는데…… 시선을 느꼈다. 뒤에서 가만히 바라보고 있는 것 같다. 그리고 다시 '소타'라고 말하며 날 불러 세웠다.

대답을 너무 소홀히 한 건 아닌지 반성하면서 돌아보자, 카오루는 날 똑바로 보며 가늘고 아름다운 검지를 천천히 움직여—.

"현관은 저쪽."

진실을 가르쳐 줬다.

오랜만입니다. 혹은 처음 뵙겠습니다. 나루사와 아키토입니다. '재악의 아발론 2'를 읽어 주셔서 감사합니다.

이번 이야기에서는 지금 있는 세계의 윤곽을 조금 선명하게 만드는 이야기가 메인입니다. 새로 협력자가 된 캐릭터와 히로인들은 어땠나요. 권말 신작 파트를 포함해서 재미있게 읽어주셨으면 좋겠습니다.

그리고 짧지만 사례를. 기분이 고양되는 일러스트를 그려주신 KeG 선생님, 간행을 도와주신 담당 편집자님, 교열자님, 디자이너님, 인쇄소 분들. 무엇보다 책을 사주신 여러분, 깊은 감사의 말씀 올립니다.

마지막으로 만화화 속보도! 기대 받는 신예 · 사토 제로 님이 '이웃집 영 점프'(슈에이샤)에서 3월 시작 예정입니다! 엄청 멋진 만화가 될 것 같아서 벌써부터 두근거림이 멈추지 않습니다. 그리고 다음 권인 3권은 2023년 여름 무렵에 전해드릴 예정입니다. 3권에서도 또 만날 수 있으면 좋겠습니다. 그럼 이만.

2022년 12월 나루사와 아키토

SAIAKU NO AVALON 2

ⓒAkito Narusawa
Originally published in Japan 2023 by HOBBY JAPAN Co., Ltd

재악의 아발론 2

2024년 7월 1일 1판 1쇄 발행

저　　　자	나루사와 아키토
일 러 스 트	KeG
옮 긴 이	박정철
발 행 인	유재옥
담 당 편 집	정지원

이　　　사	조병권
출 판 본 부 장	박광운
편 집 2 팀	정영길 조찬희 박치우 정지원
편 집 3 팀	오준영 이소의 권진영
디 자 인 랩 팀	김보라
디지털사업팀	박상섭 김지연 윤희진
라이츠사업팀	김정미 맹미영 이윤서
영업마케팅팀	최원석 박수진 이다은
물 류 팀	허석용 백철기
경 영 지 원 팀	최정연
발 행 처	(주)소미미디어
인 쇄 제 작 처	코리아피앤피
등 록	제2015-000008호
주　　　소	서울시 마포구 토정로 222, 502호(신수동, 한국출판콘텐츠센터)
판　　　매	(주)소미미디어
전　　　화	편집부 (070)4260-1393, (070)4260-1391 기획실 (02)567-3388
	판매 및 마케팅 (070)8822-2301, Fax (02)322-7665

ISBN 979-11-384-8349-0 (04830)
ISBN 979-11-384-8205-9 (세트)